我是你

I Am You

张有为 著

文化发展出版社
Cultural Development Press

·北京·

目录

| 第一章 | 无名之辈 · 3
| 第二章 | 利用老友 · 13
| 第三章 | 困兽犹斗 · 32
| 第四章 | 碰瓷惯犯 · 54
| 第五章 | 早生十年 · 68
| 第六章 | 饭局百态 · 87
| 第七章 | 仁兄巨款 · 100
| 第八章 | 歌厅现形 · 110
| 第九章 | 碰瓷反转 · 124
| 第十章 | 厨技窥人 · 137
| 第十一章 | 跳楼广告 · 149
| 第十二章 | 慷慨赴死 · 180
| 第十三章 | 葬猫之叹 · 227
| 第十四章 | 堂皇算计 · 235
| 第十五章 | 少不更事 · 255
| 第十六章 | 家中现形 · 263
| 第十七章 | 精心骗局 · 273
| 第十八章 | 三大不幸 · 291
| 第十九章 | 自欺欺人 · 305

后记 · 316

第一章
无名之辈

我是一个懦弱愚昧、自私虚伪、贪婪懒惰的人,甚至我集所有不堪的缺点于一身——之所以这样评价自己,并不是因为我有自知之明或者内心阴暗,只不过我发现每个人都是如此,我也身列其中而已。

接下来我要讲述的事情,是我当年在工作过程中的几个月内发生的,准确地说,最重要的事件只发生在一个月之内。

而这短短一个月,对我来说却像过了一生一世般漫长。

我那时正处在一个尴尬的年纪,说大不大,说小不小。不是年轻人管我叫叔叔,就是叔叔管我叫年轻人。

稚气早已褪去却不成熟;年龄不小了却不老练;事情经历了不少却没有阅历可言。我总感觉天下无不可为之事,但干什么都畏首畏尾无所适从。

当然,这是我很久以后才明白的。

那年,我的父母刚刚退休。

二老已带着我在大城市生活了几十年,闲下来后心念故土,并且我远在老家的年迈祖辈无人照顾,于是决定收拾行李携家还乡。

可我早就习惯了大城市的生活，执意独自留在这里闯荡一番。父母拗不过我，谆谆嘱咐了我良久，双双回了老家。

在此之前的那些年，我一直被迫做着父母帮我找的工作。

之所以"被迫"，是因为父母找的工作总像媒婆介绍的对象，说起来千好万好，等到掀起盖头的那一刻，只要你不晕过去，绝对会一拳砸到她脸上。

在父母的威逼利诱下，我只能负屈忍耐。

然而市场经济下的公司不是传统经济下的女人，她是不会和你凑合过的。我看不上工作的程度远远不及它看不上我，每次用不了个把月便把我扫地出门。

数年来我换了很多份工作，并将此归咎于父母的多管闲事。因此，在他们返乡后，我犹如脱缰的野马，获得了长久期盼的自由，以为终于熬到了大展拳脚的时刻。

我先在一个姓钟的高中同学那里租了一套小房安顿下来，靠着父母留下的微薄生活费艰难度日，伺机寻觅自己想要的工作和生活。

这天，我无所事事出门闲逛，正好在楼道里碰见钟姓同学。

我一向有些瞧不起他。

这个同学本来家庭生活十分贫困，父母三人挤在一处犹如贫民窟的逼仄小平房里。

忽然有一天他家拆迁了，人家补偿了他三套房和几百万现金，还安排他做了公交车司机。

他用拆迁款买了辆宝马，一下子从过去跟我同样潦倒的穷人变成有房有车有存款有工作的主儿了，让我既羡慕又气恼。

每当我碰到他开着宝马穿着公交公司制服去上班，都会笑着和他打招呼，等他走后一扭脸，狠狠地吐口唾沫："呸！"

虽然他还是像过去一样谦和，但我总看他不顺眼——钱只有在自己兜里才舒服。

我叫了声："小钟啊。"终究他是我的房东。

他倒是很热情："吃了没？最近少见啊，我刚下班。"

我故意拿他开涮："开着你的大宝马去飙车了啊？"

他羞赧道："老同学里就你最会开玩笑。"

我嘟囔了句："老同学……"好像我跟你多亲近似的。

我刚要走开，他突然问我："同学们最近要聚会，你去不去？"

我想也没想："不去了不去了，多少年都没联系，聚也没意思，也就是听他们吹吹牛，真没意思。"听他们吹牛未必没意思，真没意思的是我无牛可吹。

他还依依不舍："去吧，我还想当众向我女友求婚呢，希望你来捧捧场。"

我脑海中顿时出现了一幅绝美的画面，那是高中课堂上我们班花的侧脸，在夕阳光辉的阴影中秀丽无伦，白皙的脸庞，精致的五官和专注的眼神，仿佛每一根发丝都深深凝刻在我的记忆中。

在此一瞬间，我不知是我回到了过去，还是过去来到了我眼前。

回忆一个年代，犹如一种情绪，懵懵懂懂，心似涟漪。

我对过去的回忆只有几秒钟，心灵却被短暂净化。

不过一转念，想到这张美丽脸庞的主人，竟已成为眼前这个毫不起眼、憨态可掬的男人的未婚妻，心里不是滋味，我淡淡地说："我尽量吧，最近比较忙，有空我一定去。"

他沉浸在喜悦中，没有察觉到我的异样，笑道："一定啊！什么时候也喝你杯喜酒？"

谈及女友，我不愿多说："先喝你的吧。"

我与他摆手道别。

其实我有个女友住在一起，我只管她叫"妹子"。

妹子是一次朋友聚会上别人带来一起玩的大四在读生，年龄比我小很多。

她的长相离"漂亮"天差地远，离"丑陋"一步之遥，但终究占据着年龄的优势，三分清纯弥补了先天的不足。不过这仅有的"三分"，并不是魏蜀吴三分天下的三分，而是实打实的十分之三的三分，少得聊胜于无。

那天晚上我们吃饭喝酒后又去唱歌，玩着玩着大家都喝大了，调不成调，人仰马翻。直到凌晨三四点结束后，我们已然全部找不着北。

最后由我这个没醉透的人挨个儿指挥出租车司机送他们回家。

那个带妹子来的人居然把她忘了。

看着在微风中凌乱的妹子，不怀好意的我当仁不让挺身而出，刚正不阿得像个大哥哥一般要求护送她。

我当时觉得我整个人都散发着光芒。

妹子无所适从地答应了，同时表示学校已经关门无法回去。

在我一阵诸如"这么晚了怕坏人伤害你我不放心、我是个好人没有恶意"的虚情假意劝解表态后，她跟我回了家。

那晚反而是我有些不好意思，问她要不要让我去沙发上睡。

她醉眼迷离地说她冷，拉住了我。

她不是正人，我亦不是君子，在酒精的刺激下，如果不发生点意外的话，反而是个意外了。

那一夜，我们两个人的热情，呵化了窗上霜。

一个背包客可以风餐露宿地游历天下，但走马观花似的游荡并不能看透人心。一个年轻的姑娘整天在社会上混，也就只剩下外貌的纯。

那时我还不知她叫什么名字，抑或是酒局上介绍过，旋即忘却。

总之我没有把这件事放在心上，在第二天她走后，我们保持着若即若离的联系，直到她大学毕业，我才记住她叫什么名字，但称呼已成习惯也无需改口。

无处可住的她寄居在我这里，我们就自然而然地在一起了。这种自然，是自然到了怪异的不自然，所以我感觉我俩有种心照不宣的默契，我只当她是以身偿债的房客，她认为我是不收费的同居房东。

只要有一方利益发生改变，那么这种互惠互利的模式就会随之改变，比如有一天她找到了新住处，就会"再见"也不说一句地搬走；也许有一天我让她离开，她的眼泪只会为房租而流。

自始至终她也没弄懂我叫她"妹子"其实不是个亲昵之称，而是一种对年轻女性的泛称。

反正她也不在乎。

在小钟的对比下，我事业无成、爱情无果，不禁心灰意冷且倍感焦虑。

当务之急是找个稳定的工作。

我心中盘算着能干点什么。

我思考半天，只觉自己高不成、低不就，又想挣高工资，又想有个舒适的环境。

根据我的需求，唯有吃关系饭才能满足。

但我的人脉十分匮乏，脑中搜索了半天，有能力帮助我的只有两个人。

一个是我的远房表姨，她也生活在这个城市里。

我仅仅在十多年前回老家的时候见过她一次。

颇有些姿色的她，那时刚和一个大款结婚，回老家去省亲。

虽然对方是二婚，但在我老家那个闭塞的地方，她还是风光了一把。这门婚事在那弹丸之地几乎引发地震，差点把我老家震塌方。

她春风得意，四处去探望亲朋。口中说是不忘旧亲戚，说穿了就是招摇过市显摆显摆。连我太姥姥那样的边缘亲戚也要去走动走动，所以我们才有机会认识。

在她得知与我生活在同一城市后，还说了句漂亮话："回到那边有事情随时来找我。"

全家人激动得热血沸腾，赞叹她仗义。

前一阵我父母返乡时实在放心不下我，所以装糊涂似的把她这句话当了真，虽然很久未见了，却还是硬着头皮专程去拜访她，托她照顾我。她只淡淡回复句："让孩子有事随时过来。"

母亲拿这话当了真，千叮咛万嘱咐让我去找她。

可客套的话最怕当真，比方去别人家串门，人家跟你客套："把我家当自己家啊。"你睡他老婆试试？立刻跟你兵戎相见。

何况父母曾经给我找了很多份工作，自始至终没有求过这位远房表姨，可见与她多生分。

我此时对人情世故还不老练，不知见了她该说些什么，因此放弃了找她的念头。

而另外一位能够帮助我的人，是我的小学同学。

说起来很可笑，细想起来却很可怜。我想到的这两位，一个是我亲戚，一个是我同学。除此之外，没有任何从社会上认识的朋友可以帮助到我。

因为芸芸众生因势利导，以利交者，利穷则散。社会上认识的人形形色色、杂乱无章，有利可图则曲意逢迎，无利可图则笑不露、手不握，连个电话也不留。

我和别人在彼此眼中都是闲杂人等，所以我根本没有称心的朋友。

我们中国人讲交情特别喜欢不按知心按年头，数十年不见的故人，无论性格和面容变化多大，就算认不出彼此了，相见时也会情绪高涨地叙叙旧，感叹：我们认识多少多少年啦。

以此推之，即便是熬，这位小学同学也熬成了我的好朋友。

而且"利益"和"朋友"交织在一起，让我不得不求助这位叫"小富"的同学，因为这个同学既是我的朋友，又能为我带来利益。

在过去，我本不愿向小富求助。

但自从我前一阵去了一趟招聘会后，彻底改变了态度。

我天真地认为，到招聘会找工作对于我来说是个手到擒来的事情。自己是研究生学历，又有数年的工作经验，还年富力强，断然是昂首挺胸，训话似的对大企业评头论足。而被我看中的企业一定会唯唯诺诺，如待售的宠物一样眼巴巴等我筛选。

谁知一到招聘会门口，我登时傻了眼，我还以为我去的是庙会！人山人海人声鼎沸，像极了闹灾荒抢米面的场景。

由于人太多，人们龇牙咧嘴被动地互相推搡着，拥挤到脚不落地也能移动，每个人都后悔没把鞋带系紧点。有的时候，掉了面子好捡，掉了的鞋可捡不回来了。

我这人看热闹不嫌人多，但办正事时见人就发怵。我犹豫了半天，最后如丧家之犬，门也没敢进，转身逃之夭夭。

比起和那么多人抢工作，我选择现实一点。

而最现实的事，莫过于向现实低头。

所以，我决定今晚和小富见个面。

不过单独约他的话目的太明显，还得叫上另外两个走得比较近的同学作陪才行。

我立刻联系了小富，约他晚上一起喝酒。

他爽快地答应了，订好了地方。我又让他叫上那两位。

之所以先联系小富，是因为只有他才能把另外那两位叫来，虽然"二子"和"滑头"并不是什么贵人。亮之不留犹瑾之不住，我的面子请不来那两位，就如那两位也请不到我。

小富的外号是滑头给取的，"小"有贬低之意，"富"有嘲讽之嫌。按理说，小富应该叫"大富而特富"，他父母都是上市公司的大股东，他自己也单干了些我这种人无法想象的项目。

但他极其低调，连和我们见面，也只开奔驰、奥迪之类的车。有次滑头酸酸地挖苦他炫富，他笑而不语。后来才知道，他拥有许多我们叫不上名字的豪车，为了照顾我们的情绪，才开诸如奔驰之类的"低端"车。

既然和他有交情，他也确实富有，对我们而言，他相当于一座待挖的金矿。

滑头的外号，是小富反赠的。滑头则比较烦人了，见别人比自己好就眼红，所以他才会给小富取这么个庸俗的外号来给自己心理找平衡。

我一向不喜此人，总感觉这人小聪明耍得令人厌恶。他是跟着好人学不到好、跟着坏人又没胆量学坏的那么一种看似精明其实糊涂的人。

他事事刻薄算计，打车的时候一定不坐副驾驶，因为离司机近，就意味着离付钱近。不用说，他喝酒结账时每次都装醉。即使门口路过一只老母鸡，他也要抱进来让它下个蛋再放走。

后来他和别人合租房子，他告诉我们他会刻意浪费水。我们大惑不解：没学认字的时候先学水资源宝贵，你怎么能浪费？和别人合租就要分摊水费，你又不是不出钱。

他神秘兮兮又掩饰不住得意地给我们解释："就因为水费均摊，如果我用得比他少，我就替他分摊得多了。宁可多花钱，也绝不能让别人占我的便宜。"

一个人的名字会取错,但外号绝不会叫错——"二子"就是这种人如其号的家伙。

　　对于滑头来说,二子是班里最重要的人,因为假如没有二子,滑头就是倒数第一了,没人能与之争锋的那种。

　　成年后的二子脑筋不大灵光,而早在还没经过时光雕琢的小学时代,他更是个粗鲁的愣头青,我一直觉得他的大脑里较常人少了好些突触。

　　他是我们班里跑得最快的,他的快只是相对的快。他在每次赛跑时都会提前拦腰抱起比自己快的同学,往后面沙坑一扔,自己再一骑绝尘。如果快的人太多实在抱不过来,下课之后,这些超过他的同学的脑袋都会被他敲起几个包,所以没人敢比他更快。

　　他父母没什么文化,总感觉用巴掌教育比用言语教育来得更快捷实惠,因此我们经常能看到二子脸上被他爸赏的五指山。

　　有一次二子又被他爸教训,心里正感愤懑,语文老师却因为一点小事让他觉得不痛快了。他愤恨难平,可掂量了掂量,实在没胆量打老师,就在老师让用"因为……所以……、虽然……但是……、不是……而是……"造句时,愣劲儿大发,化身为兼济天下、满怀悲愤的文豪,写下了他人生中最振聋发聩的句子:

　　"因为老师是我的儿子,所以我是老师的爸爸!"

　　"虽然老师是我的儿子,但是我是老师的爸爸!"

　　"不是老师是我的儿子,而是我是老师的爸爸!"

　　老师在毫无防备的情况下,点名让他当众念了出来。他激昂慷慨唾沫星四溅,像是在吟诵波澜壮阔的不朽诗篇。

　　老师气得直哆嗦,抄起课本砸在二子脑袋上,课也不上了,立即叫来自己的"爷爷"臭骂一通,让父子俩回家反省。

　　二子的爸爸在众目睽睽之下,飞起一脚把二子踢了个狗啃屎。

还好二子的屁股久经他爸爸飞脚考验,有免疫力似的好得极快,第二天没拄拐就来上学了。此后他再没有了往常的怨恨劲儿,老实了好一阵子。

在那个不开化的年代,他的行为在学校里产生了轰动效应,不仅同班同学为之侧目,连全学校的孩子都闻风而来,只为一睹这胆大包天之人的尊容。

他一举成名,成了孩子中的小霸王。要不是学习太差以及老师的阻挠,我一度认为他会成为班长。

如今的二子早没有了昔日之威,意识到自己跑步速度无法进步后金盆洗了脚,职高一毕业,找了份安装空调的工作,冷暖自知。

第二章
利用老友

　　已经订好和同学见面，我早早出了门，在路上边走边盘算：怎么才能开口向小富要工作呢？嗯……见了面肯定互相寒暄，等他一问我近况，我就唉声叹气故作深沉，他见我欲言又止的，必然追问。我只说事业不顺心，小公司浅池难容蛟龙，大公司竞争又太激烈，我是个本分做事的人，不会钩心斗角，所以怀才不遇。再长吁短叹地惺惺作态一番，也许小富就会主动地伸出援助之手了。假如他还没有领悟，我就套他的话，说他只顾自己发展忘记了老朋友，让他下不来台。

　　我比较了解他的脾气，说到这个份上，按他的性格不会无动于衷，就算假客气也得说句"需要帮忙尽管开口"吧？等他一松口，我看准机会拿话把他挤住，不怕他不同意。这么一来，就是他主动帮助我，而非我求他，面子上都好看，不露痕迹地把事情办了。

　　我又把可能发生的细节想了想，觉得天衣无缝了，心里不禁有点得意，原来我也会算计人。虽然这种小心思实在微不足道，但万里长征还要迈出第一步，只要有小富分给我一杯羹，我也是人上人了。

我有些飘飘然了，开始幻想着小富能给我带来什么好处，却一点也想不出我能给他带来什么好处。

人们只看得到旁人的不好却全然不知自己的不好，就像闻不到自己的狐臭口臭。

我提前来到了饭店，不料滑头比我还早，他一向是那种晚到就算占便宜的人。

我有日子没见他了，他的发际线升高了不少，过去和他打招呼："来这么早啊。"

滑头依旧贫气："你也来得早啊，还是那么闲得慌。"他尖嘴猴腮的德行演皮影戏都不必化妆。

滑头一向不修边幅，今天却收拾得利索整洁，我不禁有意损他："彩票中几次大奖了？"

他没反应过来："什么彩票？"

我心里偷笑，脸上一本正经："你忘了？每次见你都在盘算中奖后怎么分配奖金啊，一共五百万是吧？三百万买套房，五十万买辆车，五十万结婚娶老婆，剩下一百万做生意，我还记得呢！这几年房价涨得挺高，三百万不够买房了吧？"

滑头想起了自己的计划，挠挠头："是挺紧张的！后来我才知道还要交一百万的税，这点钱更转不开了。"

我心中一紧："你真中了？"扶着桌子差点跳起来。

他笑笑："还没呢！还没呢！号码总是差三五个。"

我暗自舒了口气，放下心："买彩票有年头了吧？从前你老是念叨你的号码，说什么大师给你算的，不灵吧？你得去十方丛林算，那儿的道士道行高。别找路边树荫底下立个牌子的江湖术士，不准都没地方说理去。"

滑头好像没听出我的讥讽，高兴地说："就凭大师算的号码，我赚了不少呢!"

闻听此言我以为他至少中了二等奖,又差点跳起来,忙不迭问他:"赚了不少是多少?"

"哈哈,这些年我每期开奖都看直播,每一期!每一期的大奖号码都和我这个号不沾边,连个末奖也中不上!"

我完全听糊涂了:"你到底是中了还是没中?"

"没中!关键是我从来没买过彩票!如果我按我的号码买,每次都是白买,为别人做贡献!每期开完奖,我都能乐上半天,庆幸自己没花钱!反过来一想,这么多年得攒了多少。这不就相当于挣钱了嘛!"他开怀大笑,深深为自己的机智感到骄傲。

我本意在调侃他,听他这么一说,反而感觉自己跟个傻子似的。感情这人有自己的彩票号码却没买过彩票,还无数次精打细算把奖金花个精光,这不有病吗?"滑头"之号诚不欺我。

我和他不在一个频率上,僵在那里不知说什么好。

还好小富是个守时的人,避免了我和滑头的尴尬持续太久。

小富一进门就看到我俩,三两步走到我俩身前,拍我的肩膀十分亲热。

他一到,小餐馆蓬荜生辉。他身着西装脚踏革履,在我和滑头的衬映下越发容光焕发风度翩翩。

我笑脸相迎,心里五味杂陈。他也是人,我也是人,为什么人家一掷千金挥斥方遒,我却鸠形鹄面狼狈万状。

滑头嬉皮笑脸地说:"给我们当大人物了?穿这么正经。"

小富忙解释:"没有没有,怕你们久等,在公司忙完马上就过来了。"又说,"二子下班晚,迟到一会儿。"

我们仨坐下,我和滑头异口同声问起小富的状况,跟相亲似的打听他生活和工作的每个细节。

小富知无不言，有问必答。

我问长问短看似关心他，其实是把基本情况摸了个遍，大概评估了一下，心中美不可言。

我直勾勾盯着小富，他被我看得发毛。

他不知此刻在我眼中他已不是一个人，而是一条路，一个途径，一条让我通往美好未来的康庄大道。

闲谈了半个小时，二子才姗姗来迟。他风风火火大步流星走过来，拉开椅子一屁股坐下，喘着粗气。豆大的汗珠掉落，将本就很油腻的工作服上又多添了些许汗渍。

小富赶紧让服务员给他倒水。

这是我佩服小富的地方，眼中明明看得到二子口渴，却保持身份不亲自为他倒水。

滑头问他："怎么穿工作服啊？也不回家换换衣服，一身汗味，也不怕小富嫌弃。"

我很诧异滑头在为小富考虑，这家伙说话历来阴阳怪气损人不利己，这时怎么像护犊子似的在乎起小富了？

二子抹了抹汗说："临下班接了个活儿，出来太晚了。紧赶慢赶地跑了我一身汗。"他喝了一大口水。

滑头埋怨道："你不会早点走啊，我们的时间也是时间，等你那么半天，还这么邋遢。"我看看小富再看看二子，简直有天壤之别。一个衣冠楚楚，一个蓬头垢面。但滑头并非善类，我也是个无业游民，反倒不如二子脚踏实地安安稳稳。

二子瞪着眼说："废话，活干不完扣我五十大洋，你给我啊。"

滑头还想在口角中占上风，刚要开口，小富赶紧打断："是我疏忽把饭店定太远了，下次我找个折中的地方。"他叫服务员："请给我们点菜。"这才算是把那两位拦住。

点过菜，小富问："喝酒吗？啤酒白酒？洋酒的话我车里有。"

滑头表示想喝点洋酒尝尝鲜。

我明白他的心思，喝小富现成的酒就意味着不必再在饭店花钱买酒，无论结账时他出不出钱，早早免除了后顾之忧——简直和我想的一模一样。

二子却摇头说："我今天不喝酒。"这人是个逢酒必喝、逢喝必多的酒腻子，从小学时就开始偷他爸的酒喝，平时自己一个人都整两口，今天居然不喝酒，简直滑天下之大稽。

滑头好奇地问他："你戒酒了？"

二子一脸不耐烦："戒你也不能戒酒。"

小富问："你晚上还有别的事情？"

二子说："我晚上接媳妇去，所以不能喝。"

我们惊诧莫名，眼珠子瞪得几乎掉出来，三个人齐声问他三句话，小富问的是："你结婚没通知我？"我问的是："媳妇还是女朋友？"滑头问的是："连你都有女人了？"

我和小富不约而同看了滑头一眼。

二子有点得意："咳，没结。女朋友，交着玩呗。"他骂滑头："傻蛋！我是你爷爷！"

滑头悻悻地说："好好，你是傻蛋的祖宗，你子孙世世代代都是傻蛋。"

二子瞪他一眼，挥拳作势要打。

滑头一缩脖做了个投降的手势："你是聪明蛋！聪明蛋行了吧！"

二子起身去薅滑头的脖领子。

滑头赶忙说软话："你忍心打我啊？咱俩是不是好朋友了？"

我和小富也劝住。

二子本来无意争执，扒拉滑头脑袋一下："逗你呢。"算是给自己台阶下。

滑头等他坐下，自己也找了个台阶："毕竟你是人类最忠实的朋友嘛。"

我怕他俩把无聊提升到新高度，插话问二子："她是你同事？"

二子摇摇头不接话。

我又问："怎么认识的讲讲呗。"

二子"嗯"了一声不置一词。

滑头忍不住了："卖什么关子啊，是不是来路不正没脸和我们说？"

我和小富也在想这个问题，只有滑头才问得出口。

二子还是不吭声，表情看起来不太自然。

小富知道另有隐情无心多问，说："二子你几点去接她？你又不开车，少喝点没关系吧。"

二子犹豫了。要知道，让一个爱酒的人在酒场上只看不喝，还不如不让他来。

他想了想说："她可能十一点也可能十二点下班，但我得早点去等她。喝点也行吧……不过不能喝多，路上太远怕回不来了。"

滑头明知二子闪烁其词不愿多说，还是问："哪个单位下班时间不是固定的啊？你媳妇什么工作啊？"

二子被逼问得有点不耐烦，皱着眉头挤出两个字："歌厅。"

滑头不依不饶："歌厅干吗？小姐啊？"

听了这句话，二子并没有反映出受到羞辱的暴怒，闷不吭声喝了口水。

我和小富此时心里已经雪亮了，二子长得跟他性格一样愣，人品一般，家境很差，按他的条件，无论穷的、丑的、老的、离异的、丧偶的、残疾的、毁容的、心智不全的、痴傻呆苶的女性，哪怕是个猥琐男人打扮成女人样，只要有人跟他，都要高唱"欢喜佛"宝号了。找小姐做女友不但不稀奇，简直是上上好签。

但我仍怕二子面子挂不住，站出来打圆场："歌厅又不全是小姐，也有……也有……嗯……"我去娱乐场所太少，以至于一时想不起也有什么。当然不是我不想去，而是消费不起。

小富说："收银和经理什么的吧？售酒员都挺不错的。"

二子满不在乎："什么经理售酒啊，就是小姐！小姐怎么了，我没你们那么多事，就觉得小姐挺好。"虽然这句是接小富的话，但他只敢冲着滑头说。由于和小富地位相差悬殊，愣如二子也分得出高低贵贱。

滑头讥讽说："小姐好啊，长得不漂亮还当不了小姐呢。"

二子反唇："你是人，小姐也是人，你哪点比小姐强了？你为了钱照样觍着脸给人拍马屁，人家给你气受你也得忍着！小姐又不偷不抢不坑不骗，她的钱也是自己努力挣的，你挣的仨瓜俩枣还不如小姐多呢。小姐见了没钱的客人就省点力气，有钱的就多哄哄。和你不是一样吗！你就会踩乎我，见了小富贱笑得跟个王八蛋似的。"

我脑中一闪：蛋怎么笑？

听着二子侃侃而谈，如若不是论点低俗，我几乎认为他是位圣哲。然而听了他的话，我们三人都颇为尴尬，我尴尬的是他唯独没提我，显然在他心里我不如小富——即便是个事实，说到面儿上也很难堪。滑头尴尬的是司马昭之心被当众揭穿。小富尴尬在于仿佛和我们划了界限。

小富起身说："我去拿酒。"他出去躲尴尬了。

二子把上不得台面的事说得如此理直气壮，滑头也无话可说。

等小富拿了酒，菜也陆续上来。

我对二子的事还是十分好奇的，毕竟好奇心是驱使人类前进的一大动力。

但我无须发问。

因为我知道，不必我开口，滑头根本绷不住。

果然，两杯酒下肚，滑头开始目不转睛地瞅着二子。

二子问："看大爷干吗？"

滑头说："你叫二子，所以你是我二大爷。"

我和小富干笑几声，不知这人还能无聊到什么份上。

滑头又说："小子，没看出来啊！你还去风花雪月的场所找乐子。"

二子说："我没那闲钱。这女的是一哥们儿的前女友。"

滑头啧啧了两声，说："你可以啊，还能抢别人女朋友。不过你也太不够意思了吧，哥们儿的女朋友还能抢，朋友妻不可欺知道不知道？就算他俩分手了，你也不该和她好。"他喝了口酒大摇其头。

二子摆摆手说："别扯淡了。是我这哥们儿自己把她送上门的。"他也喝了一大口。虽然我不懂洋酒，但小富拿的酒必定是让人一小口一小口咂摸味儿的高档酒，竟被二子像喝白开水一样倒进去了。

滑头问："有病啊他？求你办事还是喜新厌旧了？"

"都不是。那哥们儿喝完酒和人斗气，把人砍伤判了三年，自首之前托我照顾她。他让我照顾我就照顾呗，一来二去就得手了。反正他也没说怎么照顾，我就按最高标准来呗。"他得意扬扬地说。

滑头十分不屑："乘人之危！人家当小姐的比你心眼多多了，用你照顾吗？瞧你那德行，她照顾你还差不多。你这哥们儿也缺心眼，托朋友照顾女人的想法太幼稚了！他一出来还得进去。"

二子问："为什么？"

我说："还用问吗？他一出来发现你把女朋友抢走了，还得砍了你。"

"不会！我和他关系好得很！回头让他再去歌厅找一个，大不了我给他出台费。他要是不愿意，我就把她还给他。再不乐意，大不了大家二马食槽。"二子眼睛眯成一条缝傻笑着，面部肌肉横砌在一起，看上去无比下流。

我听了差点吐出来，更正他："只有三马食槽。"

他瞥了我一眼："再算你一个。"

我接不上话。

小富岔开话题："喝酒，喝酒！"

大家共同举杯，一饮而尽。

滑头呛了口酒直咳嗽，吃口饭压了压，拿着酒杯摇晃里面的酒，幽幽地说："这酒我也不会喝，应该很贵吧。"不等小富谦虚，他又深沉地叹了口气说："小富啊，咱们都是一起长起来的，一起撒过野尿，一起玩过泥巴。这么多年过去了，看看你，唉！有头有脸的！到哪都是焦点，金字塔顶端的人哪。再看看我，穷得响叮当，锅都快揭不开了。你们老笑话我贫气，真以为我不知道？我心里其实明白得很，我要是有钱，肯定请客送礼样样不落，比别人更有面子比别人更会摆谱！但人穷志短没办法啊，明明脸上下不来，还得耍厚脸皮硬扛。你们有钱人，别人多看你一眼都是罪过，我呢，谁踩着我都嫌硌脚！有时候吧，觉得自己活着就是给社会增加负担，养我一个没用的人纯粹是浪费粮食，虽然我也吃不上什么好的，可不还是废物一个嘛，养条狗还能讨人欢心，我呢？连你们几个好朋友都觉得我讨厌。我这个人就是因为穷，所以猫嫌狗不待见，受得了就自己消化，受不了也得忍着，完全没人在乎我，哪怕就是死了，也是尸体腐烂，等别人闻见臭味才能发现。唉！"他自斟自饮喝了一口酒，仿佛在品尝感伤的滋味。

我听了这话颇有感触，虽然我比他境遇好一些，但状态和心情如出一辙，我甚至有些后悔平时轻贱他了，心想：家家有本难念的经，我虽然遭遇点挫折，还是比滑头强一些的，都是一样落魄的朋友，真应该帮帮他……欸？不对！这孙子说的不是我的台词吗！

我猛然醒悟，滑头是用我的套路故意让小富同情呢！

我一下就坐直了，警觉地瞪视着滑头。

二子察觉了我的异样，问我："你紧张什么？"

我一呆，赶忙找了个听上去合理的解释："没想到滑头这么困难，我挺吃惊的，心里不舒服。"说完我就后悔了，这不是给滑头帮腔呢！

滑头还扭脸给我一个感激的微笑。

小富不负众望，拍着胸脯说："兄弟，有什么需要尽管开口。"

这一声"兄弟"叫得滑头心暖我心酸。

滑头沉吟一下，说："不瞒你说，我最近过得不是很好……"

小富很仗义地打断了他："需要什么？"他指的是钱却不提"钱"字，给滑头保留了尊严。

二子也被感动了，称赞小富说："还是你够义气！简直那个，那个，那个春申君再世，杜月笙附体啊！"

我纳闷二子这么不学无术的人还会引经据典，脱口问他："你还知道四君子三大亨？"

二子说："你傻啊，晚上在家光和你媳妇不干好事了吧，啥都不看！"

我淡淡一笑，心中暗骂。

滑头志不在小，对小富说："不是借钱，我打打零工只能够温饱，借了钱还不上我哪还有脸见你们啊！我是想跟着你长长见识。"

小富一怔，有点为难："跟着我……"

二子以为小富没理解："他想去你的公司上班。"

滑头很满意二子一语中的，说："钱多少都无所谓，主要是你见多识广，格调也高，我在你身边当个跟班也受益不浅啊。"他吹捧了下小富又拿话挤对他，基本把我的套路全用上了。

小富解释说："不瞒你说，在我身边肯定不合适，朋友归朋友，工作归工作。要是混淆在一起，不是丢了朋友就是耽误了工作。"

滑头不肯丢了这棵摇钱树，忙说："富总富总，是这个道理！我工作可以不要，可不能没你这个朋友。不过瘦死的骆驼比马大，你拔根毛都比我的腰粗。咱俩是朋友，你就得帮我。""就得"两字重而悠长。

对于滑头的无赖，小富不好直接拒绝，犹豫地说："只是……"

滑头贱声贱气地说："只是不想帮我吧？"

小富摇头说："不是……"

二子说："什么只是不是的，帮就帮，不帮拉倒，给他个痛快话。"他并不是想帮滑头说话，就是觉得让人难堪会很好玩。

二子帮了滑头一把，无形中推了我一把，我说："你们听小富说完不行？"

"小富"的名字犹如法宝，两个人瞬间安静下来。

小富说："我的企业各个部门专业性比较强，如果你的专业不对口，恐怕耽误了你。"

滑头说："不怕不怕！我学的东西你都知道，刚才听你说你公司那些事，我觉得有几个工作我是可以干的。你看着安排吧，能让我有立锥之地我就谢天谢地了！"

小富才知这家伙一见面闲聊时已经开始给自己下套了，说："我们企业制度比较严格，哪怕我给你硬安排到我企业里也要从基层干起，那只有年轻人干的活，工资不太高还特累，恐怕伤你自尊，咱们弟兄之间面子上不好看。"

小富很明显是在推托，一般要脸的人就会知难而退。可滑头毕竟是滑头："我已经困难到这份上了，还要什么自尊？况且和年轻人打成一片才有成就感啊！再说我也还年轻嘛。工资多少全听富总的！总之，您老人家不会亏待我吧。哈哈。"他向小富眨眨眼，嘴角向上扬了扬，以示双方心照不宣。

看小富还在踌躇，滑头干脆话锋一转开始逼宫："小富你不是嫌弃我，不想帮我这个忙吧？"

二子起哄说："肯定嫌弃你，不想帮你。"

小富踌躇道："我不能马上决定。"

滑头一脸坚定："别马上驴上骡子上的，老爷们儿做事干脆利落点。"最不爷们儿的人说最爷们儿的话，有种贼喊捉贼的讥讽。

这么直白的话说到小富脸上，小富不好再说什么，咬牙说道："好吧，这事包在我身上，这两天你等我消息。"

滑头抓耳挠腮喜不自胜，端起酒杯刚要喝，一看酒太少，又把酒添满，豪情万丈地冲着小富说："好兄弟，生我者父母，知我者富总！我一定死心塌地为你卖命！"一大杯酒一口倾泻进去。

滑头喝酒从来耍赖，倒酒、吐酒、少喝、不喝、装醉各种偷奸耍滑不一而足，这次能给自己w添酒，虽然喝的是小富的酒，也足够让小富下不来台了。

小富咳嗽一声说："不至于，不至于。应该的，应该的。"也陪着抿了一口。

二子看他俩喝酒眼馋，也端起酒杯："敬小富！"

我无精打采端起酒杯："哦。"

四人碰了一杯。

小富不想再和滑头纠缠下去，问我："今天你约的局啊，心情不太好是不是？"

我见小富应承滑头如此牵强，内心惴惴不安，自忖如果他也推诿我，我可不会像滑头那般死皮赖脸。而且他已经接纳了滑头，我再找他帮忙实在是拾人牙慧，有点趁火打劫的意思了。

我正举棋不定，二子说："你是不是也想让小富给你安排工作啊？要不咱仨一锅端，都去小富那里讨饭去！"说罢不知廉耻地哈哈大笑为自己助威。

二子一句玩笑话算是把我的后路断了，我真想灭他十族。

我既不能让二子去祸害小富的公司，也无论如何不能承受"讨饭"这个伤害尊严的词，使劲努出了个微笑："不会不会！我过得挺好的，好久不见，很想大家而已。"这笑容僵硬得针扎一下都不会疼。

看着滑头谈笑风生，我后悔引狼入室，真不该让小富叫他来吃饭。

这顿饭吃得各怀心事，只有二子精神抖擞酒到杯干，早把接女友的事抛到九霄云外了。

说说聊聊，时间已经不早，我们假意客气了下，还是小富结的账。

刚出门，小富的司机已经开着劳斯莱斯缓缓驶来。

滑头又犯起穷酸劲儿，猛赞一通此车多么豪华，他感慨的吐沫星子险些给车洗澡。

滑头一头扎了进去，东张西望。

旁人就算没见识过，也会假模假式不懂装懂，或者干脆不出声以防露怯。

滑头则不然，啧啧之声不绝于口，新鲜得像刘姥姥进大观园，最后干脆说："小富你送我回去。"然后，他以观摩中控台为由，一屁股坐在了副驾驶位上。

小富见他今天赖上了自己，也无法可想，无奈地说了句："我把大家都送回去吧。"他与我和二子一齐挤在了只有两个座位的后排。

我们不约而同决定先送滑头，以免他再出什么幺蛾子。

滑头这摸摸那看看，流着哈喇子说："太高级了！"我都怕他划伤桃木内饰。

他感叹："人和人差距怎么那么大呢？"他透露出无限感慨。

此时他的心情应该好似阮小七羡慕王伦，过把瘾就死都开眉展眼。

小富被捧得不好意思，连说："走运，走运而已。我也没比大家强到哪去。"

滑头说："瞧你说的！我的专车真的是'砖车'，能在公交上挤出个座儿，对我来说已经算是老天开眼。前两天坐公交，还有老头儿让我让座儿，我辛苦一天累得跟孙子似的，哪可能给他让座儿？凭我刚强的性格，只要我不犯痔疮，我爹来了我也不让。一个公交车座儿我都爱惜成那样，如果能让我天天坐你的车，我这辈子的心愿全了了。"

把滑头送到家门口，他下了车，对着小富肉麻的歌功颂德好一会儿，在小富的催促下，他留恋不舍地行注目礼望着车子离开，像是在站台送别远去的热恋情人。

二子倒是爽快，刚把他送到歌厅门口，他甩下句："不用管我了。"他飞身下了车。

车子走出很远，我回头张望他一眼：他蹲到了一个黑暗的小角落里，点起一支烟打发时间。

我在二子孤寂的身影中似乎感受到了排遣不掉的苦恼，也许这根本不该在他这样的人身上感觉到。而无论一个人是否麻木愚昧，是否乐观无忧，他终归是个有血有肉的人。辛苦了知道累，流血了知道疼，不吃东西会饿，受委屈了会哭。

二子的影子把生活的无奈投影成了一个立体的场景。这个场景就似曲终人散的剧院，辉煌的景象在脑海中激荡，眼前却是一片凄凉。

小富长吁了口气，把滑头和二子让他憋的闷气全都吐了出来，他说："这二位真让人费神！"他靠在座位上享受劳碌之后的小憩，自言自语似的对我嘟囔着："我不是不仗义的人。可我们和滑头从小一起长大，我还不知他是什么人？"

我见他有些累了，想让他早点回去休息，没等我开口，他说："咱们去玩会儿吧。"他虽是问话，却是不容置疑的语气。

我对在半夜的"玩"只停留在概念上，并且这个概念是政府构建文明社会的宣传语中灌输给我的：拒绝黄赌毒。干瘪的钱包让我沾染不上这些在暗地里猖獗的费钱项目，所以我一直被迫在夜晚做着好人。

我迟疑地看了看小富，他虽然有些疲倦，但肤色饱满，不像传说中吸毒者萎靡的样子。吸毒的人大多疑神疑鬼颠三倒四，而比起小富，我宁可相信自己不正常。毒品最大的弊病就是让吸毒者对毒品以外的事物不再感兴趣，可小富对事业还挺上进。

莫非他要带我去赌博？蒙上我的眼睛，开车带我到一片空旷之地，摘下眼罩豁然开朗，那是荒郊野岭之中建起的一座临时大棚，里面灯光耀眼烟雾刺鼻，好多剃着光头带着金链子的人三五成群吆五喝六，攥着扑克叼着烟，边捻牌边神经病似的念咒："三边！三边！"

由于赌资不受法律保护，我一直觉得在赌桌上没有输赢，输掉的钱不是自己的，赢了仍旧不是。既然如此，赌博根本没有乐趣。无论有没有乐趣，我都是无钱可输——钱简直是保护我品格贞操的一道屏障。

难不成他想去找女人？每当我路过发廊，偷偷瞥见那些浓妆艳抹的女性在玻璃窗内搔首弄姿，身影隐隐约约在昏暗暧昧的灯光中摇曳，总能勾起我的无限遐想。

我虽没进去过，却经常看到里面的场景：一堆衣衫不整的人在破旧的小黑屋里被警察逮个正着，抱头蹲在地上，无比羞愧地把脸深深埋在双膝当中。旁白是：警方端掉组织卖淫团伙，团伙法办，嫖客拘留。某某电视台综合报道。

我深恐自己第一次上电视是出现在法制栏目中，因此又是懦弱维持了我的正直。

假设我有钱的话，没准会动动以身试法的念头。

客观上讲，我也算得上一个贫贱不能移的人——反正富贵没空光顾我，所以能不能移无从印证。

倘使我是个富有的人，我想我不仅能移，我还能蹦高，我还能大跳！我的移动速度一定和我的财富成正比，富裕到了一定程度，说不定我还能超越光速穿梭时空。

彼时我一定要回到过去，当着孟子显摆财富，让这位圣贤明白有钱能让磨去推鬼，不为金钱所动那是因为您老人家没给够，否则威武大丈夫摇身变成娇羞小媳妇。我还要告诉爱因斯坦，什么光速恒定、双生子佯谬，他那套理论在金钱面前根本不好使，趋利才是任何参考系中亘古不变的定律。

对于富有的人，只有想不到没有做不到；贫穷的人，只有做不到没有想不到。我属于后者中的翘楚，所以我什么都做不成，胡思乱想倒是把好手。

小富哪知道我脑中已编造出好几个剧本，见我不吭声，他懒得再次询问，对司机师傅说："老地方。"

这话好似接头暗号，带来的神秘感让我胸中暗流涌动，似乎我即将沉沦于富人专享的糜烂淫乐中。

我怀着鬼胎幻想了一路，最后来到了一个让我颇为失望的地方：夜店。

夜店虽然也是个声色犬马之所，可毕竟没有一手交钱一手交货的直白。

夜店就夜店吧,我只是小富的陪衬,没有资格挑三拣四。

没有资格的人就不必讨论爱憎了。挺直腰板的人未必比摇尾乞怜的狗强,不信可以看看唐宁街10号那只睥睨众生的猫,它能以好吃懒做玩忽职守闻名于世,要是被耗子吓死了还算因公殉职,时隔多年依然会有人怀念它。假如我死大街上,没十天半个月都验明不了正身,我存在的意义尚且不如一粒尘埃——至少它还能被握在手里。

几个西装笔挺头发与皮鞋一样锃亮的男人,威风凛凛不苟言笑地站在夜店门口警觉地盘查往来人等,那架势就像寺庙的护法金刚。

小富的车刚刚进入他们的余光范围内,这几人下撇的嘴角迅速上扬,变脸速度让四川国粹汗颜。

他们笑容满面三步并作两步小跑着迎接上来,争开门时差点掩着小富的腿。

几人众星捧月搀扶着小富往里走,绕过了繁忙的安检门。我独自跟在后面也要绕过安检,立即有保安把我拦住。小富一回头拉住我:"这是我的朋友。"那几位赶紧招呼我:"哥!从前没见过你啊。"他们挥手让保安退开。

他们给我俩引到了夜店最好的位置,四周人满为患,只有这里虚位以待。

小富往当中一坐,靠着沙发稍微往下瘫了瘫,左腿横翘在右腿之上,双臂展开架在了沙发背。这是个轻狂霸气却又不碍观瞻的姿势,比起我的局促,从气势上别人也分得出谁主谁次了。

不用小富吩咐,各种酒水果品流水端来。

我说:"这么多酒喝得完吗?"

"有人喝。"

话音刚落,好几个穿着时尚打扮靓丽的姑娘已冲着我们袅袅婷婷地走过来,对着小富明送秋波。

我抑制住内心欢喜,假装平静地说:"要是滑头和二子来了非得乐死。"

小富不屑地说:"他们俩还不够寒碜我呢。"他怕我多想,又说:"我倒不是嫌弃他俩,平时见的人都正正经经,档次虽有,可特别乏味,我老得端着架子。时不时见见你们几个,开开玩笑胡说八道一会儿也能放松放松。没想到滑头缠住我了,让我给他安排工作。他这人从小就没溜儿,我的工作哪敢交给他?我又抹不开面子拒绝他,真不知怎么办好!唉,他还不如二子呢,更不如你。"

我愕然而悔,他这意思不就是既能收下滑头,又能收下我吗?

还没等我对悔恨进行弥补,他说:"这样一来,恐怕连朋友也做不成,走着瞧吧。"他把我噎了回去。

我心一横:算了吧,这人不带滑头和二子出来玩却带着我,够瞧得起我了。我何必再去用热脸贴人冷屁股?自讨没趣!

我端杯和他碰了一下,他用眼扫了一圈这些女孩,低声说:"好好玩。"他对我眨眨眼笑了笑,一饮而尽。

我也心领神会地报以一笑。人还在当地,心已想入非非,凑过身去说:"我第一次去夜店,还是咱们上学时你带着我去的。不想时隔这么多年,第二次又给了你啊。你不带我来,我一辈子都没机会来这么好玩的地方。"我发自肺腑感叹道:"有钱真好。"

他微笑说:"这破地方哪能说得上好玩?比起真正好玩的地方,这里只能算垃圾场。有意思的地方多了。"

我一听来了神,笑逐颜开。

他看出端倪,不等我问,说道:"那些地方比较私密,我不方便带你去,何况他们也不让外人进。你就敞开在这里玩吧。"

我没有感到失望,因为这里已令我觉得奢靡。

这些女孩穿着不统一,看来不是夜店的酒托或者销售,但都和小富眉来眼去，不似新识。

　　小富头发上的蜡比我脸上的油还多，女孩们簇拥着他一个人说笑，反倒把我挤到一旁的沙发上。

　　还是小富指着我说："这是我的好兄弟。"

　　有一个长发飘飘实在挤不到小富身前的女孩，听了他的话以为我也是富贵名流，赶紧坐到了我旁边。

　　大家都愿意结交显赫的权贵之人，即使点头哈腰巴结巴结拍拍马屁也心甘情愿。即便分不到一杯羹，也最好混个脸熟，说出去倍儿有光彩。哪怕拍个照，也够拿出去招摇撞骗了。

　　不过权贵就是匹风驰电掣的千里马，屁股扬得极高速度又是奇快，因此马屁不但不容易拍中，还容易被炮蹶子。只好退而求其次，与权贵的亲朋好友套套近乎也算是曲线救国了。

　　这女孩既认定小富是千里马，那我肯定是那条曲线，含情脉脉问我："咱们喝酒玩色子吧。"那清纯的眼神能勾死人。

　　猝不及防的热情让我手足无措，我不好意思以曲线自居："不会。"

　　女孩并没有因为我的不解风情而却步，很开心地说："最喜欢和不会的玩，这样才赢得多。"

　　几杯酒下肚，我眉开眼笑渐入佳境。

　　觥筹交错，我沉浸在纸醉金迷之中。

第三章
困兽犹斗

　　第二天一早我被渴醒，头疼欲裂，昏昏沉沉的，发现自己在家里，却想不起怎么回来的。喝了一大杯水后脑子开始清醒，努力搜索昨晚残留的记忆：那女孩把我灌多了，好像还要和我回家，出门的时候小富想送我，我稀里糊涂地推开了他。

　　我看了看床上躺的是妹子而非昨天那女孩，努力回忆了下，想起我本来是想带昨天夜店这女孩回来的，但她询问我的车在哪里，我感觉自己不但没车，住的房子还差劲，实在有辱小富朋友的"光辉形象"，再者妹子有可能还在家里，总不能大半夜把她拎起来轰出去，所以艰难地拒绝了那女孩。

　　看着身边熟睡的妹子，竟有种吃苍蝇的感觉，难道昨晚发生了什么？甩了甩脑袋，怎么都想不起来，反把酒劲甩了上来，又是一阵眩晕，跑进卫生间里。

　　我在卫生间干呕了半天，酒劲与脑劲此消彼长，酒劲逐渐退去，记忆逐渐提升。

　　猛然间我想起了昨晚的事情，怒火中烧，一拳砸在了镜子上：我回到家妹子正在熟睡，她手机响了好几次，我好奇心起，拿过来一看，竟然是别人给她发的暧昧短信！

早知道我就把昨天那位带回来了！这亏吃的！

我冲进厨房，抄起一把菜刀要和妹子同归于尽。

一进厨房，我条件反射感觉到了饿。由于昨晚熬至深夜，腹中食物早已消耗殆尽。

饥肠辘辘提醒我不能做个饿死鬼。

我翻遍了冰箱，冷藏室已经告急，我在冷冻室里找了袋不知猴年马月储存的速冻水饺，找了找生产日期，已过期年余。

我一向不介意食品是否安全，因为人们为了生存无所不用其极，激烈的竞争在庞大的利益链条中每个细枝末节必然充斥着各种心机。

至于瓜果蔬菜中农药超标，我几乎感觉这是业界良心。能保证收成的农药就是好农药，我吃个三五十年残留农药未必被毒死，可三五天不吃饭必然饿死。

这么一想，这包过期水饺竟熠熠生辉起来。

我敝帚自珍，虽然不是我喜欢的馅儿，依然非常爱惜地轻拿轻放，生怕把它们弄破了。

一盘热气腾腾的过期饺子端上桌，我又倒上点醋，剥了一瓣蒜切成片，吃得津津有味，自得其乐感觉像过年一样。

先等等！我突然想起我正要杀人呢，怎么吃上饺子了！

我吃完饺子再杀人，就从激情犯罪变成蓄意谋杀，主观动机在量刑时该不具备从轻条件了！这饺子吃的真误事！

我推开碗筷，着急忙慌拿起菜刀，一看上面净是切蒜时沾的蒜泥，一股辛辣之气扑鼻而来，呛得我眼圈都红了，十分败坏我杀人雅兴，赶紧认真地洗刷了一遍擦拭干净。

杀人虽不该像妖精吃唐僧那般敲锣打鼓热烈庆祝，但也该有武松斗杀西门庆提头行于闹市的气概，或张飞长坂桥怒吼"谁敢与我共决死"的英雄。

我这算什么？用切完蒜的刀切女孩子的脖子，都对不住给她尸检的法医。杀了她我怎么办？我爹妈怎么办？我还没活够呢。

人们一遇到事情就爱自己吓唬自己，本来没什么事，越琢磨想得越多，想得越多就越离谱，越离谱就越害怕，最终被自己吓死，终此一生一事无成。

我瞬间思考了一下可能发生的后果，把自己吓了好几哆嗦。

既然胜之不武，又没了从轻情节，还错过了念头，那不妨考虑考虑再动手不迟。

我和她从没确认过关系，她更像在用身体换房租。她和别人怎么样跟我有什么关系？她又不是我结发妻子更无白首之约，我介哪门子意？吃嫖客的醋岂不是很可笑很滑稽吗？

或许她早已交往了男朋友，只不过还没找到同居的住处而已。

我心中一乐：说不定我每天都在睡别人的女朋友呢。

看来我并没有受到侮辱。

富贵不还乡如衣锦夜行，那么丑事不宣扬也可以当作没发生。

尊严这东西就是件外衣，只有在人前穿给大家看才觉显耀，被人交口称赞那才有面子有尊严。倘若在荒无人烟的深山老林里，即使光着屁股载歌载舞也无害尊严。

妹子昨晚在睡梦中根本不知我看到了信息，这事只要我睁一只眼闭一只眼也就过去了。

我释然了。

冰箱已空，我决定现在就去采购点东西，等妹子醒来给她做顿早饭，她吃着热乎乎的食物对我感激涕零，我则站在一旁，虽然早已窥透她的秘密却冷笑不语，找寻造物主俯瞰愚昧众生的成就感。

一个小时后我回到家中，这个蹭房的客人已然不知去向。

这货平时出个门无论我怎么催促还得臭美打扮两个小时,此刻被窝都凉了,明摆是躲着我!她不交房费也就算了,连最起码的假客气都没有!人生已经很艰难了,何必赤裸裸地不给彼此留下相见余地?

　　我气得直想摔东西,可拿起几样,举了几下手,又乖乖放了回去,根本不舍得摔掉。

　　贫穷导致我摔坏任何东西都要心疼好一阵子。

　　唯有妹子的衣服不是我的,然而衣物掷地无声,摔到地上既得不到破坏所带来的快感还非常绊脚。

　　至少她的衣服还在,也许只是有急事出去了。我以此自欺。

　　浑浑噩噩过了一周,妹子每天早出晚归,我和她成了最熟悉的陌生人,无视彼此的存在,同床异梦毫无交流。

　　小钟来找过我几次,我提不起兴致和他去参加同学聚会,干脆电话不接敲门不理。

　　直到在楼道里碰见他,他略述了聚会的经过,还让我看了照片,女同学们从亭亭玉立的少女变成了膀大腰圆的怨妇。男同学们秃了好几位,给"擢发难数"这条成语昭了雪。

　　小钟说大家混得都不好,聊天内容无非是养孩子负担大等柴米油盐酱醋茶的老生常谈。

　　我暗自欢欣,看来自己没有掉队。与矮子比身高虽然不光彩,可总归没让自己显得矮。我又有些担忧发愁:是否我自己也是这个样子,而愚昧蠢钝使我茫然不觉,甚至还沾沾自喜?

　　不过我懒得深究。

　　馋、懒、贪是人性中的三大痼疾,我无一幸免。其中懒更是我身上附骨之疽,步步为营剥茧抽丝地侵蚀我的动力瓦解我的思想。我大有从懒得出门到懒得买菜,到懒得刷锅,到懒得做饭,到懒得吃饭,懒得起床,懒得动弹,想都懒得想,能懒则懒、懒无可懒直至懒死的趋势。

然而馋比懒终究技高一筹,因为你有法懒得吃,却没法懒得饿。

再没有收入我迟早被饿死,左思右想,把唯一的希望寄托在了那个远房表姨的身上。

我忐忑不安地拨通了她的电话。她早已把我忘了,我循循善诱自荐了半天,她才豁然想起我是谁,没有多说,只约了个时间让我去找她。

她言辞客气但态度冰冷,让我揣摩不透她是真心还是敷衍,可这次要是再临阵退缩,下次连退缩的机会都没有了,唯有硬着头皮先上了。

到了日子,我扎了个果篮,惴惴不安地找上门去。

快到地方我暗骂自己蠢,原来这附近有个有史以来全世界生意最火爆的所在——医院。

四周商店里鲜花水果堆积如山,害我提着这么沉的东西走了半天。

我路过一家商铺,一个大汗淋漓的人着急忙慌和店里人商量:"刚在你这里买的花篮,本来想探望病人呢,谁想到他恰好死了……不不,是不巧,不巧!给我换个花圈吧!"活人死人殊途同归。

我拿着表姨给我的地址按图索骥,找到了一个不大不小的公园。我进了门,迤迤逦逦曲径通幽,往里走了半站地,一座小花园坐落在公园角落的小湖之畔。小湖像凹字一样三面将小花园围住,电动门将花园与世隔绝。

这景色在闹市之中更觉幽静,格外凸显雅致。至于如何雅致我也懒得描述,总之看到后脑子里会蹦出"雅致"二字就对了。

门口有个年代久远的砖砌的传达室,破破烂烂非常简陋,寒酸地赖在琼楼阁宇之旁格格不入,既像阔气的老板请的乞丐保镖,又如繁华的市中心出现了个以叶遮羞的原始人，极其突兀。

虽然我不懂什么是美，但我知道什么是不美，有朝一日我要是有了这份产业，一定先把这传达室扒了。

想到"有朝一日"，顿时满心惆怅意境全无，我什么时候才能有这一日呢。

我走上前，向传达室里张望，有个皮肤黝黑皱纹纵横的大爷，拿着一把破扇子瘫坐在藤椅上，双腿搭在登记桌上翘得老高，正懒洋洋打盹。

我不想轻易打扰，可又不敢误了时间，轻轻敲了敲窗，叫："师傅……"

大爷没拿正眼看我："游客不让进。"

我解释说："不是不是，我找人。"

大爷："找谁？"

我只知她是我表姨，没好意思直接问她姓甚名谁，结结巴巴地说："一个女的。"

大爷瞪我一眼："年轻人找婚介所晕头了吧？我们这不拉皮条。"

他嗤得我满脸通红，我摸索着回忆说："对了对了，我表姨父是这里的老板，我找这里的老板！他姓……好像……是不是任？"

"什么人不人的，这没畜生。"

我皱了皱眉：这老家伙拿枪药当饭吃了怎么着？龙游浅水遭虾戏，一个看大门的都欺负我！

我是来求人的，心里再憋屈也不好发作，可又受不了他这么无礼。

我偷摸打量了一下这个老头，嶙峋瘦骨外面包着一层结实的肌肉，看来年青时没少干体力活。不过如今年纪老迈，充其量也只剩下些余辉，一旦闹起来，就算打不过他，至少我比他跑得快吧？没什么害怕的。

人性欺软怕硬，在发生冲突之前往往先掂量掂量，如果对方比自己强，那么自己就以"好汉不吃眼前亏、不与其一般见识"之类的借口认个怂；要是对方看起来比较好欺负，哪怕心再虚，也得先去骂上两句跺上两脚逞逞能。

我正想抢白他，听到身后有汽车声响。

回过头，一辆车缓缓停下，后门打开，下来一个打扮时尚的少妇，妖妖娆娆走了过来。

虽然我早不记起她的容貌，但我依稀记得她的体态，快步迎上去叫："表姨好！"我心里有了底气。

偷瞄几眼，她长得还算漂亮，穿着十分得体，散发出中年女性成熟的韵味。

她的年纪原比我大不了多少，如今看上去依旧颇为年轻，称她"表姨"好不自在。

她坦然接受："多少年没见了？我外甥长这么大啦。"她抿嘴笑了笑。

这声"外甥"叫得真瓷实，让我头皮发麻直龇牙花子。

她扭过头跟传达室老头说："老王呀，你说的话我老远就听见了，我已经交代过你，我外甥会来，你明知是他，干吗还刁难人？"

我暗骂：奶奶的，这老家伙是成心的。

老王歪着头说："你也配叫我'老王'！"他抱着肩把头仰起，一副浑不憷的模样。

表姨也不生气："您老人家好强，叫您'叔'不就是咒您'输'吗？我可担待不起。"她浅浅的笑容透着深深的嘲讽。

我万分庆幸表姨不叫他叔，否则我不得管他叫"爷爷"？

老王："怎么回事你心里明白。"

表姨还是一笑："我又不是老糊涂，心里明白得很！"

老糊涂骂："少跟我废话！"

"才没空跟您废话呢。"她一拽我，带着往里走，轻声骂句，"老不死的。"

她的声音虽小，但老王一定听得见。

还没等老王还嘴，我们已快步走开。

我装作关心套她的话："这位王老先生脾气挺倔，不知怎么那么不高兴，您性格这么好他还对您这么不客气，您可别生气。"一般人听了这话，都会对我的虚伪恭维表示赞许，顺势告诉我其中缘由。

可她只云淡风轻地说："甭理他。"

院子内花团锦簇，四处栽着各种花草树木，姹紫嫣红。有一只三色猫带着几只幼崽玩耍，更添生机。

我们穿过一条几十米的蜿蜒小路，来到了一栋小楼前。

门外两个云鬓旗袍高跟鞋的女孩子笑脸相迎："姐！您回来了。"

得嘞！好容易在老家伙那里没降辈分，又被她俩找补回来了。

她二人笑靥如花为我们开门，我也不好说什么。

表姨介绍我："这是……自己人。"她见女孩年龄比我还小，没把"外甥"说出口，说道："职场无大小，你们喊他哥好了。"

二人甜甜地叫我："哥！"

我欣然答应，看着两位明眸善睐的小姑娘，心里美滋滋：你们都是我"妹子"！

房子里面别有洞天，我还以为自己进了豪华酒店。而我的"以为"也很抽象，因为我并未进过任何豪华酒店。

我不愿自承没见过世面，迅速像过电影一样，搜肠刮肚地把大脑中的褶皱全都扒开翻阅一遍，奈何发现自己只是井底之蛙，什么拿得出手的都没有。

在此情此景之下，内心深处暗自颤了三颤。

大厅两侧有许多隔间，每个隔间内都有茶台，应该是饮茶洽谈之所。有的隔间半遮半掩，里面有人喝茶聊天。

表姨直接带我上了二楼，走廊两旁都是单间，上面写着"鼎食厅""馔玉厅"等，虽然全关着门看不见屋中陈设，但取这种名字无外乎餐饮包间。

想起新闻报道中好多落马高官都有"出入高档会所"这么一条罪名，我判定这是一家私人会所。

我们走到最里面，推门进入一个很大的办公室，里面装修得富丽堂皇，全都是中式红木家具，极其考究，考究得将"土豪"二字从文字变成了景象。

坐北朝南的办公桌后坐着一个人，正与旁边一老一少两人说话。

办公桌后面这个人应该就是这里的主人，我的表姨父。

这是我第一次见他，他五十岁上下，身材微微发福，不胖不瘦。我原先不知道"紫棠色"的脸是什么样子，一见他便恍然大悟，原来是不黑不白也不红那么一种颜色。

这人虽然上了点年纪，但没有一丝沧桑，整洁的脸庞、刀削的五官给人以成熟稳重之感。

术士将人脸分为"田、由、国、用、目、甲、风、申"八种面相，这人是标准的"国"字脸，浓眉大眼，炯然有神。

我想这个人一定能称为"英俊"，而且他的英俊不是现代这种以半男不女为美的英俊，而是古代大丈夫那种具有威仪感的英俊，英气勃勃，仪表堂堂。

看到我们进来，表姨父抬了抬眼皮，指了指一个五十多岁男人对我表姨说："这位是……"他忽然停住，扭头对这个五十多岁的男人说："咱们这么熟了，我都不愿介绍你。你自己给我媳妇介绍自己吧。"

　　我当时很奇怪，介绍人不过是一句话的事，他话已到嘴边怎么又缩回去。我后来了解了他才知道，表姨父这人看似仗义诚恳，实则心眼颇多。年长这人是表姨父的老友，年轻这人却是年长的人今天新带来的。长者先前已经给表姨父介绍过了年轻这位，但表姨父没往心里去。所以如果由表姨父来介绍，不大合适介绍一个忘一个，于是直接推给年长这个人。

　　年长这位霍然站起，满脸堆笑拉着表姨的手说："嫂子好！我姓杨，是任哥多年的好朋友。闻名不如见面！早知任哥娶了一位得力能干的媳妇，终于见到真人了，没想到比传闻中更年轻漂亮！名不虚传！名不虚传！"

　　这姓杨的比表姨父还大着好几岁，居然称表姨父为哥表姨为嫂。这股客气劲儿让我起了好多鸡皮疙瘩。

　　一个女人的智商就算高到能进门萨俱乐部，一旦听到别人夸奖她的容貌，她的智力恐怕也会瞬间下降为零，信以为真，晕头转向。

　　表姨笑得花枝乱颤："久仰杨哥。"

　　老杨连连摆手："不敢！随着任哥叫我老杨吧。"

　　老杨又介绍旁边这个三十岁上下的年轻人："这是规划局法制办的于科长。"

　　于科长欠身点头说："副科副科，嫂子叫我小于就好。"

　　表姨父说："于科长风华正茂，别说科长，就是处……"念头一闪，处长虽已不低但马屁分量不够，马上改口说："厅长部长也是早晚的事。"

　　大家哈哈一笑，在虚假中获得满足。

　　他们几人聊得兴致高昂，没人搭理我。

　　我在一旁大感窘迫，站也不是坐也不是，全身上下每根寒毛都紧绷绷的不自在，想来在法院开庭受审也不过如此。我这样的人平时瞎聊臭贫还行，从公安局门口路过都会犯低血糖。

聊到最后，老杨说："任哥吩咐的事我一定安排好，这几天就把人带过来，那是我的铁哥们儿！"

任总笑道："你办事，我放心。"

几人起身道别，我随着表姨两口把杨于二人送到大门。

见二人走远，表姨父脸变得阴沉："老杨这王八蛋，偏得把办事人往我这里带。"

表姨问："怎么啦？我看老杨人不错呀，你们刚刚聊得不是挺好吗？"

边往回走表姨父边说："大面儿上的事，谁能当面揭穿谁？一有人夸你好看你就以为他是好人。你不了解老杨，他这人贪图便宜，如果他能帮我办成这个事，肯定不会把办事的人介绍给我。这就和中介一样，你能把上下家聚在一起认识认识？跨过你怎么办？按老杨平时作风，一定是跟我要了钱，他自己拿去办事，两不相见。这样我也省心，还避免落下送礼的口实。"

表姨说："那多不好，万一他没把礼送给人家呢，你也不知道。"

表姨父摇头说："花多少钱办多大事。只要他给我办成了，他自己把钱贪了也无所谓。这倒好，他办不成不直说，还要把对方介绍给我，这不是踢皮球吗？让对方当面拒绝我就没他的事了，还讹我顿饭。"

表姨又问："那就说事情不办了呢？"

表姨父继续大摇其头："不办？不办也得请。一来已经说好了，驳不了这个面子。二来即使办不成，多个朋友不是多条路吗？一顿饭的事，以后难保用不上他。关系嘛，最忌讳临时抱佛脚，必须时常维系着。办事最怕的不是人家跟你狮子大开口管你要东要西，而是你送礼人家不收。"

任总这几句话不啻打在我耳边的晴天霹雳，险些颠覆我的人生观。此前我的工作无非就是打打散工，干些朝九晚五之流的碎催事，极少和工作之外的人打交道。我总以为自己是有见识的人，无论如何，我也见过好些人，去过很多地方，干过好些工作。此时此刻我才知自己一直坐井观天，看到的从来不是一个真实的世界。

很多人喜欢倚老卖老，动辄就说我走过的桥比你走过的路多，我吃过的盐比你吃过的米多。其实这只是被怼得无话可说的恼羞成怒的遮羞布而已。

人是否见多识广是否成熟老练只取决于他经历了多少事，而不取决于他是不是个老寿星，更不取决于他是不是个马拉松选手。

实则表姨父所说的这些话，仅仅是下雨出门要带伞这种最基础的生活常识罢了。只是当时的我见识浅薄，以至于大惊小怪心旌摇曳。

回到办公室，表姨父又回到他的专座上。点上支烟，吸了两口，看着自己吐出的烟雾，对我说："坐。"

我看了看，座位虽多，但感觉坐哪都不合适。

他笑了笑："那么拘谨干什么。"

这一笑，总算打破了备感僵硬的气氛。

我报以一笑，才有机会向他问好："表姨父您好！"刚说出口我就后悔，干吗偏得把"表"字加上，叫"姨父"不是更亲切么！

表姨父轻微皱了皱眉，"嗯"了一声。

表姨鉴貌辨色，对我说："公共场合要叫'任总'。"

这里就仨人怎么成公共场合了？但我还是眼观鼻、鼻观心、扪心自问、问心无愧、恭敬到不能再恭敬地叫了声："任总。"心想：总你奶奶。

任总说："介绍介绍你自己。"

我把我过去的一些经历简单说了说。而这通介绍十分苍白无力，因为私人会所里需要的是为人圆滑、处事灵活的人，我几乎算个白痴。

听完后，任总点点头不置可否，想了想，问我："你会开车吗？"

我的研究生文凭和过去的工作经验，原来统统是零蛋。行走在社会上，我的傍身之技居然只是开车！

我不愿承认现实，可现实更不必承认我，所以我只能勉强挤出这个字："会……"

任总又点点头。

表姨对我说："看出你不太愿意。但你姨父的车都挺好，交给自己人不是更放心嘛。"

你的车好能有小富的车好？无非是在安慰我。

任总说："你不要以为开车就是贬低你，你觉得车好开吗？嗯？"

我不禁犹豫：假如不同意给他开车，难道找份挑粪的工作？可我的驾照连粪车都不让开！

我将心一横："不好开。能把车开好也不容易。我想试试。"

任总很满意我的回答，抽着烟跷着二郎腿对我说："自己倒点水喝，别见外。"

我机械地来到饮水机前，发现里面没有水。旁边放着桶新的，我顺手给换了。

任总夸我："不错。"

我不知他是夸我眼力见儿不错还是体力不错。

表姨也笑了："你看咱们外甥挺好吧？"

任总说："不错，很阳光。"

我真的十分沮丧，阳光？我愁眉苦脸的样子如丧考妣，哪里看出来阳光了？什么叫阳光？就是你不帅气、不聪慧、不可爱、不老练、不灵活、没人品、没本事、没学历、没钱财、没抱负、没资源、没前途等等等等一切一切你都不具备，但是人家又碍于面子不得不夸你一句，这个词叫"阳光"。这个词唯一能透出任总内心对我的评价，仅仅是看着我不算太讨厌。

表姨对我说："你先熟悉熟悉环境，这里用得着你的事多着呢。"

我点点头。

任总叫来一个姓肖的经理。

肖经理高大帅气，比我大几岁，笑容满面言语轻快。

任总吩咐他："以后你俩一起去采办，这样你也多个帮手，万一你有事，也有个给你替力的人。"

肖经理闻言一愣，笑道："没事没事！这是您的外甥，哪能干这些粗活？就让他跟着您吧，外边的事让我处理。"

任总不耐烦摆摆手："我不喜欢整天被人跟着，有事我会叫他。让他多和你学习学习吧。你带他四处转转。"

肖经理不敢多说，带着我在会所闲转。

这家会所一楼进门大厅的四周分布着二十余个洽谈室。走廊两侧盆栽水系一步一景，设计精致，别具匠心。

每个洽谈室都是一个小隔间，布局巧妙，不封闭却很私密。能看到里面有女孩子为客人焚香斟茶，上等香料与浓酽香茶的味道沁人心脾。

室内设有展示柜，各个洽谈室陈列的物品不尽相同，有些是名酒，有些是工艺品，还有珠宝陨石、古董丹青等。

我看得眼花缭乱，既不懂也记不住。

二楼是数个餐饮包间，面积有大有小，装修得富丽堂皇。

肖经理介绍了半天，一看我什么都不懂，把我当成了土老帽儿，跟我显摆起来："咱们这算很高档的会所了，经常来一些有身份的人，什么上市公司的老总啊，大款明星啊。"

我瞧出了他的轻视，心想：狗仗人势，又不是你的东西你得意什么。我问他："肖经理，大公司全有自己的食堂，别说上市公司，有些比较体面的小公司也会在内部装修出几个包间请个大厨专门招待客人，为什么要来咱们这里？"小富曾请同学们去他公司内部会所吃过饭，因此我有个粗略概念。

他显然没想过这个问题，怔一怔，可不愿在我面前显得不懂，糊弄我说："任总面子大，好多人冲他来的。他们即使有自己的食堂，天天吃也腻歪啊，何况别处哪里有我们这里饭菜精致？咱们这里做的鱼唇汤，别的地方就学不来。"

我不甘示弱："都说猩唇才是名菜，鱼唇恐怕还差了点。"我忘了从哪本书上看过猩唇是道山珍，胡口瞎诌。

他皱眉说："抱着猩猩嘴唇又亲又啃，不是有点恶心吗……"

他并不知道猩唇并非猩猩的嘴唇，我暗笑，说："你抱着鱼亲也不光彩啊。"

他无话可说，转移话题道："刚来的老杨就是有钱人，于科长不也是青年才俊么。"

老杨其貌不扬，不知是不是韬光养晦的人，我说："于科长年纪也不小了，副科很正常吧。三十岁不当个处长，就很难当部长了。"

他不服气，连说了几个小有名气但对不上脸的二流明星也来过，我表示不知道是谁。

他轻蔑一笑。

无非在嘲笑我孤陋寡闻自不量力。

我初来乍到还没站稳脚跟，哪能让你给我来个下马威？以后大爷在不在这混了？没理我也要搅三分。我不卑不亢地对他说："大家在上学时都学过孔圣人的话'人不知而不愠，不亦君子乎'，这句话运用到现实当中，意思就是名人啊、大款啊什么的这帮人，甭太把自己当根葱，别以为自己名满天下多么了不起，其实别人压根儿不认识你。我没听说过他们对我也没影响，他们也不会因为被我知道就身价倍增。小学毕业都那么多年了，还追什么星？成年人心中的明星，是事业的强者、国家的栋梁，是那些能给自己带来价值、创造利润的人。除此之外，全是路人。你要是想解决事情，就去派出所找民警。你要是想解决信仰，就去拜四御三清。明星解决不了我的温饱，解除不了我的困惑，我路上碰见他们还得躲着走，否则人多挡了我的道。"

我歪解论语把他的嘴堵住，他见我针锋相对，将轻视之情收敛，笑着一拍我肩膀："兄弟你还挺有意思。"

二人一笑泯恩仇。

他问我："你的工资待遇肯定不低吧？"

我还没和他混熟，他这么猴急地问我工资干什么？我说："任总是我表姨父，自己家亲戚的事我尽心尽力，给多少是长辈的事，我也不关心。"

这话说得模棱两可，免得他在背后说我闲话。

他察觉了我的敏感，点头犹如小鸡捣米："嗯！没错没错！咱们给老板办事一定不遗余力！任总两口都是好人！不在工资多少，在于工作顺心。"

我心里暗笑：你拍多少马屁我都不会帮你传话。

又闲聊了一会儿，时间已经不早，我向任总他们告别。他们正准备和朋友共进晚餐，没空理我。

肖经理带我走出来，路过那窝猫，过去喂食。

小猫一哄而上，他不耐烦地扒拉到一边，把食盒填满，对我说："以后你有空就喂喂它们。任总不知哪来的兴致，捡来这么一只母猫，还下了这么多小崽子。"

我心想：大懒儿使小懒儿，任总让你干的活你让我干。我说道："任总挺有爱心。"

他重重"哼"了一声："人还顾不过来呢。"

我俩走到门口。

我问："任总让明天咱们一起去采办，我几点到合适？"

肖经理面露难色，说："咳，真不用麻烦你。平时我自己有空就去，时间不一定的。你在这里照顾好任总吧。"

他神情忸怩推三阻四，我反倒有些疑心了，又追问了一遍。

他只好说："这里九点上班。"他没有正面回答。

我和他道了别。

回去路上，我越回想肖经理的神态越不对劲，心想：早晨的蔬菜最新鲜，开饭店的不懂这个？他分明在敷衍我。明天是我第一天去会所上班，不妨勤快点。

我留了个心眼，第二天不到八点就来了会所。

肖经理正开车出门，见我来早了，有些尴尬。他叫上我："今天我起得有点早。"

我和他一起来到市场。

到了市场，他直奔自己熟悉的摊位，只说数量不问价格。

一个人不会挣钱，就必须很会省钱。所以，锱铢必较货比三家几乎是我与生俱来的天赋。我详细询问了各种货物的价格和质量。

肖经理见我问得多，面露不快："你放心吧，这地方我每天都来，早问得够不够的了，信誉绝对没问题。"他从钱包里掏了一百块钱给我："你去帮我买包烟。"

我不大痛快，说道："进完货再买吧。"我没接他的钱。

他看出我不乐意，把钱硬塞给我，赔着笑脸说："兄弟，帮个忙，哥哥烟瘾犯了。我得在这清点东西，要不就自己去了。谢啦兄弟。"

我看他说得客气，只得说："自己人不用客气。"他转身替他买烟去了。

再一回来，他已提着一堆东西往外走。

我接过东西说："咱们去公平秤称一下。"

他极不耐烦："走吧，我这双手掂分量是一绝，就是为了吃这行饭生的。"他说着递给我一捆葱："五斤！一两都不会少！"

路上我故意没给他烟，他哼着小曲也没在意。到了会所我假装想起："烟还没给你呢。"

他脸一红："我没好意思管你要，以为你小子要贪污呢。哈哈。"

我们把东西提到后厨。任总正带着一个中年男人跟领导检查工作似的四处看。

肖经理满脸堆笑，忙把东西放下，紧握着中年男人的手说："胡哥！什么风把您吹来了？"

我打量了眼胡哥，头发短短的十分利落，个头不高，皮肤黝黑沧桑，炯炯有神的双目透着冷漠，似乎能凝视人心，让人望而生畏。

他简单地和肖经理握了手，胡哥又把双手负到背后："嗯，来看看。"

我从内心厌恶肖经理阴晴不定，成心想给他难堪，直接把葱往秤上一扔，果真不出我所料，竟然只有四斤半。

我说："肖经理你看，这葱缺了半斤！"

肖经理满脸尴尬："真的吗？我看看……"他跟医生看病童似的把葱来回摆弄。其实他颠来倒去再怎么看，那串数字哪里会变？

我看着他哑口无言的德行，心里偷笑，皱眉说："这商家太缺德了，你那么信任他天天都去他那里买，竟然骗你。"

我见任总无动于衷，似乎没听明白我的暗示，又重复一遍："天天都骗你，太可恶了。"

任总眼皮也没抬一下。

肖经理有些不自然，愤愤不平地说："他们真可恶！我每次都去公平秤称一下，就这两天赶时间，有点犯懒，竟然被他们钻了空子，我回去找他去！"他说着拿起葱，气势汹汹要去理论。

我心想：说得跟商家知道你哪天称哪天不称似的，便假意拦住他："你现在回去他也不承认了，回头换一家买吧。"

胡哥说："必须去，就去他家。"

我不知胡哥什么来头，随口说："万一回去找他，商家已经把秤调了回去，不缺斤短两了，那能有什么办法。"

胡哥冷冷地说了一句让我脱胎换骨、铭记一生的话："你傻啊，你不会偷着给他扔出去点儿。"

我被震撼住了，脑子就像突然被开了光。我从小考试作弊，却没想过人生也能作弊，傻傻地说："那他家没作假，他心里有数啊。"

胡哥瞪我一眼："明天我安排几个小兄弟跟你们一起去，在远处盯着你们。你买完东西后，找没人的地方偷着扔出去一部分。再回来嚷嚷他家作假，无论他承认不承认你都大声骂他，兄弟们装作路过看热闹的，过去帮你理论。他们会说以前也在他家买过，一起帮你赖他。他要是还口，你们就砸了他的店，再管他要赔偿，至少要个几万。"

我向来胆小怕事："如果他们报警呢？"

胡哥说："这个不用你操心，我派去的小兄弟每天应对这种事，随机应变。"

我怀疑任总会读心术，他一眼看出了我的迷茫，对我说："做人是需要些手段的，不能活得太老实。天底下有权势的人太多了，你就是首富也会有斗不过的人，少讲点道理，多动点脑子吧。"

我嗫嚅地说："凭什么不讲理……"我自己都感觉得出自己心虚。

胡哥都被我逗笑了，没搭理我。

任总对肖经理说："明天不要去找事了，我没那闲心，换一家买就是了。"他转身要走，又扭脸问我："你会喝酒吗？"

我以为我有了机遇，连声回答："会！会！"

任总苦笑地摇了摇头："看来你不会。"

我又不明白了，喝酒不就是张嘴往里倒吗？

任总看我又迷茫了，叹口气："你怎么什么都不懂。"

他不厌其烦地跟我解释道："我这会所每天迎来送往，需要会喝酒的人陪酒。所谓会喝，就是要能上酒场，知道礼貌规矩，知道什么时候该敬什么时候该退，要有眼色。而不是年轻人坐在地摊儿吃烤串儿喝闲酒。你们只喝啤酒吧？"

我点点头。

任总大皱其眉："那就是不会喝！酒场上谁跟你喝啤酒？我需要的是张弛有度说话得体的陪酒人，不要只会往肚子里灌的！会喝酒的人在陌生人面前绝不会自吹自擂说自己能喝，不然哪怕有二斤的量也会被灌趴下。所以你说你会喝，那肯定是不会。嗯……以后慢慢再说吧。"他从兜里掏出车钥匙递给我："把车收拾干净，我随时要用。"他陪着胡哥出去了。

到了院子里，我拿着钥匙乱按开锁键，找到一辆宝马，绕到车后面看型号，是辆760，居然是7系里最贵的型号。我惴惴不安，小心翼翼地打开车门坐了进去，生怕划坏车漆。心里嘀咕，不知任总发给我的工资够不够上划痕险的。

比起小富的车，我更在意任总的车。假如碰坏了小富的车，他不但不会让我赔，多半还会安慰我。任总呢，我真担心我把他的车收拾得干净利索了，他还要因为车子太亮而讹我。

雾霾天气让这车看起来像刚拉过煤似的，我都怕一开上路，警察罚我故意遮挡号牌。这么脏的车徒手擦不干净，可车上又翻不到洗车卡之类的东西。关于洗车这么小的事情没法去问任总，以免自己显得太蠢。而肖经理又非易与之人，只好走一步说一步了。

此时肖经理也走了出来，见我在车里左顾右盼，揣着兜边走边问："没事吧？"

我说："没事没事，我平时开3系和5系比较多，看看和7系区别大不大。"

他目视前方，吹着口哨没理我，径直走过去了。

我含笑目送了他三四米，见他不会回头了，暗骂了他一句。

我有点傻眼，找不到地方点火。如果我真的开过任何一辆宝马就好了，至少能有所凭借。

我看了看，四下无人，放心地研究起来。

打开副驾储物箱，我心里一喜：说明书真在这里。

我好不容易把车启动，又找不到手刹的拉杆，继续翻说明书，发现原来手刹是个按键。

我松开了手刹，却又不知道怎么挂挡。我有些挫败，高档的车满大街都是，区区一个宝马居然令我如此狼狈。

我一低头，不由自主开始冒汗——离合器在哪呢？没了离合器那我左脚是一边放着还是踩在刹车上？

我一个为了不给老年人让座每次都钻到公共汽车最后面的人，今早白白在公车上一路站着观摩司机开车了。

我会开车不假，不过严谨地说，比"会"更准确地措辞应该是"会过"，得而复失与不得同，我把开车这项技能还给教练的速度比直接花钱买驾照还快。我考驾照最大的效益就是拿驾照帮人扣分挣点钱。

我定定神，心想自己是个笨蛋，自动挡汽车哪来的离合器。

既然没有离合器,那必然没有左脚的事。要么走,要么停,油门刹车肯定不能同时踩,断然没有左脚帮助右脚踩刹车这种越俎代庖的道理。

我有点得意自己想通了一个机械道理,可又不禁沮丧,这种浅显的道理还要想半天,我平时得有多糊涂。

这车在我的操控下像头倔驴,完全不服从我的驾驭。费了九牛二虎之力,我才将它一步一停地开到门口,老王在传达室里瞥了我一眼,打开电动门。

我想问问他在哪里洗车,刚一探头,他就跟个木偶似的把脑袋转到后面。

不知道这老东西什么毛病,我暗自咒骂:你脖子这么好使,上辈子肯定是乌龟!

好在公园里面就有一个洗车房。

将车擦干净后,我开始了正式的入职生活。

第四章
碰瓷惯犯

周末晚上,我独自待在家中,百无聊赖。

我的住所陈旧而冷清,刚到傍晚,外面已经没了人。天色将暗未暗,路灯暗淡闪烁,树影摇曳斑驳,让本就毫无生机的街上更加寂寥。

这让我感到苦闷,因为这就像我的人生路一样,近处昏暗,远方浑浊,也如我的心情般不明朗。

我躺在床上想着此生蝇营狗苟,似白驹过隙。

人生如风,无影无踪。只能在划起水波、卷起残叶时不经意地的寻迹到自己的存在。虚无缥缈,风息缘灭。

不想浪费电的我点了根蜡烛,在忽明忽暗的烛光下顾影自怜。虽有情调,无人陪伴。

妹子把我家当成了旅店,来去自由。她并非良配,生活当中有很多失意的事,她甚至没有加入其中的资格。

我只能孤芳自赏,没别人来赏识我,也没别人愿意去理解赏识我。

我的起点如此黯淡,难不成一点希望都没有了吗?为什么那么多人能功成名就,我却活得像条狗一样。

难道生不逢时？想象如果穿越回古代，说不好我还能当个了不起的人物。譬如一个驰骋沙场的将军，在战车上号令天下，征服八荒六合之地。

上下四方谓之宇，古往今来谓之宙，不妨给自己上个宇宙大将军的称号，做一个独步天下的盖世英雄，我才心满意足。

我天马行空地幻想了半天酣畅淋漓的人生，发现可能是自己破烂电视剧看太多了。再由战车想到了汽车，别说指挥万乘，我连一辆汽车都开不好。想了一圈，我的房东小钟有辆宝马，可以借来练习练习，立即给他打通了电话。

寒暄几句，我进入主题："哥们儿，借你的车用一下吧。"

小钟有些犹豫："我上班还得开……"

我揭穿他："周日你不是休息嘛。我就借一天，去女朋友家里见他父母。要是没个好车撑门面，怕人家瞧不上我啊。我下半生的幸福就靠你了，下不为例，帮个忙！"

我编的瞎话让他无可推脱，他笑着说："一天应该没问题，自己兄弟肯定帮忙！你周日来取。"

他把"一天"说得很重，无非怕我借两天。不过我也仅有一天时间，相当满足了。

对小钟这么善良的人说谎，我有些于心不忍。但饭碗要紧，绝不能让任总看出我手太生。

到了周日，我早早地借了车。

小钟笑着对我说："路上小心啊。"

我心领神会："放心吧老同学，这么多年交情了你还不了解我？我出事都不能让车出事。"

他连忙摆手怪我会错意："一定保证你的安全，车无所谓的。"

我见他笑容真诚，罪恶感油然而生。

开车出来,我捡着熟悉的路来回绕弯,又不敢离家太近,只怕被小钟撞见。

生怕出师未捷身先死的我,小心得不敢偷看路过的美女。

我一上午开得中规中矩,四平八稳。

中午我在路边买了个煎饼,喝着从家里带的凉白开。

我边吃边看着煎饼苦笑:"煎饼兄啊煎饼兄,感谢您老人家一直不离不弃的陪伴。你可不能撂了挑子让你的烙饼老弟来陪我。"

一个路人听见我的祈祷,悄声说:"二货。"

对于这个不失公允的评价,我并没法发作。

吃完东西我又抓紧练车。

我正开着车胡思乱想,猛然间一个人从旁边窜了出来,倒在了我的车前。

我第一反应是这个人在碰瓷!我已经潦倒到这地步了,你还讹我?我一下血往上涌,不顾后果地狠狠把油门踩到底!

可在电光石火之间,我下意识又没了胆子,拼命一脚踩在刹车上。

我被刺耳的刹车声吓出一身冷汗,车前这个人已然不见踪影。

我惊慌失措地跳下车查看。

幸亏他躺的地方本来离我有点距离,我踩刹车也足够及时,他只是被卷在车底下,刚好没有压到。

这时从旁边跑过来好几个青年男子,其中一个不由分说推了我一把,冲我大喊:"你瞎了你!"

另外有一个专门录像的人。

这个套路我熟悉,前几天胡哥刚教过我,这几个人必定是车底下碰瓷人的同伙。

我说:"你们碰瓷……"

推我这人显然被我刚才那脚油门吓坏了,套路也不讲了,上来给了我一拳："我们碰你祖宗！你今天不赔两万不能走！"

我一听这么多钱，又控制不住情绪了。既然他们真要讹我，心想先废一个再说吧。我脑袋一热，冷不丁飞起一脚，重重踢在了他的裆上。

这一脚一向是我上学时保证自己不受欺负的法宝，又准又狠，他没反应过来就躺地上了。

他的同伙先是怔了一下，随手掏出甩棍就往我脑袋上招呼。

我听到金属与骨头闷闷的撞击声，头疼欲裂，应声倒地。

一瞬间，我的眼睛被鲜血封住。

录像那个赶忙拦住："别打坏了！我这还录着呢！"

路人见状早已报警。

我捂着脑袋倒在地上。这几个人不解恨，使劲踹了我几脚。

录像那个急忙停下手机。

他们低声商量："他压着人了，又踢了人，警察来了也不怕。附近没摄像头，拍不着老二躺下那段。"他们情急之下，也没顾虑我会听见。

他们为了不破坏现场，也不把车底下那个老二拉出来。

警察迅速赶来，分开人群，四处看了看，问："怎么回事？"

这帮人气势汹汹地指着我说："这人开车不长眼，轧了人还打人。"

警察又问："你们干吗的？他脑袋上的血怎么回事？"

他们说："我们路过的。"

警察说："路过的？你们打的？"

他们说："我们路见不平，属于见义勇为。"

警察说："见义勇为？那是司法机关才能认定的,你们说了不算！到底什么情况？怎么打起来的？"

他们说："他开车撞了人，我们看不过去和他理论，他就踢我们，拉架时他脑袋自己摔破的。"他们用威胁的眼神扫了一圈四周的人，路人噤若寒蝉。

我用衣服擦擦脸上的血，衣服红了一大片，想必擦了个满脸花。我一趸摸，见打我那个人不在，断定他拿着凶器跑了，对警察说："他们用棍子打的。"我指着录像那个："他有录像。"

那人赶忙收手机。

警察一把抢过他的手机。那个人措手不及，还没等剪辑就被警察夺走，让警察打开视频看了个明明白白。

警察问："打人那个呢？"

他们还辩解："我们不认识，都是路过的。他打人了，我们真是见义勇为。"

警察说："都别废话，上警车。"

这几个人七手八脚把老二从车底拉出来，那个被我踢的人也假模假式捂着裆一瘸一拐上了警车。

他们一路上向警察叫嚣我有多坏，趁着警察不注意，还恐吓我如果说出碰瓷的事，回头弄死我。要是不说出去，我少赔点钱他们就放过我。

我孤立无援，六神无主。

警察先带着我去医院包扎头部，又把我们带到派出所。

进了派出所，调解室里端坐着位警官。

这几个一看，全都蔫儿了，嚣张气焰被这警官冰冷的眼神浇灭，一个个跟做错事的狗一样臊眉耷眼。

警官皱着眉："怎么又是你们几个！"

带我们来的警察说："梅哥你认识他们？他们说互相不认识。"

梅警官冷笑道："不认识？我可认识他们！碰瓷惯犯！被我处理两回了！我还琢磨怎么最近消停了，以为他们跑了呢，怎么又来了！"

老二见被识破，一脸沮丧："梅警官，您原来在西街办公，我们是没胆子去的。怎么，怎么，您又来东街了？"最后这句话细不可闻，比新丧偶的小寡妇还哀怨。

出警警察告诉了梅警官过程以及医院包扎情况，并把视频递给他。

梅警官边看边说："我们人员互相调动很正常。躲着我碰瓷是吧？你们还真会躲啊你们，就躲一条街！看不起我是吧？"他一转念，说："哦！我知道了，这几条街是你们的势力范围，出了这一片儿，就是别的碰瓷团伙的地盘了。怪不得。"

老二苦笑道："我看不起您我就是您孙子！您比我爹治我都狠。这回真不是碰瓷，真真确确是他撞的我。"他撸起袖子："您看，他给我卷车底下去了，身上刮得全是伤。"

梅警官又问我什么情况。

既然警察知道他们的底细，我没理也有理了："他碰瓷，钻我车底下去了。"

这几个顿时不干了："碰瓷哪能钻那么深！明明是你撞倒他还加了脚油门往他身上轧，全是你的责任！"

梅警官很诧异："你踩油门了？"

所幸我大学宿舍里有几个学法律的同学，天天在那辨饬各种矫情的问题，因此我知道踩没踩油门是个关键点，坚决不承认："没有！怎么可能！我还觉得我踩刹车及时呢！"

他们不依不饶："没有证据说明我们是碰瓷啊！他撞了人还打我们，这得赔钱！"

梅警官一摆手："你们当我傻吧？算你们倒霉，又撞到我手里。你们这几个是碰瓷累犯，还敢不承认？我就是证人，轧死你们都活该。我看视频了，没有他轧你们的证据，而且是你们先动手推他的，没错吧？他踢人确实不对，但挨踢的现在不是缓过来了吗？又没什么大碍。"

挨踢的那个捂着裆："我没缓过来。"

梅警官乜斜着他："装！都是男的谁不知道怎么回事？要是这么半天缓不过来，早死了你。"

挨踢的耍赖说："我真疼死了，他得带我去医院。"

梅警官："行，你去检查吧。要是检查出你没事你就是欺骗警务人员，妨碍公务我先拘了你。"

那人想了想，身子直了直："其实我现在感觉好多了。"

梅警官没搭理他："你们碰瓷，又打伤了人，说什么都白费。跑了那个是你们的老四来着吧？是让他自首还是我去找他，你们看着办。"他又狠狠瞪了他们一眼："缺心眼吧你们？自己给自己留个证据！"

我揭发说："是他们没配合好，不然肯定不给您看后半段打我的视频。"

梅警官冲我摆摆手："这我能不明白吗？不用你多说。"他又对我说："我听同事说今天医院没给你拍照验伤？你明天再去一趟。等拆了线伤口长好以后，医院会出伤情鉴定，到时你再来找我。"

说罢起身忙他的去了。

我办了相关手续，做了笔录，走出派出所。再看小钟的车，被蹭掉好大一块漆，保险杠摇摇欲坠。

我正不知怎么和小钟交差，他已经打电话过来。

我犹豫了一会儿，接了电话，他问我用完车没有，我吞吞吐吐告诉他我被碰瓷的事，灵机一动："车被他们撞了，我让他们赔钱，和他们打架我还被打伤了，刚从派出所出来。"这样就变成我英勇护车了。

小钟不露情绪的"哦、哦、哦"了几声。

我惴惴不安等他的态度，他又若有所思地"嗯、嗯"了两声，说："没事……你先开回来让我看看吧，有机会再修。"

我心里莫名愧疚，实在张不开口问他上没上保险，只能说："我马上给你送回去。"

我愧疚不安地想了一路道歉的话，来到小钟家门口畏葸不前。

隔着屋门听到他正在气急败坏地打电话："我怎么知道！"

我心里一乐：这哥们儿平时斯斯文文的，原来也会着急。

没等我敲门就乐不起来了，只听他骂："他穷得跟个狗似的，哪来钱赔我的车！"

我去！敢情这孙子正骂我呢！

电话对面的人说什么我自然听不到，只能听见他在屋里嚷嚷："你以为我愿意借他？我这回迁房是个豆腐渣工程，千疮百孔，白天漏雨晚上透风，墙皮一块一块地掉。破房子隔音特不好，我这楼上住了对新婚夫妻，每晚我都害怕他们掉下来砸着我！"

每当我向他抱怨这房子隔音不好，他因为怕我借机提出降房租，所以总是咬死了不肯承认。这回倒好，让我在门外听得真真切切。

我又听他说："你不知道当初我为了把房租给他，连哄带骗费了多少劲。这破房没别人要，他这大傻子也不知道比比价，我的房子租贵了他都不知道。他借个车我好意思不借？"

我很不服气，他太小看穷人的想象力了。我何止比过价？哪个租房中介敢说不认识我！房租比他低的全租出去了，好房我又租不起，唯有在他这里强忍着。

我真想破门而入质问他为什么这么骂我，稳了稳神，耐着性子还想听听他说些什么。

他继续义愤填膺："擦车加油？他那么不懂事的人，我完全没指望！我提心吊胆了一天，怕什么来什么，他到底把车给撞了！借车还不如借女人，有的男的为了升迁为了拿工程把自己女人借出去，多少能换到点实惠。借车纯属费力不讨好，落一句谢谢顶个屁用？我冒着多大风险呢……哎哟哎哟，不是说你呢，我是说别的男的！我怎么可能把你借出去呢……不是不是……对不起对不起！"

再往后听，都是些肉麻的道歉话。

我确实没想到洗车加油的事，念及此处，窃喜又省下不少钱，登时觉得他骂我的话没那么难听了。而且按照他的思路，我相当于借他老婆出去玩了一圈，连摸带骑，还被我弄出事了。

这么一想，我甚至有些得意了，差点笑出来。

我平复下情绪，敲敲门。

小钟立刻挂了电话，一阵脚步声由远及近。

他开门一看是我，脸上一阵红一阵白，眼神有些迟疑，不知我听到他说话没有。

我若无其事地说："哥们儿，真是不好意思，把你……那个那个……车撞了，我一定给你修好。"我险些说漏嘴。

他见我神情正常，也恢复了平时的样子，讪笑道："没事没事，自己人。"

我和他下楼看了车，告诉他下午的情况。

他大度地说："问题不大，你有熟人的话你去修，不成我自己修也没关系。"

假如我没听到他背后骂我，我会感动得落泪。

我说："我修我修，耽误你用车了，真不好意思。也没顾上给你加个油，等下次修完车一起给你弄好。"

他脸一红，看着我头上缠的纱布说："等你伤好了再说吧，不着急。"

二人道别。

头上的伤口极疼，我一夜睡不安稳。第二天头晕眼花，看了看镜子，脑袋包扎得像个印度人。我左思右想去不去上班，后来一狠心还是决定去。

要让任总知道，即便我受了伤，仍旧爱岗敬业。

其实当时还是太年轻，这种丑态绝不该给工作上的人看到。解释的越多，人家了解你越多。人家越了解你，越察觉你心里没数，越容易把你当傻瓜看待，越来欺负你。

不过那天还是去对了，因为……

我来到会所，任总和胡哥正在聊天，见我脑袋包扎着，愣了一下，问我发生了什么。

我原原本本说了一遍。

胡哥从鼻孔里"哼"了声，轻蔑地问："碰瓷？"

"是的，胡哥。"我彼时和他不熟，和他说话放不开。

他随口问："拍照验伤了？严不严重？警察怎么处理？"

"警察说等伤口长好后做了鉴定再处理。昨天是周末，负责验伤的大夫休息，我打算先来公司报个到，和任总请假后再去医院。"

胡哥说："都这样了还来点卯，缺心眼吧。"他想了想说："嗯……还没去……你过来我看看。"

我依言坐在他旁边的椅子上。

他站起身，把自己的椅子往后踢了踢，腾个地方，背着手绕着我脑袋瞧了一圈。

这有什么好看的？我只觉头顶的目光像两道射线，灼得我头皮发麻。

忽然他在我伤口最近的位置停住，一只手摆弄了一下我的脑袋，观察着位置合适了，开始揭我的纱布。

我如坐针毡，不知道他要干什么，低着头一动不敢动。我用余光瞟了眼任总,他面无表情地看着我们,一口一口嘬着烟。

直到胡哥把我的纱布揭完,我都没敢作声。

他在我的伤口比画来比画去,"哦"了一声,好像发现了什么。他比画得差不多了,又"嗯"了一声,似乎又在确定什么。

他半蹲了下来,凑近了我,伸手扶正了我的脑袋,左手五根手指像五把钢钩固定住我的头,右手游走在我的伤口附近,跟我说:"别动。"

他干什么?我刚想询问,突然,他特别用力地抠了我的伤口一下!

我早就注意到他留着半寸来长的指甲,这时抠我的脑袋犹如一把锋利的小刀猛地划过,疼得我一激灵,大叫了声。要不是他按得紧,我绝对能蹦两米高!

本就没有愈合的伤口又裂开了,鲜血跟小瀑布似的倾泻下来,从我的额头经过我的鼻梁,流淌在脸颊上,滴在地上。

钻心的疼痛比昨天挨的那下闷棍还强烈。

胡哥把纱布放回我头上,简单包了一下,拍拍我肩:"去医院吧。"

我惊愕地看着他,忍无可忍仗着胆说:"这还能不去医院……"

任总说:"赶紧去吧。"

我真没胆量质问他们为什么这样欺负我,但怒形于色,二话不说愤然往外走。

我依稀听到胡哥在身后用很怪的腔调说什么"十万火急"。

"十万火急"?我此刻已经十万火急,怒火攻心了!我顾不上听他们说什么,夺门而出。

我怒气冲冲地走在大街上。

接二连三的倒霉事让我心情由悲观转向了愤怒,怒不可遏。没钱吃饭就够发愁了,还被碰瓷!虽然警察看起来挺公正,但毕竟我轧了对方一下,还踢了对方命根一脚,这都是说不清的事,到最后怎么处理还没谱呢。如果双方抵消，两不相欠最好。万一让我赔钱，再少我也赔不起！何况还有小钟的车需要修！对了，还有小钟！我又不是成心撞的车，你居然骂我那么难听，可我呢？让我连反唇相讥的勇气都没有，因为我换不起房！这些统统算了，你任总好歹是我表姨父，你和胡哥不同情我都不说什么，你们还破坏我伤口让我痛上加痛？任总你个头！你是个畜生总！你比我还怂！

　　我在大街上漫无目的地跌跌撞撞，只盼撞着个浑人跟我打上一架，我好发泄发泄。对方最好把我打死，省得再去想烦心事。

　　人有善念，天必佑之。人有恶念，天必给他点颜色看看。一个人迎面跟我撞了个满怀，撞我一个趔趄。

　　我刚才被血糊了眼，没洗干净就跑了出来，此时还有点头蒙，依稀看见撞我的是个老头。

　　人哪，总幻想老子是天下第一，狂妄自大不可一世，可一遇到事即刻打回原形。

　　我刚刚的满腔愤怒化为乌有，生怕撞坏老头还得赔钱，慌忙上前道歉。

　　老头子问我："你这是怎么了？"

　　我揉揉眼定睛一看，冤家路窄，原来是看门的老王故意撞我。

　　我上班还没几天，平时又不拿正眼看他，差点没认出来。居然又是会所的人，偏偏还是这只老乌龟，我气不打一处来，愤怒地说："任总他们干的。"

　　老王一听，竟然比我还生气，不分青红皂白破口大骂："这帮混账东西！怎么什么事都干得出来！自己的外甥也打，还是人不是！"

　　我愣了一下，想起表姨两口好像很讨厌老王。敌人的敌人就是我的朋友，老王替我骂他们，我心花怒放，不禁接口说："不是！真不是人！"我话一出口又后悔，生怕自己原形毕露出卖了内心。

不知道老王与表姨他们谁是谁非,我起哪门子哄?

老王借题发挥,空骂了任总两口半天,无非就是狗娘养的、男盗女娼这种不堪入耳的世俗俚语,完全没有实质内容,听不出彼此结的什么仇。

我有点不知所云,听他来回来去骂那几句陈词滥调,打住了他:"王大爷,任总怎么那么招你恨呢?"

老王猛然住口,警惕地看了我一眼,摇了摇手:"不提了,不提了。"他岔开话题,"你去医院了没有?"

"没有。"

"快去吧。"他转身要走,回头问我,"带钱没有?"

我以为他要管我借钱,忙说:"没带!真没带!"

他说:"我就知道他们不给你发工资。"他伸手入怀:"我先借你去医院看病。"

是我小人之心了。

我紧紧按住他的手:"我去验伤,不花钱。"

老王的手终究没从怀里掏出来,不耐烦地说:"去吧去吧。"他扭头走了。

我望着他远走的背影,感觉会所里的人处处透着怪异,各个讳莫如深表里不一。真不知是我太嫩了看不出门道,还是他们脑子有毛病。

至少老王的咒骂抒发了我心中愤懑,纾解了我的郁气。经老王这么一折腾,我心情倒是没那么激动了。

来到医院,医生见我的纱布揭开过,问我怎么回事。

我想了想,不好开口。总不能说是公司的人拿我开涮又给我抠了一下吧?这比假话还像假话,我只好瞎编:"不知道怎么又流血了,自己拆开看了看。"

医生信以为真，替我圆了谎："昨天周末只有实习医生，他们仗着自己不用写伤情病历，干事情总是稀里马虎的。"他去拿了针线，对我说："实习医生给你缝的针漏了一小块，我再补一下，这样就不会再破了。"

医生真是一个善良的职业，居然自曝其短。

医生处理完伤口，给我拍照写病历，最后对我说："拆完线直接去公安局处理。"

我离开了医院。

为时尚早，我不愿回到会所面对那几张阴森的脸，索性回家睡了一觉。

困意这东西随缘随分，召之不来挥之不去。睡太早就容易起得早，我半夜醒来又睡不着了，干瞪着眼等到天亮。天一亮又把自己熬困了，再加上伤口时疼时痒，搞得整个人头昏脑涨。

想起头一天胡哥批评我不该上班，于是我决定不再犯傻，给任总发信息请了假，并且自作聪明地认为：打电话还要寒暄废话，发信息你爱回不回，没看见也不赖我。

然而自作聪明的唯一表象就是"傻"，任总杳无音信，反而让我着了慌。

我在这边揣测：他到底是懒得回？还是没看到？难不成借坡下驴把我扫地出门了？

这条短信好像发给心上人的求爱信，等对方回复等得焦躁异常。

我在家强行忍了两天，做梦都是任总回信息。

第五章
早生十年

这天一早,我顾不得胡哥和任总是否还会捉弄我,先去医院换了药,早早来到会所。

任总正闲情逸致地观赏院子里的果树,看到我不再包着纱布,头发也剪了,说:"留短发显得精神。"

我怀着鬼胎,不知他为何如此从容,试探他说:"伤口增大了,医院给剃的。"实则碰瓷当天已经剃了,我就想听听他怎么解释胡哥抠我那一下。

他神情自然地说:"客人吃的水果都是咱们自己树上结的。"脸上没有做作之态。

他看起来像什么都没发生过。

我虽恼恨他,也不好再多说,与他相安无事便罢。

他一会儿看看果实,一会儿去墙角逗逗猫:"嗯,快断奶喽。"

肖经理急匆匆走过来,愁眉苦脸地说:"任总,昨天晚上差点出事。"

任总说:"差点出事那就是没出事,慌张什么。客人喝多了?"

肖经理说:"昨晚一位客人在这参观,看上一件藏品,还一定要打开柜门摸一摸，怎么劝都不行。咱们会所客人身份都尊贵，生拉硬拽不合适。幸亏我紧着赔好话，死活把他拦住了，还是被他骂了一顿，偏说因为是假的所以才不让看。我多冤啊！您看这可怎么办？"

任总反问他："让你当经理，这么点小事你来问我？"

肖经理强辩："这不是小事啊，尽管您家大业大，这些东西也是您辛苦挣来的，碰坏哪一件我都替您心疼。按我的意思，咱们把所有玻璃柜锁死，不让别人打开。"

任总转头问我："你觉得应该怎么办？"

我心想：我哪知道怎么办？你的东西你问我？你应该问问自己的良心才对。你这是在考验我，我要是答不上来必定被你轻视。如果我答上来了呢，就把肖经理得罪了，他这个妒贤嫉能的人肯定不愿意我比他更有办法。

我脑筋转一下，给个模棱两可的答案："肖经理说把柜门锁死倒是挺好的建议，可以保证东西万无一失。不过呢，您常把东西拿出来给朋友展示，锁起来会让您取东西时不大方便。而且做生意讲究开门迎客，锁门的寓意不大好。我想，如果在每件物品上边摆个标价签，把价格标高一些，让客人望而生畏，就不会随意动您的东西了，还能显出咱们会所的档次。您觉得呢。"

任总点了几下头，笑着说："还不错，用在别的地方确实是个好主意。不过来我这里的人都是行家，标虚价没什么意义，我还需要以藏养藏。他们手里也有钱，万一真要买我的东西，价钱一旦标在明面上，不想卖就不容易推脱了。再者人心叵测，有的人看到明码标价该生歪心眼了，看你有钱，不是忽悠你投资就是管你借钱，天天拍马屁来占你的便宜。如果占不到便宜，轻则外面说你坏话，重则来坑你骗你。嗯……不如这样吧，小肖，你去做些牌子，上面写上'有电'，摆在柜子里就没人敢跑去摸了。"

我说:"可谁都知道没电啊……"

肖经理做出如饮甘泉之态:"还是任总高明!我这就去办。"他对我说:"兄弟,这是你不懂了,来咱们会所的全是有身份的人,这类人疑心病都重。聪明反被聪明误,我只要把牌子贴在灯带的线路附近,他们绝对信。"他说罢乐呵呵走了。

我猜到这孙子要贬低我一下。不过领导都喜欢任用稳当可靠的人,而非自我标榜的溜须拍马之辈。我明哲保身就好了。

果然,任总瞥了他背影一眼说:"逗能。"

没一会儿,肖经理就用打印机打印出了一堆"有电",贴在每个橱窗里。

气得任总大骂:"这是什么破玩意儿!"

肖经理紧张得变颜变色,不敢再问,瞬间提高办事效率,下午就做了一堆亚克力牌,上面刻着"有电危险,请勿靠近"。

任总还是不满意:"凑合吧。"这算是给肖经理销了账。

这件事让我突发奇想,建言:"不如厕所也贴个'为了避免溅脏您的衣裤,请您向前一步'的牌子吧。"

任总罕见地夸我:"你还挺会揣摩人的心理,厕所一定干净不少。"

于是,他又让肖经理做了"避免溅污,请您靠近"的牌。肖经理气得直瞪我。

离下班还有一段时间,我不能被人看到我闲着没事,于是没事找事,跑到院子里擦车。

老王悠哉悠哉走过来,不阴不阳地跟我说:"你脑袋好了?"

我看这老家伙又怪声怪气,敷衍道:"还没好利索。"

"年轻人自己擦车不容易啊,你们这代人都懒得自己动手干活了。"

我本想说:反正我也没什么别的事,话到嘴边改成:"我这人没什么别的本事,就是特别勤快。"

老王说:"对啊,你这么勤快,又是你老板的外甥,应该提拔你当副总去啊。怎么干起擦车的活了,这不是大材小用吗?是不是你老板狗眼看人低啊?"

这话若不是在挖苦我,我还真是打心底赞同。

我闷不吭声,用力地擦车。老王见我不答,不肯善罢甘休:"这车没开坏,快被你小子擦坏了啊。你应该中午最晒的时候擦,大汗淋漓才显得你卖力?"

我大声地说:"中午不行,热天擦容易伤漆。"

其实我和老王根本不是在与彼此对话,因为我擦车的地点就在任总办公室楼下,他全听得见。

老王还要说,只听远处电动门被敲得咣咣响。会所楼下的停车场离大门几十米远,我俩举目眺望,远远看见一个绰约的倩影。

老王说:"我过去。"他一路小跑回到传达室。

我被那个曼妙的身姿吸引,也想看看究竟,跟着走了过去。

只见门外一个二十岁上下的清秀少女袅袅婷婷站在那里,朝气蓬勃,笑着对老王说:"王爷爷,您又离岗了。"语气像是在撒娇,清脆的笑声中透着爽朗。

孟子云:"不知子都之姣者,无目也。"那么不知这女孩声音好听的人,一定是耳聋。

老王讪笑着打开电动门:"闺女,你怎么来了,也不来看看我。来来来,进屋喝点水。"

我心里一翻个儿:王爷爷?闺女?这么好看的小姑娘难道是他的孙女?

我打量打量她,再瞅瞅老王:这也太巧夺天工了吧?一琢磨:不对不对,没有人叫自己的爷爷时会冠姓的,老王语气疼爱中带着客气，也不是对自己家人的态度。又想：原来这老家伙会笑，在别人面前都是一副老祖宗的模样，怎么在这姑娘面前跟个老孙子似的。

一颗悬着的心放了下来。

女孩说："我爸呢？"

老王本来满脸堆笑，一听这三个字，立刻开始挠头，神情极为尴尬，一指我："你问他吧。"

我心里感激地叫了声：王大爷！

女孩说："您还生我爸爸的气呢，不要理他。"她转头问我："我爸呢？"

听上去我应该认识她才对，所以此时如果问她"你爸是谁"，恐怕破坏了还未营造好的氛围，讷讷地说不出口。

老王救场如救火："你老板！"

我恍然："哦哦，任总。我带你过去。"难怪我应该认识她。

女孩跟着我前行。

任你平时伶牙俐齿口若悬河，只要身边站一漂亮姑娘，准保面红心跳舌头打结，浑身感觉哪都不自在，怀疑自己脸没洗干净、衣服不得体、牙上有菜叶。

我头一次感觉通往会所主楼这条小路这么长，为了打破快要凝结住的空气，憋出句："你姓任？"

女孩奇怪地看着我："不然呢？"

我暗骂自己蠢，这个破会所事事令我不适，好容易来了个美丽的小姑娘，我该身心愉悦才对，怎么如此拙口钝腮。

她说："你新来的？"

"嗯。"

"厨师吗？"

我想编个好点的头衔，但是现在距离能够拆穿我的人不超过一百米，相见时间不超过五分钟，我还是别爱惜这短暂的虚荣了："我跟着任总瞎跑。"我说完又懊恼，瞎跑是形容我自己，而说起来却像在形容任总。

她没接话。

她当然没理由接话。

她是我表姨和任总的女儿？或是任总头婚带过来的？我偷偷揣测。

表姨和任总结婚不过十余年，即便未婚先孕，加起来也超不过二十年，我只要知道这女孩的年龄就行了。

不过直接问女孩的年龄意图太明显，并且不大礼貌，于是我迂回问："从没见过你啊，工作挺忙吧？"

她外表清纯，按理说是学生。假如问一个学生是否工作了，她会觉得自己在别人眼里很成熟。然而问一个在二十岁上下就已经工作的人是不是学生，她会觉得别人认为她不好好上学。我宁可捡着好听的说。

果不其然，她噘噘嘴："我有那么大嘛，还上学呢。"

"学的什么专业？"

"工商管理。"

"你们这个专业毕业论文挺难写的吧？"

她毫无察觉，满不在乎地说："那有什么难的，还有将近一年的准备时间呢。"

我情不自禁心头一热：21！不是我表姨的女儿！

这时我已引着她来到了任总办公室，他们夫妻正在屋内。

女孩叫了声："爸爸，阿姨。"这证实了我的猜测。

任总一见女儿，笑容满面。

表姨也超乎想象的热情，一把搂住她："宝贝，你怎么来啦？"

女孩轻轻挣脱："我都这么大了，多不好意思。"

表姨说："这不是外人,他是我的外甥,你叫表哥。"

不按亲戚按年龄算的话,表姨和我是同辈人,因此我一直反感她叫我外甥,总让我感觉比其他人矮了一头。可是现在,我却巴不得表姨说我是她外甥。绝不能让这个明眸皓齿秀色可餐的小姑娘管我叫叔叔!

表妹叫我:"表哥。"

我笑眯眯答应:"表妹。"

任总非常开心,笑问她:"今天你怎么来了?不在学校好好上课。"

表妹有些害羞,但眼睛里闪烁着光芒:"那个谁打球伤了腿,在附近医院治疗,今天下午没课,我去看他了。正好从这里路过,我就进来了。"

任总不豫之色一闪即过,说:"你多久没回家啦,我以为你上学挺忙的呢。今天爸爸请你吃饭,犒劳犒劳你。"

表姨问:"还是上次你带回来让我们见的那个男孩子?"

表妹低着头点了点。

表姨与任总对了下眼神,说:"别怪阿姨念叨你,这么多年了我一直像对待亲生闺女一样对你。"

表妹又点点头说:"我知道。"

"所以呢,阿姨为了你好,劝你还是和他分了吧。这个男孩子除了长得帅气,其他……你还要深入了解。"

表妹笑容顿失,嗫嚅地说:"不是你想的那样。"声音虽小,语气坚定。

表姨平时比较干练,碰上子女的事,竟婆婆妈妈起来:"我和你爸虽然没什么大的成就,但也认识不少人。俗话说七岁看老,这个小伙子二十多岁了,一天到晚感世伤生的装酷耍帅,总是自我感觉良好,玩世不恭对什么都不屑一顾,动不动对你不耐烦,肤浅得很。

每天拿个破吉他没完没了地弹,什么作词作曲的,在你们小孩子眼里觉得不错,在我们眼里,看着就跟脑袋有毛病似的。我们小的时候就流行这个,都什么年代了还玩这么老掉牙的东西,顶多就是骗骗小姑娘,一点用都没有,装得自己挺沧桑,其实什么都没经历过。越聪明外露的人越浅薄。如果你和他只是随便玩玩儿,我们也懒得管,但你又不是随便的孩子。我们做家长的不可能不顾你的未来。"

表妹有些不乐意了:"一会儿我早点回学校也行。"

任总说:"每次一见面你俩就争这个,吵得我脑袋瓜子疼。好不容易孩子回来,说点别的吧。"

表姨瞪着他:"你这个做爸爸的怎么总是和稀泥?你背地里说那个男孩什么来着?你告诉告诉孩子。"

表妹诧异地望着他爸。

任总"哈哈哈哈"干笑几声掩饰心虚,说道:"什么叫背地里?这是我闺女,明着我照样敢说。那个男孩确实不太成熟,但还有上升空间嘛,已经比我那么大时强多了,他很有想法。"

表姨:"继续和稀泥吧你就!你是这么说的吗?你原话是,是什么来着,哦,对了,用了三个成语对吧?'好高骛远''志大才疏''难成大器',我可记得清清楚楚。一到孩子的事情上你就犯糊涂,不知是真的还是装的,反倒让我做恶人。外甥也是年轻人,来给我们评评理。"

我见他们争执,正犹豫这时离开会不会太显眼,她一问我,我心里叫苦,得罪谁合适啊?

心想任总喜欢和稀泥,不妨学学他:"啊,我觉得呢,嗯,表姨姨父是过来人,阅人无数,看人比一般人都要准,又是做家长的,意见不得不听。妹妹呢,自然比大家了解这个男孩多一些,也会有自己的想法。我没见过妹妹的男朋友,所以没法评价。表姨可以多了解了解这个男孩子,表妹也多考虑考虑家人的意见,通过时间来考验吧。万事盖棺论定,不忙在一时。"

通常两边都不得罪,就把两边都得罪了。就好比在单位里,你不愿选边站队想当老好人,结局往往是两边队伍都排挤你。

我自认为此话天衣无缝,表妹怏然不乐,表姨一锤定音:"废话。"

任总见僵局未解,解释道:"我平时忙,照顾孩子少,亏欠她太多,如今难免由着她的性子点。"

表姨连连摇头:"咱俩不要孩子,不就是怕闺女心里多想吗?你照顾得少,我照顾得未必少。她找对象这个事,我是有私心的。这个私心呢,就是让她快乐地过一生,别找个不该找的人糊弄一辈子。"

表妹点点头,轻声说:"我知道的。"

表姨说:"知道就好。我们家这么好的姑娘,要是找的老公以后没个大几十亿不就糟蹋了。"

表妹的表情变得倔强:"金钱又不是衡量成就的标准,再说了,谁也没长前后眼,万一他成了比尔·盖茨呢,我爸就该后悔了。"

表姨摇头道:"你爸都不管,他后悔什么。我知道你是不好意思直接说我。反正我是为你好。"

任总挠头说:"怎么又说到我了?我怎么不管了?我就是想让孩子开心。这男孩嘛,看起来成才率确实低了点,别说比尔·盖茨,就是……就是……盖尔·比茨也成不了,但女儿愿意就好了。我就管女儿的心情,其他不管。我给她留的东西足够她过一辈子安逸的生活了,哪怕他俩好吃懒做,在家里闲着什么也不干,我也养得起我闺女。"

他这话出于至诚,可这番好话比赖话说得还损,更糟糕的是他并不是故意的。

表妹不痛快地说:"得了得了,爸,什么叫'盖尔·比茨'?

就知道你没文化，其他的名人一个都说不上来吧！你连打比方那点墨水都没有，还看不上别人。他知道你们瞧不起他，早就跟我发过誓了，如果不混出点名堂来，就不跟我在一起，绝不跟我结婚。"

再聪明的人也架不住舐犊情深，任总没头没脑地问："他发的誓毒不毒？说话要算数啊！"满脸真诚。

表妹被气得七窍生烟，面子上挂不住了，委屈得想哭。

任总手机短信响起，看了眼，对表姨说："老杨发信息问我晚上有空没有。哼，这家伙没有一点诚心，快到晚饭的点儿了才约我。"

表妹说："爸爸你忙吧，晚上不用陪我了。"

任总说："不行不行，陪女儿是第一要务。而且已经不早了，我有空也告诉他没空。"

表妹问："那为什么？"

"这个时间如果我还没约出去，别人会以为我业务不够多，交友不够广了。"任总看了看表，"赶紧走吧，说不定这老狐狸就在附近，别让他给堵上。走走走，咱们一家人一起吃个饭。"

我不知他"一家人"是否包含我，不想自讨没趣："表姨，您和姨父陪陪妹妹吧，没什么事我先回去了。"

任总原本没顾及我也是"一家人"，听我这么一说，说道："一起去一起去。一家人吃个饭，没有外人。"

我本想再假客气几句，一转念：何必呢，和他们一家多接触接触没有坏处。即使他们不想带我，只要我说些漂亮的话，办些得体的事，未必不能扭亏为盈，况且……

我开车载着他们三口出门。

还没定好去哪里，老杨电话已经打过来。

任总的手机连接着车载蓝牙，对话被我们听得一清二楚。

任总接通电话："喂。"

"任哥，我是小杨啊。刚给你发了信息，约你晚上吃饭呢。"隔着电话就能感受到他笑容满面的客气。

"哦，老杨啊。我从来不看短信。"

我突然明白：任总肯定看到我发的请假信息了。这货才是个老狐狸。

任总说："今晚我不行了。我去趟外地，刚过了收费站。"他瞎话张口就来，我都由反感变为佩服了。

老杨"啊？"的一声，失望之情溢于言，而是否溢于表就看不到了。

任总糊弄他："真是不凑巧了，改天吧。"

老杨说："任哥，前一阵我不是为您约了那位领导，他刚好今晚有空。他那边刚刚散会，通知我晚上可以见见，所以我才这么晚联系您。您也知道，领导开会什么的太忙啦。当然，您日理万机比谁都辛苦，但是终究在时间上可以自己做主。晚上还有几个大老板，全是我的好朋友，我已经定好地方了，请大家一起聚聚。本来您是主角儿，偏偏您没空！实在太遗憾啦。"

我从反光镜里看到任总嘴角上扬，得意地微笑："哦，既然你都这么说了，咱们这么好的朋友，不能驳你面子是不是……"假装犹豫了一下，"那好吧！我赶过去。你把地址发给我，我可能稍微晚到一会儿。"他的笑容我看得分明，而他声音低沉，完全听不出一丝笑意。

老杨问："您不是去外地了？能赶回来吗？别耽误您的正事。"

任总说："你没听清吗？我刚说的是我去了趟外地，这时正往回走呢，已经过了收费站快进市区了。你的事就是最正经的事，其他的事只好放一放再说了。"

老杨哈哈一笑："任哥真义气！那说定了！我给您发位置。"

他顿了顿又说："我请客吃饭，您晚上请客唱歌啊，大家热闹热闹，哈哈。"

任总也哈哈一笑："这点事情还用你交代。"他偷摸做了个骂人的口型。

老杨又说："任哥，上次我介绍给您买的那个金镶玉的饰品还在吗？"

任总不答，问："怎么了？"

"咳，真是不好意思。卖货的那个人找我说东西是假的，不是什么古董，是仿制的。我不能蒙您啊，情愿自己出钱赔给您，您把东西还给我，我找他算账去。"

表姨一听不干了："那东西在我这里搁着呢，让老杨……"

没等表姨说完，任总使劲推她一下。

表姨慌忙住口。

任总"哈哈"一笑，大度地说："没事没事，哪能让你赔？又没多少钱。谁没看走眼过，自己兄弟不必说外话。我早就送朋友了，他挺喜欢的。反正他也不懂行，让他留着瞎玩吧。"

老杨反复劝说几遍，见任总坚执不肯，怏怏作罢。

挂了电话，任总埋怨表姨："我说话你插什么嘴？差点露馅儿了。"

表姨不解。

任总说："老杨这人比猴子还精，他介绍我买古董，作为中间人，他按例要吃百分之十的回扣，即使东西是假的也不会告诉我的。再说以我的眼力，哪会打眼？肯定是这挂饰涨价了，所以骗我是假的，他想拿回去再转手卖个高价钱。这点伎俩想糊弄我？太嫩了点。金镶玉才值几个钱，他这么丁点小钱都贪，只能证明他特别容易被利用。"

表姨说："我还觉得老杨这人不错呢。"

"不错？你觉得谁都不错。"

表姨大摇其头:"我觉得小肖就一般,干工作倒是挺带劲,但是总抓不住重点。在咱们这里做经理算是很抬举他了。不过呢,他做事总体来说比较踏实。你呀,少和心机重的人在一起吧。"

我发现表姨老是在任总面前有意无意地发肖经理的牢骚,虽然每一件都不是什么重要的事,也不知肖经理哪里得罪了她。

任总笑了:"这就是咱们的不同之处。社会又不是学校,可以随机交友。社会上人与人之间本来就是因为利益才走到一起,没有利益交往,彼此压根儿不会认识,谁会知道谁是谁?坏人有利可图你想躲也不能躲,好人无利可图你跟他干耗也没什么用。重要的是在交往过程中认清这些人,大面儿上都有,不要说破。你不可能比天下所有人都有资源有权势有能力,但你只要比别人心里更明白看得更清楚,城府更深,就能立于不败之地。老杨这人八面玲珑,身边聚了各种各样的人,当个掮客当个马前卒是很好用的。同样,他这么巴结我,也是想利用我的人脉资源。各取所需,没什么不好。"

我心想:你这累不累啊!小心翼翼地说:"能做到您这种高度是我无法企及的,一般人恐怕达不到这么高觉悟。"

任总这人,唯美酒与马屁不可辜负。他十分受用:"那你就尽量学着变聪明点吧。别人利用你,说明你还有被利用的价值,你要是连利用的价值都没有,别人才懒得搭理你,更别说给你提供可以利用的资源了。人和人的交往,是可以量化成具体的价值去衡量的。"

他吩咐我:"送她娘俩回家吧。你晚上给我开车,跟我去吃个饭。"

表妹埋怨她爸:"你刚还说陪我是第一要务,别人约你你也不去呢!这么快就变了?"

任总抱歉道:"宝贝,这个饭局挺重要的,你体谅体谅爸爸。"

表妹还是不满:"你一开始答应他不就行了?我又没拦你。是你自己说要陪我的。"

任总耐心说:"要是老杨自己一个人,我才不理他。没想到他给我办事,而且他请客,那就不能不去了。"

　　表姨也劝表妹:"咱俩单独吃饭逛街比和你爸在一起待着自在,走,阿姨带你买衣服去。让你哥陪着你爸去忙吧。"她又似笑非笑地对任总说:"唱歌。"

　　任总"嗯"了声,他对表姨使个眼色,偷偷冲表妹努努嘴。

　　表姨会意,不再言语。

　　我和表妹坐在前排,任总两口坐在后排。我在驾驶位上通过后视镜看个真着,而表妹对这些小动作浑然不觉。

　　我偷眼看表妹,天真可爱懵懵懂懂,满脸的胶原蛋白,皮肤水嫩吹弹可破,仿佛一首致敬青春的赞歌。

　　她楚楚可怜,我见犹怜,只恨造物弄人,早生了十年。

　　表姨怕表妹疑心,接着话题说:"老杨真是不吃亏啊,他请客吃饭,你请客唱歌。"

　　任总说:"那是你想少喽。你没听见他说还有几个老板吗?我猜一定是这几个老板花钱请客吃饭,老杨为了面子好看,对人家说吃完饭他请客唱歌。再转过头来对我说,今晚吃饭是他花钱,为了让我找面子,所以我得请客唱歌。这种老油条左右逢源,让老板请客吃饭,我请客唱歌,两边都花了钱,还全以为是他请的客,落了两边的人情。"

　　我暗想:都不是好人。

　　说话间,一个老乞丐敲窗行乞。

　　当今社会,穷人拼命炫富,生怕别人瞧不起他。富人可劲装穷,生怕别人管他借钱。

　　所以,说不定我还没这位乞丐老兄有钱呢。

　　若在平时,我有钱也不会给他。可是今天不同,有个美丽的小姑娘坐在身旁，无论如何我要表现得有爱心一些，于是伸手掏钱。

任总制止我："别给他。"

我早意识到他是个没同情心的人，对付他的话已然想好："我是怕这老头的罐子划伤咱们的车，您不必操心，我拿几块钱打发了他。"

任总说："我告诉你别给就别给。"

老乞丐看到我在犹豫，催促似的拿着破罐子敲打车窗。

我调整了一下语调，尽量让自己的声音听上去柔和且充满感情："的确，他们有手有脚应该自己努力挣钱，不该做社会的蠹虫。可是，万一这个老年人是个例外呢。我觉得哪怕要饭的绝大多数是骗子，只要一百个里有一个是真的，我给的钱就不亏，就对得住自己的良心。"这几句话说得真真假假，唬得我自己都差点信了，让自己大受感动。

然而这几句话说完，老乞丐已等得不耐烦，去下一辆车要了。红灯也变为绿灯，白白让老乞丐错过了一块钱。

我的话富有成效，表妹也说："表哥说得对。还是我们年轻人有正义感。爸爸，你也太冷漠了。"

"我冷漠？"任总不以为然，"我冷漠就好了，冷漠的人才能做成大事。优柔寡断儿女情长的人，什么事都干不成。一个人想成为自己想成为的人，必须头脑冷静，客观地思考问题。我对你和你阿姨热情就足够了，哪有闲心去管别人。天底下该死的人多了，我又不是救世主。"

涉世未深的表妹被学校洗了脑，正直得大义灭亲："爸爸，这就是你的不对了，你虽然不是救世主，但应该有济世救人的情怀。力量再微弱，只要大家齐心协力，社会就会变得更加美好。即便力所不能及，尽己所能就问心无愧。"

表妹的话和我的意思如出一辙，只不过她是真心我是假意，我不禁由衷敬佩起她来。

任总却被表妹的话逗笑了："呵，我的宝贝闺女。也就是你！别人说这话我都懒得骂他。你没吃过苦，不知道人生艰难。从前我也和你一样，有上进心，有博爱心，帮助了别人心里就暖暖的，不肯亏欠任何人，但后来吃的苦多了，慢慢才知道自己过去错了。人呐，在什么位置说什么话。上学就好好念书，工作就好好干活儿。当官就别想着挣钱，做生意就别天天琢磨治理天下，切忌好高骛远净是空谈。绝大多数人眼高手低自命不凡，其实在别人眼里就是个屁。

总是自我感觉良好，不会站在别人的角度看自己，那就是狗屁。人能看清自己、管好自己已经非常不容易了，少操别人的闲心吧。我要是救世主，我还真能舍己忘身地救济别人，我恨不得天天不睡觉不吃饭地帮助人。哪怕他没困难，制造困难我也帮助他！可我不是救世主，我只是生活中最平凡的人。也没人能够成为救世主。你能满足别人的欲望吗？当然不能！而且追求没有欲望，反而是最大的欲望。所以咱们没必要讨论应不应该帮助别人、热爱别人，因为我们根本没有热爱别人的资格。穷得跟个王八蛋似的，无论怎么爱别人，怎么谦卑坦诚，别人也只认为你是软弱可欺的怂蛋而已。"

我和表妹各怀鬼胎，我以为任总在暗讽我，而表妹说："说你没文化吧，骂人就会骂蛋骂屁。别指桑骂槐，我知道你说的是谁。"

任总一笑置之："我才懒得说你那个小男友。我一点都不为你们的事担心。你现在年纪太小，很多事情不懂才会喜欢他，等你长大以后明白过来了，这种人白给你你也不要。我不要求你能从过来人的角度看问题，人生都是慢慢走慢慢经历的，如果你一个小孩子就能理解我们大人的想法，那反倒衬托出我无能，这些年的亏岂不是白吃了。"他顿了顿说："做家长的所做的一切努力，就是不想让子女尝到自己曾经吃过的苦，所以你永远不理解我我才高兴。"

对年轻人最大的侮辱莫过于说他年轻，话虽不错，但他既不会知道，也不会承认。

表妹毫不服气："等他做出了成绩给你看看。"

表姨说："你看，孩子不乐意了吧，你还说我爱争，你也好不到哪去。"

任总当然知道表姨是在引开话题，可是一旦话赶上话，就没有趋利避害的道理，继续义正词严教导表妹："经历事情多了的好处，就是见……见小看大……"他说到半截不说了。

我心里偷笑，面无表情地接住："见微知著。"

任总不介意我插话："对，就是这个词，到嘴边就忘了。经历多了就可以见微知著，对于你男朋友这个人，就像股票那条线，是能够预期的。知道咱俩的区别吗？你好比是电脑前的股民，我好比是幕后操盘手。你预期的结果是你臆想出来的，我得到的结果是我玩剩下的。"

表妹打断他："得了得了，词不达意。你也是光从自己的角度考虑问题，没从我的角度去考虑。就跟全世界只有你最正确似的。"

"这件事我坚信我是对的。倒不是因为我多么聪明，而是因为我有经验。如果把你换成我，你也会这么想的。因为你不是我，我也不是你，所以咱们才想不到一起去。人生没有对错，只有成败。成败才是对错的根本，我不想等你败了才知道我是对的。不过你自己不吃点亏，就很难听进爸爸的话。我们没法替彼此做对方。"

任总教科书般的高谈阔论听得我脑袋都大了，我感觉他的话句句在理，句句又像放屁。看来我正处在任总和表妹之间，任总觉得在理，表妹觉得放屁。无论如何，谁都不爱听人滔滔不绝讲大道理。

表妹也不胜其烦："无论你从哪个角度看问题，就如你所说，你没法替我做我。把自己装成哲学家也于事无补，咱们有代沟。"

任总继续说："我一点都不像哲学家，这句'人生没有对错，只有成败'是一个武当山的老道士告诉爸爸的，他说这是人生的境界，我就记下来了。我觉得他总结得不错，会经常拿出来琢磨琢磨，你没事也可以静静想想这个道理。"

我想：成王败寇这大道理有什么可想的啊。

真怕他再喋喋不休，我说："没想到因为一个要饭的您能生出这么多人生感悟，给我上了一课。其实这些事并不值得争论，您说得对，大家各司其职。之所以路上有要饭的，那还是国家做得不够，要是让人们都吃饱穿暖，谁会要饭呢。天天援助这国那国的，动辄几十亿，把这钱省下来，大街上哪还有乞丐。"

没想到我这岔打得不好，又让任总打开了另一个话匣子："放屁！你懂个屁！救急不救穷，即使国家把国库分完了一样会有穷人。发达国家照样遍地乞丐。人们是贫是富，虽由国家主导，也需要个人努力才行。这是人性的问题，和国家没有太大关系。至于你说援助他国，这个道理就和今晚吃饭是一模一样的。我不顾家人一定要陪朋友吃饭，所花的钱就好比支援了，一定是有回报的，不是对方也给我一些好处，就是增厚了感情。但凡他们对我的事业有所帮助，就等同于帮助了我的家庭。如果当个守财奴，挣了钱就知道给老婆孩子花，他出了事不会有人来帮他，别人有好机会也不会同他分享。这是战略投资，不能着眼于小处。"

表妹已忍耐不住，特别不耐烦地长叹口气，挖苦他爸："你要是懂得战略投资，就应该把眼光放长远，多投资年轻人。"

任总哈哈一笑："我最会投资年轻人了。知道为什么吗？我给你们讲个故事。我小时候家里养过一条土狗，在家里称王称霸，小狗不服它，它就去咬小狗。不料那条小狗是条大型犬，没几个月，个头儿就蹿起来了，小狗变成了大狗。大狗天天报复土狗，最后把土狗活活咬死了，肠子拽出几米长，死得惨极了。从那时我就知道了，一定要尊重不如自己的人，不知哪天这些不起眼的人就会超过我。有些单位里的领导对待下属颐指气使，他们就像我养的那条土狗，浑不知祸根已经埋下了，自己还挺美，最后死都不知道怎么死的。"

他悠悠叹口气："仔细想想，人活得未必如狗。"

表妹摇头说："那你还不趁早战略布局。简直不知所云。"

我终于听明白一回任总的意思，说："姨父没好意思直说。"

任总表妹异口同声："你说说看。"

我唯恐要说的话得罪人，嬉皮笑脸故作轻松，装作油嘴滑舌的样子说："我说的不对可别生气。姨父的意思应该是……不投资你男朋友才是战略……"

任总和表姨都笑了，不接茬儿算是默认。

表妹也被气乐了："还以为你是个老实人呢。"

任总说："怎么和你哥说话呢？"

表姨鄙夷地说："这时候会做家长了。"

表妹"嗯嗯嗯"几声以示赞同。

小孩子终归是小孩子，我又随便说了几个无聊的笑话逗大家开心，表妹就把任总的话忘怀了。

她言笑晏晏，让我很想将人生定格在这一刻。

第六章
饭局百态

　　无论我把车开得多慢,总会到达终点。表姨和表妹下了车,我怅然若失。

　　按照任总的指点,我们继续前行。

　　我怕他着急赴饭局,刻意加快速度。而速度这东西和能力挂钩,不是你奋发图强就可以跑得过奥运冠军。

　　我越着急越开得不稳,吓得旁边的车相继避让。一辆车过来猛别了我一下,还开窗破口大骂:"孙子会开车不会!"

　　有任总在这我怕什么?狐假虎威想还口,任总止住我:"多大点事,甭理他。"

　　"是。"我心说:这是没骂你,难怪你好涵养。

　　他教导我:"你做事要考虑周全。"

　　我虚心地说:"您说得对。揍他一顿是小事,绝不能因此耽误您办正事。"

　　他淡淡地说:"那倒不是。也许他死了爹正往医院赶呢,着急也能理解。"

　　我暗地里撇嘴,不知这人每天心里都在想什么。

他又自言自语地说:"哎,这个小女孩,真是没法说。"

他前言不搭后语,我不知道怎么接他的话。可是呢,对于领导,除了放屁万万接不得,其他哪怕是打呼噜,你也要捧他句真有韵律。

我只得顺着他说:"我觉得您说得对,在什么时期说什么话,她是个学生,就让她在不耽误学业的前提下好好玩吧,好好珍惜最美好的青春年华。她这么漂亮,肯定有很多男孩子追的。她可以选择的人多了,总会有合适的。"

我以为自己的话足够圆滑,却低估了父亲对女儿的保护欲,他警觉地问:"你什么意思?"

我心一颤,生怕他看出我这点儿小心思。此时不能正面解释,越解释越容易解释不清。于是我提高调门儿,很无辜地大声反问:"您说我能什么意思啊?真逗。"我反咬一口,让他体验了一把窦娥冤。

他被我的气势唬住,不好再说,问我:"你身边有什么好的小伙子没有,给介绍介绍。"

我恐怕他是在试探我,借此机会澄清:"我身边的朋友都和我年纪相仿,不是结婚生子了,就是准备结婚生子。我和表妹虽是同辈人,但年龄差距还是有的,而且到了我这个年纪还单身的人,肯定也不入您的法眼。除非……除非……"我忽然想到,我们这个年纪还单身,又入任总法眼的除非是小富了。不过把小富介绍给我表妹,我能有什么好处?算了吧。

"除非什么?你倒说啊。"

"除非有年龄合适的青年才俊,不然也配不上我表妹。我多给您留留心吧。"

"你有女朋友没有?"

我说没有?那他也不会把闺女给我。再者自承没女友也太丢人,刚说这种人不入任总法眼,我不能让自己对号入座。说有吧,妹子实在是滥竽充数。充数那位仁兄好歹有个竽,我这连人影都快见不着了。

任总见我吞吞吐吐,说我:"说个话那么费劲。"他不再理我。

到了地方,早过了约定的吃饭时间。

任总不进去,不慌不忙地在车里抽起了烟。

老杨打了两次电话来催,说等着他开席,他佯装催促我:"加脚油门超那个车啊。"又对老杨说:"快了快了。"

我一向守时,老杨催得紧,我在旁都干着急,不知任总怎么想的。

又过了一会儿,任总看看表,感觉时间差不多了,带我走进饭店。

一进房间,他立刻变了个模样,喘着粗气大步流星来到老杨面前,握手说:"路上堵车,来晚了来晚了,太抱歉了!"他完全一副风尘仆仆的模样。

我惊异于他是怎么做到从好整以暇转变为着急忙慌的,不知情的人恨不得替他擦汗。

老杨满脸堆笑:"好饭不怕晚,任哥这么远赶过来,兄弟面上有光,再晚也没事!来,我给您介绍介绍。"

老杨指着一个人说:"这是规划局的余局长。"

这位戴眼镜谢顶的中年干部岿然不动,缓缓伸出手。

任总躬身一把拉住,笑道:"您好您好!久仰久仰!老杨多次向我提起您,说您为人谦和正直,对您赞不绝口!我这个人特别爱交朋友,一听到哪个朋友可交,睡不着觉地想见面。我一直告诉老杨有机会请您去我会所里坐坐,说了多少回,没想到今天才见到,相见恨晚!"

余局长见任总郑重且客气,站起身来,十分高兴地打着官腔:"哪里。和任总一见如故。公务比较繁忙,我也早想和朋友们聚聚。"

老杨继续介绍旁边一个斯斯文文的人:"这位是米总,从南方过来的大老板,手里动不动就有多少个亿的大项目。这次来北方,第一个居然联系我，我受宠若惊哪。"

　　任总紧握着米总的手，"深情款款"地看着对方："幸会幸会！贵姓米？是大书法家米芾的后代啊。了不起，了不起。"

　　米总谦虚道："不敢不敢！祖谱上看是有些渊源，有辱先贤。"

　　老杨说："任哥会所里很多名人真迹，少不了让大伙儿去欣赏欣赏。米总和任哥是做大事的人，以后你们多接触，喝喝茶聊聊天，没准轻轻松松就能聊出些大事情。你们干的事，只怕给兄弟分口汤喝，就够兄弟们一辈子衣食无忧啦。哈哈哈。"

　　老杨又简单介绍其余五六个人，只有于科长我曾在初到会所时见过，今天他是余局长的跟班。介绍到他时，任总说："很高兴，第一次见！"

　　于科长本来已经露出了熟识般的微笑，一听任总不认得自己了，笑容变得有点僵："您好。"

　　那天老杨带着任总介绍一圈儿，其余不是哪个机关的小头目，就是某个企业的小老板。时隔多年的今天，我对剩下那几位已没有了印象。

　　他们之间客套寒暄，把我晾在一边。

　　没人张罗我，我站在那里傻傻的，只好就近坐下。

　　我左边是米总，他一心听着老杨说话，没注意到我。右边是余局长，见我坐下，点头冲我笑了笑，笑得有些诡秘。

　　我报以一笑。

　　总算有个人发现我的存在。

　　等老杨陪着任总介绍一圈回来，看见我坐在这里，笑道："小兄弟，你这是要请客啊。"

　　一桌人人齐刷刷向我望过来，眼神中充满轻蔑，好像看到个貌陋十足的小丑。

我感觉自己是一只在夜幕掩护下偷食的老鼠，突然数十个聚光灯同时开启照射我，惊得我如痴如呆，慌忙站起身。

任总抱歉说："年轻人不懂事。"他安排了离门最近的位置让我去坐，正对着我刚坐过的座位。

任总却不肯坐刚才那个座位："余局长年龄最大，咱们论资排辈，一定请余局长上座。"

我才明白那是个"上座"，羞得面红耳赤，心虚地看了看两边有没有人嘲笑我露怯。然而终究我只是个小角色，只要别咣当猝死在这里，绝对没人注意到我。

余局长也不肯："这个座位在你来之前已经定好，就是留给你的，你是大企业家，上了多少税，为人民做了多少贡献！一定是你坐。我这里餐具都摆放好了，烟灰缸也动过了，挪来挪去也不方便，必须听我的。"

任总说死不同意。

余局长又说："任总不坐就让米总坐，米总远来是客，让客人当中坐。"

任总没吭声，老杨坐在米总下首，说道："米总年纪轻轻已经这么成功，前途不可限量。既然余局长和任哥谦让，那劳烦米总主持一下。"

米总双手乱摇："哪有主人不坐客人坐的道理！老兄们谦让归谦让，我做兄弟的哪能那么不懂事！更不敢坐啦。"

这个米总四十岁上下年纪，个头不高其貌不扬，一身西装笔挺，干练整洁。我不懂衣服的品牌质地，不过他的衣服和小富的看起来差不多，同样隐隐发亮。他手上的表镶了不少钻，闪闪发光。不知道他什么来头。

我闷闷不乐，自己比他小不了几岁，他能和老头儿们称兄道弟，我却被人从座位上撵走。他谈笑风生,我无人问津。真是货比货该扔,人比人该死!

我被激起了斗志,暗自咬牙起誓:我以十年为期限,一定要出人头地,比他们所有人都富有。到时开着十辆宾利往他们眼前一停,大腹便便摇头晃脑,指点江山地说:"你们这群人渣要努力啊。"他们错愕地回忆起昔日如此轻我慢我,只恨当初有眼不识泰山,追悔早该跪地认我当干爹才对。那时唯有婆娑着双眼,流着悔恨的泪水目送我大摇大摆绝尘而去。

不过又想想,这誓还是不发了吧。隐约想起在十年前,因为某人没给我足够的尊重,我曾发过同样的誓。十年过去了,是谁羞辱的我,起因是什么,全然不记得。这么多年生活状况没有丝毫改观,唯一获得的是活得更明白了:什么人生目标远大志向,在现实面前统统算了吧。

一丝孤寂悄然涌上心头。

最后,还是任总硬拖着余局长坐在中间。

米总拿了几瓶茅台,他说在他家里放了二十多年。

大家不禁对他另眼看待。

我以为自己有了口福。茅台杯那么小,喝一口应该不碍事,今后也有了吹嘘的谈资。我立即将刚才那点不快忘却了。

服务员逐个儿倒酒,刚倒到我这里,任总突然蹦了出来:"他开车。"

我眼睁睁看着倒好的酒端走了。

这一桌人只有我没酒喝。

于科长也开了车,任总竟然说给他叫代驾。

宴席开始。

他们饮酒作乐,啧啧夸赞酒味醇正,我心中愤恨:有什么了不起,小富那里好酒多的是，下次管他要点尝尝！

　　任总说："我也收藏了些茅台的陈酿，过几天请大家到我那里品一品。"不知他是不舍得拿好酒，还是怕米总误会他在攀比，补充说，"茅台这种酱香的高度酒，醇香而不辣口，微醺而不上头，抿在口中回味无穷，晚上不叫渴，第二天醒来嘴里仍有余香。米总这个酒更是其中的极品，比市面上所能买到的茅台酒颜色要黄得多，一看就知道年头不少了，喝起来口感特别细腻。而且从挂杯程度来看，像油一样附着在杯沿儿，比没有年份的普通茅台厉害太多了，十分罕见。我的酒恐怕功力差一些。"

　　我转嗔为喜：我还是有机会喝到的。

　　一桌人都不会猜想到坐在最下首这位同志如此性情多变，如此没出息。

　　不是他们猜不到，而是他们没有猜的必要。

　　他们推杯换盏，互相敬酒。

　　大家过圈喝酒，所有人敬酒到我这里，无一例外跟我说："你喝口水吧。"大家不说二话走过去。

　　我呢，还得起立立正，双手端杯说句："谢谢。"自己喝一大口茶水了事。

　　大家觥筹交错酒酣耳热，我备感冷落。还好今天的菜不错，我大快朵颐。

　　我正转桌夹菜，老杨又发话了："小兄弟您可慢点啊。"

　　我一抬头，只见余局长手臂伸得老长。

　　原来我转桌的时候他正在夹菜，他追着菜差点没够着，老杨及时制止了我。

　　我不好意思地给他转了回去。

　　余局长客气地跟我说："没事没事，你先来，你先来。"

老杨按住转桌:"余局长您先来。"他拿我打趣说:"小兄弟,网上'领导夹菜你转桌,领导打牌你自摸,领导洗澡你先脱,领导开门你上车'的段子,不是拿你做的原型吧。"

一桌人哄堂大笑,都赞他幽默。

米总也笑着说:"小兄弟任务在身不能喝酒,菜是要多吃一点的。"他把我要吃的菜转回来:"来来来,多吃点。"

我感激米总替我打了圆场,冲他点头示意,也陪着哈哈干笑了几声,心中正在当老杨的爹。

任总绷着脸说:"唉,年轻人还需要历练,大伙儿见笑了。"

我羞愧难当,心里还没忙完老杨家的事,又赶到任总老娘家给他生弟弟。

米总笑眯眯说:"早听老杨说任总是个能人,今日一见胜似闻名。这个小兄弟在任总手下干,用不了多久绝对能独当一面。来,我敬任总一杯。"

二人喝了一杯。

任总问:"米总做哪一行?"

米总:"我生在中原,在老家的事业单位干过两年,受不了单位的拘束,辞了职和朋友一起下海了。在南方开过厂,做过一些事情,刚开始不怎么赚钱,后来有几位贵人带我一起玩,才积累了点资金。如今和朋友们搞金融公司。有两个公司还不错,上市了,我占些股份。这次来北方谈个项目融资的事情。"

余局长说:"米总这么年轻走南闯北,已经是上市公司的老板,佩服佩服。"

米总谦虚地笑道:"哪里哪里。如果还在体制内,我说不好也当上个科长了,比在社会上胡混强多了。小时候不知天高地厚跑出来闯荡,差点一事无成。幸亏凑巧遇到好多有本事的哥哥们,他们提携我一把，我才挣了点小钱。算是歪打正着了。"

这人富有而低调，全场人发自内心尊敬。

余局长单手拎起杯："米总说笑了，以你现在的成就，让你回老家当局长也未必愿意。年纪轻轻就功成名就，还如此内敛，难得难得。我敬你一杯。"

米总起身，双手端杯和余局长碰了一下："您过誉了。"他喝了一口说："前一阵我和一个姓施的大哥一起吃饭，也是贵局的领导，不知您熟悉不熟悉。"

"施耐庵的施？"

"对的。"

余局长肃然起敬："那是我们的大领导！一把手！我职位差得太远了，根本说不上话，哪里谈得上熟悉。人家是总局的局长，我是分局的局长，虽然都叫局长，差着级别呢。我倒是熟悉他，他不太熟悉我。我这样的干部在他手下有好几十号，他不能都记住。没想到米总和他有交情。"他双手端杯九十度倒进嘴里，喝掉后酒杯朝下甩了甩，没有酒滴落下，以示无余，仿佛是在敬给施局长看。

米总又陪了一杯，说："交情也谈不上，只是一起吃过几次饭。我有一个对我很好的老兄，我帮他儿子办了点事情，他为了感谢我请我吃饭，让施局长和几个朋友作陪。施哥他们都是我老兄的老部下，内部小范围聚聚而已。"

任总笑道："米总的老兄肯定也是个大人物。"

米总赧笑道："说起来大家都听说过。不过还是不提啦，关乎人家私事。来，喝酒喝酒。"

任总偷偷和老杨眼神一碰，老杨微微点头。

任总高举酒杯说："仗义！不私下透露别人的事，米总这样的朋友可交，咱们共同举杯。"

大家纷纷站起，一饮而尽。我夹在中间端着杯茶好不别扭，不顾茶水烫嘴，也抿一口装装样子。

老杨说："米总为人谦虚厚道，向来为朋友们所称道。我虽然不知米总的老兄到底是哪位，但听朋友们说起过米总和这人相识的故事。打认识这人以后，米总飞黄腾达。过程特别励志。来来来，米总给我们讲讲。"

米总赧然一笑，摆摆手说："其实过程很普通的，只不过后来我跟着这位老兄挣了钱，大家才会感兴趣。不值一提，不值一提。"

大家纷纷起哄："讲一讲，讲一讲，我们学习学习。"

米总推脱不过，讲述起过去的事："当初我在南方开厂，厂子效益不好濒于倒闭，急需拿到几个大项目自救。由于我不是当地人，没有什么厉害的靠山，所以做什么事情都碰壁。人情社会里嘛，没有人什么也做不成。

"当时我意识到，我什么都不缺，最缺的是能帮我渡过难关的有权势的人。可怎么才能认识有背景的人呢？想来想去，我想出个办法：就是参加企业主培训班。顾名思义，这种培训班一定有很多有钱的老板参加，我以学习为名加入进去，应该可以认识不少有钱人。我兴致勃勃地报了好几个班，一到那傻了眼，里面全是一帮穷鬼，都抱着跟我一样的心态，奔着认识有钱人去的。"

米总最后一句话用了自嘲的语气，引起大家一阵哄笑。

米总也笑了，继续说："现在说着可笑，在当年，我哭都哭不出来啦。花了那么多钱，却认识一帮这种货色。我当机立断，课没上完就跑了。只好走了第二条路：东拼西凑借钱办了张高尔夫球卡，成天去打球，以球会友。当时借到钱后，我犹豫了很久，是拿来办球卡，还是投入厂子里续命呢？"他赧然一笑，"我甚至想过直接跑路算了。"

大家也笑了。

他继续说:"我每天忧愁得夜不能寐,还好我当时还算有格局,思前想后最后咬咬牙,选择了办卡。回想起来,还是胆战心惊的。如今人们打高尔夫球都是附庸风雅,鱼龙混杂什么人都有,这个办法已经行不通了。可在过去那些年,高尔夫球刚兴起那会儿,确实聚集了一些有钱人。去之前我设计了好多和人搞关系的套路,谁想到了那,竟然一个没用上。有钱人之所以有钱,是他们比平常人见多识广。人家一眼就看出了我想巴结上层社会的想法。还好他们也是这么过来的,并没有嫌弃我,问清了我的情况,最后给我指了一条明路。"

米总拿起酒杯,和大家碰了一下喝下去。

米总接着说:"有个球友告诉我,有一个人,手里攥着很多项目,不但能让我的厂子起死回生,还能让我发大财。但是这个人洁身自好油盐不进,一贯秉公办事,谁的饭也不吃,谁的礼也不收。球友和他也不熟,只知道他爱打羽毛球。在我软磨硬泡之下,球友告诉了我这个人姓名和体貌特征,以及打球的场所,其余一概不说。我凭着这些信息,找到了这个人。一开始我没有直接接触他,而是在暗中观察了他很久,把他的情况大概摸了一遍,感觉有把握了,才有意无意接近他。"

任总问:"怎么叫有意无意?"

米总说:"我请了个羽毛球教练教我打球,下了一段时间苦功,等练习差不多了,就每天泡在这个场子里打球。无论他去不去,我风雨无阻,一天不落。我逮着谁跟谁打,因为本人爱说爱笑,技术不错,没多久所有人都认识我了。我是场子里最活跃的人,他自然而然会注意到我。

"功夫不负有心人,终于有一天,打球的时候他的对手扭伤了,我帮着治疗,我顺便和他攀谈起来,之后他和我打了一场,从此成了朋友。和他打球的时候,我定了规矩:谁输了谁请客吃饭。他比我年龄大得多，远不及我身手灵活，因此我总能控制输赢。我先让了他几局，打完球我说我愿赌服输请他吃饭，他死活不去。于是到下一次打球，我赢了他，拿话将他，说他输了必须请客。他爱面子，禁不住我挤对他，只好请客啦。吃完饭我偷偷把账结了，他不乐意，非要花钱。我说'下次你请'。就这样，一来二去我们成了好朋友。熟悉了以后，我请客他也吃，送礼他也收，最终这个老兄帮我把厂子救活了。没想到他官运很旺，十来年坐火箭似的往上升，我作为他的心腹，跟着沾了不少光。"他说罢哈哈大笑。

众人陪着一起笑，暗恨自己没这心计和好运。

任总说："一方面米总有贵人相帮，另一方面米总天赋过人，天生有发财的本领，二者缺一不可。仅靠贵人帮助，自己没有真本事，事业做不了这么大。"

米总说："我谈不上有天赋，不过老兄帮我把厂子救活后，再后来那些上市公司的生意，的的确确是我自己做起来的。"

任总举杯道："米总锲而不舍的精神固然令人钦佩，但是最难得的是押宝押对了人。一个人再努力、再殷勤、再会来事儿，一旦站错了队、选错了领导，那全都是零蛋！甚至还会把自己搭进去！来，敬大家一杯，祝在座朋友们每个抉择都正确，每件事都交好运！干！"

大家纷纷叫好。

接下来又进入一个新高潮，大家互相敬酒，倾诉相慕之意。尤其是米总，每个人都想和他拉拉交情，任总更是与他耳鬓厮磨。

酒足饭饱，大家起立。

到酒店门口，老杨一一把客人送走，留下了余局长、米总和任总。

于科长对吃喝玩乐还不老练，本来也想离开，老杨已经有了醉意，说："你要负责照顾你领导啊。"

于科长吓得连称："那是，那是！"

任总瞪了老杨一眼。

余局长犹犹豫豫不肯去,老杨轻轻一拽他:"任总有熟悉的地方,没有外人打扰。都是自己人,放心吧。"

余局长稍作迟疑,微微一笑跟着上了车。

米总说:"谢谢老兄们厚爱,小弟不胜酒力,恐怕丢人,不陪各位哥哥了吧。"

任总已经微醺,紧紧拉着他手不让他走。

米总没有办法,说:"那好吧,我也去。不过能否劳烦任总借车给我用一用?让小兄弟拉我去办点事情,办完事我赶过去找你们。我来北方时间短,还没来得及招兵买马。"

任总拍胸脯许诺:"没问题,我的东西就是兄弟你的!你坐我的车,让我司机陪你去办事,办完事拉你过来。"

任总从没把我定位为司机,我几乎没反应过来,忙说:"是!我跟着。"可能他这么说比较有面子。

既然我是司机,就要把本职工作做好。我将车开到米总面前,为他打开车门,手挡在上方防他碰头。

第七章
仁兄巨款

我俩单独出发。

我开着车，问他："米总，您去哪里？"

他掏出钱包，从一堆银行卡里挑来挑去看半天，拽出一张给我看："兄弟，麻烦你带我去这家银行，我去取点钱，不知附近有没有，没有的话去别的银行也行。"

我看了眼，这家银行名字生涩，应该是小地方的商业银行，我闻所未闻。心想反正到了歌厅我也只能在门口等着，还不如在大街上闲逛，借机和他拉拉交情，说："米总，跨行取钱要收手续费的，不能让您花冤枉钱，我带您慢慢找吧。"

米总说："小事情小事情，别的卡里的钱我心里大概有数，唯独忘记这张卡里有没有钱了，所以想去看看。里面要是没钱了，回头我去把它注销掉，省得随身带那么多卡，太累赘了。不知跨行的提款机显示不显示余额？我不大懂。平时都是会计去取的。辛苦你了兄弟，我比你虚长几岁，你叫我米哥好啦，不要米总什么的，朋友们拿我开玩笑的。"

我说："我一定给您办好，不然任总也不乐意。"我不禁对他亲近感倍增。这人是上市公司的老板，少说也趁几个亿吧？如此谦虚低调，不是照样挣了大钱。任总好为人师，装得挺了不起，可未必比米总富有，嘚瑟什么！

米总说："任总是个大企业家，挺了不起的，我要多跟他讨教学习啊。"

我本想恭维他比任总强，然而我终究是任总一方，不能透露真实想法："哪里哪里，您太客气了。任总人品很好，讲义气爱交朋友，所以一些达官贵人喜欢向任总靠拢，朋友们互相帮助才把企业做大了。您和任总各有千秋，以后让他多和您打交道，肯定能得出一加一大于二的效果。"米总不知任总虚实，我索性往大了吹。其实我唯恐他看穿我的心虚。

米总笑得十分开心："强将手下无弱兵，兄弟抬举了我，也赞扬了自己的老板，挺会说话嘛。这个话，以后有机会我一定要委婉传达给他的。"

这人还算知趣，我暗自高兴。

米总叹口气："我身边要是有你这样能干的小兄弟，能省不少事呢。"

我心里明白，自己与他萍水相逢，说我能干简直毫无根据，但听了也很开心，心想：这是暗示让我跟着他干呢。不如借坡下驴应承下来？万一在任总这干得不舒心，也事先给自己留个退身步。

我一转念：不行不行！一来米总未必真心，倘若只是客套下，我却当了真，那不是自取其辱吗？二来即便他真心，纵然我不说，他难保不会告诉任总我要变节。任总才是我糊口的退身步，我得罪谁也不能得罪表姨两口。三来这个米总是否有实力，我也无法判断。他不是本地人，事情干不成说走就走，岂不是把我撂了？

我假意道："您抬举我了，谁在您这样的企业家身边做事是谁的荣幸，我是可遇不可求的。只是没有人比任总对我更好了，生活上工作上都很照顾我，我已经很满足了，一定好好回报他。以后您和任总接触得多了，可以让任总多派我出来给您当跟班，我也跟着您长长见识。"我没拒绝他，同时提示他，如果想让我获得这份"荣幸"，不妨比任总对我"更好"些。

米总点头说："人才嘛，是很重要的，不过忠诚是最不可或缺的品质。为了你这样的兄弟，开双份工资都值得。"

我自鸣得意，你这么大的老板，这么快就进圈套了。

一连找了几条街，都没有米总要找的银行，他说："别让任总老余他们等太久了，随便找个银行吧。"

我依言在附近找了一家银行停下车，下车为他开门。

他却不下车，说道："兄弟，麻烦你替我跑一趟，进去看看里面有余额没有，如果有的话，帮我取两万。我喝得有些蒙，在车上休息一下。"他把卡交给我："密码是……"

我连忙打断："不行啊米总，密码哪能轻易告诉别人？我担不起责任。请您自己去取吧，我在车上等您。"

我心道：你把密码告诉我，丢了钱算谁的？不如义正词严地拒绝你，还显得我正直，让你高看我一眼。

他把卡往我手里一塞："123456 就是我的密码，越复杂的事越应该往简单想，别人我是不会告诉的。不知怎么，我和你这个兄弟特别有眼缘，我一看见你，凭直觉就感到你是个好人。你米哥步入社会这么多年了，没什么别的本事，唯独看人非常准，不然也不会有今天。假如我看错了人，赔了我也认了。虽然咱们认识不久，我第六感肯定是没错的。我希望你相信我就像我相信你一样。放心去吧，权当哥哥给你添麻烦了。"

米总慧眼识英雄，使我莫名感激，我情不自禁将他引为生平第一知己。古人说"士为知己者用"原来就是这种感觉。从小到大，亲人朋友们没有一个像米总这样看重我的。有这么一位知音，为他赴汤蹈火我也心甘情愿。

我不再拖沓，进了银行。

插卡输入密码，一大串数字跃然屏幕之上，看得我眼睛发花。

我以为我看错了位数，来回数了好几遍，卡上余额竟然有两千六百七十万！这个巨额数字的零头我都没亲眼见过。

虽说如今通货膨胀货币贬值，数千万存款早已见怪不怪，但它还是让我这个井底之蛙血往上涌，差点犯了脑出血。

原先这些数字仅仅存在于我的概念之中，当它此刻真实地摆在我面前，令我有种难以言说的震撼感。最震撼之处不在于米总账上有这些存款，而是他完全不知这卡上有没有钱！他是多么富有，才会将两千多万元遗忘呢？

怪不得任总对他这么热情，一定是看出他人傻钱多了。把这事回去跟任总一说，不知任总什么反应。

我沉吟了一下：这事不能告诉任总。任总心机颇重城府较深，假如知道米总这么有钱，难保不会挖空心思算计米总。好不容易米总这么信任我，我不能辜负他。回头任总问起我，我不如糊弄过去吧。

我战战兢兢给他取了两万，回到车上满心狐疑，又不敢多问，把钱交给了他。

他边收钱边笑着说："一会儿虽然是老杨请客，但陪我的妹妹还是要亲自意思意思的。"

我还寻思这大半夜他取现金干什么，原来是用来打点素不相识的陪唱小姐！两万？我现在直想杀人越货！

这世界上本没有坏人，只是充满了引诱人的坏事。在利益面前，什么道德、尊严、人性全部靠边站。

他解释说："幸好我有在每个卡上留点零花钱的习惯。"

若不是亲眼所见，我一定认为他在扯淡。反观之，是我狭隘的眼界限制了我的想象力。再丰富的想象力，也不过是现实生活的衍生物罢了。真正的现实总是在机缘巧合下演变为超乎想象的事实，令人叹为观止。

我把回执单递给了他。

他看了看："哦？我以为上面没钱了呢。嗯，该换会计了，这人一直稀里糊涂的，让我都不知道自己的钱怎么分配。这点钱做投资也能吃点利息。"他语气平缓，丝毫没有讶异之情，好像根本不放在心上。

我只恨自己没学过会计，不然一定毛遂自荐，横竖贪污他点儿。早该多看看侦探小说，学学神鬼莫测的偷盗技术。

我发动了车，向着任总给的位置开拔。

米总这么无所谓的态度，我都替他心疼，对他建言献策："放银行里买个理财什么的，也能挣不少呢。"

"兄弟，那是你不懂了，银行嫌贫爱富，干的是晴天借伞雨天收伞的活儿，想挣大钱，银行是靠不住的。"他似乎察觉言辞不妥："不能说你不懂，哥哥是干这个行业的，有些不成熟的想法，咱们哥俩可以探讨探讨。"

他如此屈尊，我既感激又汗颜："米总太客气了，请您给我讲讲这里面的门道。"

米总笑道："我给别人上课都是收费的啊。"

"米总还是老师？"

"老师不敢当，我经常会办些讲座。其实也没什么，有些渴望成功的人总喜欢让企业家讲讲经验。"他掏出手机找照片给我看，"喏。"

我开着车无法看仔细，一瞥之下，他衣冠楚楚正襟危坐在讲台上指点江山。

他说："这是个投资讲座。介绍的是我们公司的业务，招揽大家投资的，回报率很高。"

我问："普通人也可以投资？"

"欸！"他不屑的神情好似长者训诫顽童："什么叫普通人？人本身没有高低贵贱的。我出身也很普通，家里很穷的，只是掌握了一些诀窍，才侥幸比别人宽裕那么一点点。只要大家掌握了诀窍，挣钱易如反掌。"

"诀窍？"我仿佛看到一丝曙光。

他详加剖析："是的。所谓诀窍，就好比'玄之又玄，众妙之门'里的'门'，是认识一切事物内在道理的途径，也可说是一种处事方式。它不具体禁锢于某一种行为，而是指做事的要诀。只要掌握了诀窍，办什么事情都会事半功倍。"

我心驰神往："您给我讲讲呗。"

"哈哈哈，这个是专业的课程，一时半会儿可讲不完。我们公司的业务不要求每个投资人都懂行，终究术业有专攻，好多人虽然聪明，但对金融行业不感兴趣，你给他唠唠叨叨地讲，他才懒得听。我们只负责让大伙了解我们公司有诀窍，给我们公司投钱，一定连本带息有去有回。"

我心里明白，你不跟别人讲清楚你的所作所为，别人凭什么相信你？说："我不太明白。"

"首先，投资者必须有钱，这个前提条件无须赘述。但有钱的人未必有办法让钱以最高效的方式生钱，所以我公司的作用就是提高钱生钱的效率。其次，一般高回报的项目都需要高投入，巨额的资金很难由个人完成，因此我们进行融资，将大家的钱整合后进行统一规划利用。而且我们运作资金的能力强大，可以更有组织地把钱用在最合理的地方，每一个环节都有专人把控，就像流水线一样，将资金用途精确到每一块钱每一秒钟，省略了很多环节，节省了更多成本。再者，大家最担心的必然是自己的钱有没有保障。我可以负责任地说，有。因为我们每投资一个项目，全经过精挑细选，只和有实力有背景的财团进行合作，尽量做到最低的风险、最高的回报。并且我们所有项目皆有实体支撑，具有相应的抵押物，绝不会拆东墙补西墙，与庞氏骗局有着本质上的区别。即使我们某个项目投资失败，依然有抵押物来进行赔偿。当然，因为我们十分谨慎，至今还没有失误过。除此之外，我们有外贸公司，能够对冲不良资产。"

他说得高大上，还真像课本里的呆话。我对金融行业一无所知，听着颇感新鲜："外贸？和国外做生意？"

"是的，你在国外挣的钱是外币对吧，由于汇率一直浮动，我们会将升值的外币兑换成人民币挣钱。如果人民币升值，我们就按兵不动，让外币资产继续运作，仍旧一块钱当一块钱花。"

我听得云山雾罩："这是不是有点投机……"我硬将"倒把"两个字吞回去。

米总说："这个事哥哥就比你懂了，投机取巧是很聪明的商业行为，只要投对了机，方式巧妙，哪有不挣钱的道理。放心吧，我们有的是规避的办法，而且都是合法的。"

我想他有难言之隐，点头道："明白。"

他继续说："自从布雷顿森林体系建立，直到全世界的大宗商品贸易用美元结算，至今美元一直是国际上最重要的储备货币，地位无可撼动。一旦有人想动摇美元霸权地位，美国不是以货币为武器攻击人家，就是直接派美军冲上去揍人家，给对方打得不能翻身为止，如此一来大家敢怒不敢言，唯有乖乖地给美帝交铸币税。因此，我们公司和美国的业务最多，这样就相当于把自己装进保险箱里。

当然，我们不仅仅投资美元，而是多种货币分散投资，以美元为主，欧元为辅。俄罗斯和越南以及非洲也有些常规的投资，这样多元化的发展，把地基打牢，即使有个风吹草动，也可以很轻松地应对。"

对于他所说的话，我一知半解，顺口搭音："嗯嗯。多元化，多元化。跟多极化意思一样，只要多，就能以强补弱。国外经济发达，政策也完善，多学习学习先进理念肯定能挣大钱。"

米总笑道："多元化是多元化，多极化是另外一码事。我们谈不上向国外学习，因为金融规则都是他们定的，全对他们有利，学了也白学。我们在遵守规则的前提下，好好利用规则。中国人很聪明的。哈哈。而且最可靠的政策反而是我们的政策，最可靠的货币恰恰是人民币。"

这话和平时网上那些夸夸其谈的人说得不一样，我有点困惑："有人说西方的民主政治不是更先进吗？"

米总大摇其头："未必，未必！我们国家组织动员能力远远强过欧美那些自诩民主的国家，只要决策正确，就出不了大问题。可以集中力量办大事，拥有各种应对危机的机制。虽然很多人在各自的行业中是顶尖人才，但对政治却一窍不通，并不具备政治眼光和执政头脑。一个人中文学得好，英文未必学得好。能喝辣酒就一定能吃辣椒吗？上学考试就 ABCD 四个选项，这么简单的东西绝大多数人还选不对呢，凭什么让他们去选国家领导人？那么宝贵的一票，你必须让懂行的人来投。你让不懂行的人投票，等于外行干内行的事，驴唇不对马嘴，得到的结果不言而喻。

"有些国家竞选领导的人连一点基层工作都没干过，什么经验都没有，居然还痴心妄想治理国家？他们全凭一张嘴忽悠，谁能煽动情绪谁就来当领导，那怎么成？真正有能力的人全都胸怀大志腹有良谋，大辩若讷谨言慎行。心里有数的人远远强于嘴上会说的人。

你见哪个政治家天天嚼老婆舌头的？要是比赛能说，他们该去曲艺团找俩说相声的，能贫死他们！还附带奉送舞蹈表演哩。"

我曾经和他一样是个愤青，每天把怨天尤人当作功课。如今过了青春期，已然无青可愤。高考时政治拉下了我不少分，对政治更没了兴趣。他说的话我基本听不明白，只有配合地笑几声佐证他风趣。

他说："话题扯远了。这次我来，就是为了融资，有个集团想谈个几十亿的项目，如果顺利的话，今年又挣些零花钱了。"

我一直自命清高，认为做好自己就行，别人有钱有势与我无关。此时才感到，我果然与其没有关联，那是因为人家压根儿不带我玩，我巴结都巴结不上。

过去读到苏秦那句："人生世上，势位富贵，盖可忽乎哉。"我总是窃笑这老兄低级趣味，认为人生随波逐流清心寡欲最好。实则仅仅是我没见过世面罢了。想起刚看到的那串数字就羡慕嫉妒恨，我一点都不眼红，我眼珠子都掉下来了。我要是这么有钱，先把任总炒了鱿鱼，再让米总跟我把酒言欢为我开车，哦，对了，最重要的是把妹子轰走换个新人，早看这货不顺眼了！

"您这么有钱，干吗还融资呢？用自己的钱多踏实，还不用分红派息。"我问他。

他说："这就是金融理念的问题了。我自己的钱再多，照样会去融资的。募集来的资金虽然需要付些利息，但可以均摊风险，也可以扩大再生产，这样才能将盘子做成更大的规模。假设每人只有十万块，找来几千人，怎么也凑个把亿吧？众人拾柴火焰高嘛。里面也不乏一些有权势的人，你用了他的钱，当你有了困难的时候不必求他，他自己就会屁颠屁颠找上门来帮你。只要一起合作建立起了信任，以后可以发展为长期合作。既减少了项目风险，又交了朋友，路子越走越广，何乐而不为呢。"

"十万？投资大项目，十万块连个影都见不着，这点钱也能投？"

他双手一摊："当然啦，五万都没问题。刚告诉你了，众人拾柴火焰高，人多了，资产规模就大了。如果你手里有闲钱想吃些利息，可以投到哥哥这里，哥哥给你做担保，利息很高的。法律不支持银行同期贷款利率四倍以上的利息，所以一般我们都是约定好具体数额，不以利息的形式体现，就避开了这个风险。"

我听得心痒难搔，要是能搞一笔钱进行投资，天天躺家里吃利息多爽？无奈本人茕茕孑立一贫如洗，美好的愿望只停留在幻想之中，精神上略微过一下瘾就点到为止了。

我不想让他小觑我，关键时刻把小富摆出来充门面："我不太懂金融，我倒是有个好兄弟，家里也有上市公司，应该和您聊得来。等有机会给您介绍介绍。"

他连连答应："好好好，我做东。初来这边还没什么朋友，实在太孤独了。生意是小事，最重要的是多交几个朋友，把路子走宽了，生意自然不在话下。"

我赤贫他赤诚，地位相隔云泥。他言语豁达，我如沐春风，感到亲哥哥般的温暖。

第八章
歌厅现形

我们说说聊聊，已到了歌厅门口。

任总出来迎接，他俩互相客气，跟垂暮老人似的彼此搀扶着走进去。

我上前帮忙，任总说："外面等着。"

我戛然止步，任总公然无视我的存在，假客气也不给我一下，我哪还有面子尊严？我也是人哪，他竟然装都懒得装。

得了吧！这破地方哪怕请大爷进去，大爷还嫌不干净呢。不过……这地方怎么看起来有些眼熟？

我四下张望，明白其中原因了，一个熟悉的身影蹲在角落抽烟。

我走上前去，俯身拍了拍他："二子，又等你女朋友呢？"

二子正低头凝思，嘴角带着微笑，冷不防被我拍了一下，一口烟差点呛着。他抬头看到我，咳嗽半天才说："是啊，她正上班呢。孙子，你怎么来了？"

我历来不爱搭理他，就是因为这人不带脏字不说话，远不如我文明——我永远只藏在心里说。

我说："陪别人来的。"

他说："没看出来啊，你小子也出来潇洒。"

"呵呵。陪别人来的。"

"那你不进去?"

我也蹲下来:"咳,里面太吵闹。你知道我喜欢清净,借口抽烟躲出来了。来根烟。"

他递给我一根点着:"你自己没带烟啊?什么破借口,里面又不是不让抽。"

谎话居然被二子这种人揭穿,我:"……"

正无言以对,任总打来电话:"去附近买条软中华过来,3字头的。"

我掐了烟说:"看吧,他们也没烟抽。"

我到附近烟酒店里买了一条,开好发票,回去。

二子在门口拦住我:"别点我女朋友啊。"

我说:"我一会儿就出来了,不在里面待着。"

"也别让你朋友找她,让你看见不得劲儿。"

我推开他:"好吧好吧。哪个是你女朋友?"

他怔住了,思量一下,猛然想起来:"哦对,你不认识她。那正好!还是不告诉你了。你不知道就无所谓了,爱点谁点谁吧。万一你们碰巧点了她,她还能挣点钱花。反正你也不知道她是谁。你去吧。"

我摇摇头,完全没搞懂他的混乱逻辑,快步走进去。

屋内嘈杂的音乐隔着包间门几欲破门而出,一开门,一股夹杂着余局长破锣嗓音的声浪扑面而来,跟阵妖风似的好悬把我推个跟头。他的声音立体效果之强几乎能闻到韭菜味儿,我感到无比油腻,直犯恶心。

里面人手一个浓妆艳抹的女性,拍手叫好的,端茶倒酒的,玩得不亦乐乎。

老杨忙着给余局长叫好。米总正和女孩子掷色子,赢了一把怕人家喝得不够多，亲手给她灌下去，溢出的酒洒湿了女孩的抹胸。任总一手搂着身边人一手端着酒杯晃悠，笑眯眯跷着二郎腿听着歌，丝毫不以他外甥我看到为意。

唯有于科长呆板地坐在那里，与身旁女孩全无交流，他偶尔偷瞄几眼，又害怕被人发现，低眉轻轻一扫很快收回。

我把烟交给任总，转身刚要离开，余局长在麦克风里喊我："别走啊。"

通过麦克风放大的声音震得我头皮发麻，他醉酒后的腔调怪异，这句"别走啊"妩媚得像妓女招嫖。我从未被别人留恋过，过去唯一让我"别走"的人是我的体育老师："别走啊，你倒是赶紧跑啊你！"

在这声色犬马之所，我还是很乐意留步的，欣然回到他面前："您有什么吩咐？"

他满面红光笑容可掬，使劲按我的肩膀："坐下啊。"余局长功力深厚，音响兹拉一声险些被震劈。

我冷不丁被按倒在沙发，要不是旁边女的躲得快，非挨我一屁股不可。

余局长偏要找个人陪我，一声令下，呼啦啦进来一帮妖艳女性供我挑选。

我哪见过这阵仗？登时面红耳赤，羞赧道："不了不了……"

任总怎么舍得为我花这钱，一挥手说："没有他看上的，一会儿再说吧。"他把一群人请走。

余局长不依不饶一定要安排个女的陪我，可领班与任总熟识只听他的话，断送了我一夜春宵。

为了掩饰自己的局促，我挨个儿倒酒点烟，把这几位大爷伺候妥当。

酒真是调节气氛的良剂，本来任总和余局长、米总并不熟稔，喝一口，进入一分状态；再喝一口，感情更深一层。他们喝着喝着仿佛就成了多年的老友，互相搂着往对方嘴里倒酒，放肆地大笑，拘束全无。

尤其余局长，兴头一起，老把于科长的歌切掉换成自己的，一把抢过麦克风扯着脖子引吭高歌。

于科长年轻面嫩，本想借着唱歌缓解自己的难堪，被领导这么一弄，如坐针毡。余局长在麦克风里冲着他大喊："我第一次来也这样，多来几次就好啦。"

于科长更加无所适从。

一旁的女孩看不过眼，频频给于科长敬酒。不一会儿，于科长索性也开怀了。

余局长越喝越兴奋，大笑大叫，与在饭店时判若两人，稳重的领导范儿早抛到九霄云外。他唱着唱着不过瘾，反串了首《粉红色的回忆》，掐着嗓子装女声，把小姐们都笑崩了。而余局长哗众取宠，以为别人在夸他似的，越加放浪形骸。

我努力将鼻孔张大——因为张大鼻孔有憋笑的效果。我真怕此刻笑喷出来。

我闲着无聊，唯有给他们倒酒。到任总面前，他冲着身边女孩一努嘴："给她也倒上。"这女的动都不动一下就安然接受了。

有这么侮辱人的吗？让我给小姐倒酒！我的自尊心被激发，心里怒不可遏，却面无表情恭敬地说："是。"

我偷眼看这女的，年纪不大，皮肤白皙眼睛清澈。

人不可貌相，要是走大街上，别人肯定觉得她是个清纯大学生。她比我表妹大不了几岁，这时扎在任总怀里另有一种妖娆。我暗骂任总：臭不要脸。

不过呢，倘若这女孩靠的是我的怀，区区脸皮嘛，不要也罢。

我倒完了酒，又给他们点烟，趁他们不留神，把烟顺走，偷跑出来。

我在墙角找到二子，蹲在他旁边。

他递烟给我，我推回去，把我拿的烟抽出一支递给他，两人点上火。

他猛吸了几口，闭眼享受其中味道："真爽，和十块钱的烟就是不一样！"一缕香烟顺着他的血管送到了他的神经末梢，使他松弛而畅快。

我对抽烟喝酒没有瘾，不论烟酒，完全分辨不出味道上的区别。特别是啤酒，只要是黄色的我感觉都差不多，酒吧里的假酒根本喝不出来，喝多时约莫换成尿也照样喝了。因此每次我都点最便宜的那款。

我心里得意，吹牛说："那能一样嘛，从工艺上、制作水平上差多了。今天我晚饭喝的茅台才厉害，二三十年的陈酿，口感特绵柔，黄黄的，跟喝油似的，还拉粘儿呢。"

二子犯二说："我在电视上看过，茅台酒制曲的时候都是女的用脚踩成块，没准你喝的是脚汗呢。"

这人真贱，恶心得我差点吐了，幸好晚上没喝。我强词夺理："你懂什么，招待外宾都是这酒。吃不到葡萄说葡萄酸。"

他抽口烟："你不是开车呢？敢喝酒？小心我举报你。"

竟然又被他拆穿了，我脸上一红："我就喝了一小杯，查不出来的。他们本来想劝我多喝点，非要给我找代驾呢，我对酒这东西不感兴趣，没必要。"

他轻蔑地瞥了我一眼："就你？"

凭这人这德行，很难责怪我此生都没主动给他打过电话。

他问我："你知道小富和滑头的事吗？"

我吃了一惊，这才几天没见面？出什么事了？忙问他。

他见我不知情，得意扬扬地说："小富太不是东西，为富不仁。"

我十分怀疑他的话，我们几个人是一起长大的朋友，谁不了解谁。小富历来人品端方，滑头可不是什么好东西。何况不看人品看家境，我也只会向着小富。

我问他:"你直说吧,到底怎么了?"

他把烟扔在地上,说:"小富这浑蛋,为人不能忘本啊。"

"你别着急骂,到底怎么了?就算冲撞了滑头也谈不上忘本吧,滑头又不是他爹。"

他怒目圆睁:"小富是你爹!就知道你势利眼,不分青红皂白就向着钱说话是吧。"

我还真被他说中了。我无心斗嘴,不耐烦地说:"你快说怎么了吧,哪那么多话作料。"

"呸,"他啐了一口说,"小富这人咱们看走眼了。上次咱们见面,滑头不是想去小富公司上班吗?后来小富倒是给滑头安排了工作,可没想到小富看不起滑头,让滑头顶替了他原来的司机,给他当马夫!"

我听了气不打一处来:"你怎么说话呢?古代皇帝的马夫都是自己最信任的人,驸马也是这么来的,你算老几你不尊重司机?"他不知道,我今天正是任总的马夫。

二子见我不高兴了,收敛了些:"不是这个意思。我爸当了一辈子出租车司机,我看不起谁也不能看不起司机啊。我现在都快成臭要饭的了,哪能瞧不起别人。"

我不是"臭要饭的",所以不作争辩了。

他说:"我单说这个事。小富公司规模那么大,能干的事情多了,干吗安排滑头开车?而且他专门给原来的司机升了职,把滑头塞车里了。当司机虽然也没什么,事情不多挣得不少,如果叫我去当,我也乐意。但是给熟人当司机,多多少少会有些别扭。小富这么干不大合适吧?"

我想了想,心里也不舒服,默默点点头。

他说:"就是嘛。当司机的事先放一边,滑头手里特别紧张,管小富借钱,承诺每个月按比例还钱。他怕小富不愿意,让小富从工资里直接扣除,小富都不肯借。"

"那得看借多少了。"

"借多少?"他打抱不平地说,"滑头没告诉我借多少,光说小富不借他。甭管借多少对小富来说也是九牛一毛吧!又不是不还。"

我心里不是滋味,没想到小富这么小气。我问:"他俩闹掰了?"

"没有,面子上过得去。你别跟小富提这事啊。滑头心里憋屈,和我发发牢骚。他每天仍然在小富跟前嬉皮笑脸的。寄人篱下嘛,填饱肚子要紧。"

我不懂富人的世界。不知易地相处,我会如何。

他嫌蹲着累,提出去我车上坐会儿。

我说:"算了吧,人家的车,别弄得满车烟味。"

他说:"我说的吧,有钱人都不是东西。"

我推了他一把:"你凑合点吧!你天天在这蹲着,早该蹲习惯了。"

"甭提了,这些日子我半月板都快蹲坏了。"

"从你下班等到半夜,这时间可不短啊,多无聊!一般人真熬不住。你不能在家歇会儿?万一她……她……不跟你回家了呢?你不是白等了。"

他平静得好似唠家常:"你想说万一她出台了吧?出不出台要看客人的兴致,她哪会提前知道?所以我更不知道了,只好每天来等。我家离得远,要是先回家再过来,时间太紧张,还不如在这多等会儿。这是她的工作,再晚我也必须体谅她。我已经等那么久了,好人做到底送佛送到西,头都磕了,作个揖算什么?如果她出台了不能和我一起回家,她出门时看到我,也知我这份情嘛不是。"

我实在无法理解这种怪论。不过我不理解别人,别人还不理解我呢，姑且自顾自吧。我附和二子说："没看出来你那么痴情。你连她出台都不介意，她一定很感动。人生最难得的事情莫过于遇到正确的人，一旦认定彼此了，任何阻力都能迎刃而解，什么困难都不算困难了。爱情真是伟大啊，我真心祝福你。"

此言发自我的肺腑，我饱含感情看着他，向他点头以示鼓励。

他诧异地看着我："你喝高了吧？我嫌跑来跑去麻烦而已。实在在家闲得没事干我才来等她，反正她掏打车费。我要是有闲钱给视频网站充个会员费什么的，在家看看美国大片也不来这干等着啊。"

我的热情被他毫无情趣的一番话浇灭，说："你把烟戒了，什么都省出来了。"

他报复性地抽了好几口："就好这一口，宁可不省也不戒。"

谁没点不良嗜好，我理解地说："爱好爱好，谁能割爱呢。只可能为爱去割舍点其他不太爱的东西。"

"别瞎想了你。你知道我天天蹲这想的是什么吗？"

我总是见他作凝思状，还真好奇他木木呆呆的脑袋里想些什么："你说。"

他唯恐不过瘾似的再次使劲嘬了几口，说："我呀，总在想象电影里的情节，我也想变成那些有超能力的人，多厉害啊，跑得快的、满处乱飞的、全身发光的、拳头比星球还大的，不仅不用上班，杀人放火干什么都行，只要有了超过常人的力量，做错了也能给你扳成对的，要多爽有多爽。我每天蹲在这儿，满脑子幻想的都是我有各种各样的超能力，跟放电影似的，可过瘾了。最近比较来比较去，我发现有一种超能力是我最喜欢最想要的，你猜是什么？"

说起超能力，我最想要的是吕祖那根点石成金的手指。对他的臆想无从猜起，我随便糊弄着说了几样，一个没说中。

他哈哈一笑："你这智商到不了我的高度。我这超能力是我自己想出来的,别人没有。"他停顿住,指望吊我个胃口,等了几秒见我没答话,说:"我告诉你吧,我想要的超能力,是让别人的超能力失效的超能力,能把他们的超能力变没。比如天上飞的,我一指他,'落!'这龟儿子吧唧就掉下来摔个七荤八素。比如会隐身的,我一指他,'显!'兔崽子就光着腚捂着裆出现在大家眼前,那姿势跟梦露捂裙子一模一样的,臊死他!哈哈哈哈。让这帮人天天瞧不起我在我面前狂,一个个让你们现原形,全被我扔回起跑线去。我老想,我比别人差在哪里了?他们只是比我运气好而已,要是让我生在小富的家庭,我照样吃五喝六的。女人往他身上倒贴,除了钱还能图什么?把他换成我,女人也往我身上贴。唉,全是穷闹的!如果我有钱,还用在这蹲着喝风?老把我这破火给吹灭了。"

原来大家心境差不多,或许他还不如我。

每逢我见别人不如我,总会情不自禁很开心,笑道:"你这个能力有个缺陷啊,别人的超能力被你变没了,你自己却没其他超能力,那和你现在的世界有什么区别?"

他目瞪口呆,一下子被我从梦境拉回现实,缓了缓神说:"好像是这么个道理,漏洞还挺大。"

我揶揄他:"你可以想象除你以外的所有人本来是有超能力的,现在被你变没了,所以你已经实现了你的梦想了。哈哈哈哈。"

他神情黯然:"我瞎想着玩的,说不上梦想不梦想。"

"这么说,你有别的梦想?"

他木然说:"我对梦想没有概念,我没有梦想。"

"梦想嘛……"我想了想,似乎自己也没什么梦想,既然他没有概念,那我胡编他也发现不了,"嗯……梦想嘛,是什么呢……我觉得吧,梦想是你最想得到的东西,一想起来会感到兴奋的东西。"

他一龇牙,露出坏笑。

我没等他说话，连忙补充道："女人可不算。"生怕他在探讨如此崇高话题时蹦出来什么下流的话。

他望了望天，缓缓说："女人不算啊，我得好好想想……我十岁之前的梦想是当科学家，那时候被学校灌输的印象里只有教师、警察、飞行员、科学家那么几个职业，所以不能当真。二十岁之前呢，想当歌星。我特喜欢女同学手拿磁带看封面歌星的眼神，希望她们也这么看我，但是长大后发现追星的女孩太幼稚。"他扭头蔑视地瞅了眼歌厅，说："我女朋友每天喝多了都对着电视里的歌星吐，所以也算了。三十岁前看世界杯那阵很想当个球星，可解说老说三十多岁的'老将'如何如何，我也来不及了，只好放弃。现在呢……现在的梦想不是做任何职业，也不是成为某一个人……我觉得三十岁以后最大的梦想并不是通过努力实现什么目标、获得多少回报，我想吧……我的梦想应该是不劳而获，对，没错！是不劳而获！"

这是我从小到大唯一一次对他的话深感赞同，反正现实劳而无功，不如追求不劳而获。我们虽有异于常人的壮志，却无异于常人的行动。因此，不凡本是偶然，平凡必是必然。

我说："生活吧，像一张砂纸，随着时间流逝，把我们的棱角磨平了。什么追求啊理想啊，越来越远，越来越不现实。偶尔还会心热，一顿酒也就浇下去了。咱们不想超能力和梦想什么的了，还不如想些实际的，比如想象自己有钱什么的。"

他沮丧地说："超能力这东西还能幻想幻想，你以为我没想过自己发达？孙子才不想！你们别老说我二，我其实挺明白的，让我有钱比获得超能力更不现实。"

我逗他："万一呢，就说万一。万一你有钱了呢？"

他不经片刻思考："赶紧让你们这帮穷鬼滚得远远的！"

我一笑而过，心想英雄所见略同。

差不多半夜两点，任总打电话问我在哪，催我进去。

一进门，曲已终了，老杨不省人事瘫坐在那里，任总叫我抬他。余局长带着意犹未尽的笑容。

任总说："米总旅途劳顿，带回个妹子解解乏吧？"

这屋里的女孩一听，争先恐后对米总说："哥，带我吧。"

米总身边那位女孩本来面带春风，见有人跟她抢，立即露出不快之色，抱住米总胳膊："这是我老公。"她腻在他怀里撒娇耍痴。

看来米总已经当着众人的面给过小费了。我一点都不觉得这些女孩有多么的贱，只是感慨有钱是多么的好。

米总笑眯眯推了推眼镜："不啦不啦，我早点回去休息休息，明天上午还要开会。"他转头向余局长说："老兄，您要是有雅兴，不妨带走一位？"

几个女孩子嫌余局长青春不敌，闷不吭声装作没听见。只有任总旁边那个皮肤白皙的女孩临阵变节："我陪大哥走吧。"

余局长连连摆手，醉容满面："不行不行，出来玩无伤大雅，带走人就不像话了，绝对不成。"

问了一圈儿，白皙女孩谁都愿意跟，只可惜这几个老爷们儿谁也不吐口。

我想我正青春年少，如果她看上我呢？我该如何处置？

她们已悻悻离去。

一行人出门道别。

余局长和米总顺路，一起坐于科长的车走了。

老杨已经醉透了，我本想把他扶上我们的车，任总拉住我："给他放出租车上。"

我问："行吗？"

他厌恶地说："什么行不行的。"

出租车司机不愿意载老杨，任总让我从老杨兜里翻了几百块钱塞给司机，才勉强离去。

我远远地看见二子搂着一个女的走了。看背影，他女友正是那位人尽可夫的白皙女孩。

开上车，任总问我晚上和米总干什么去了。

我说："银行取钱。"

他疑惑问："大半夜取钱干什么？"

看那些女孩主动想陪米总的样子，我断定大家都瞧见他掏钱了，所以无需隐瞒："打点小姐。"至于我替米总取钱这个过程自然略过不提。

任总说："财不露白，逞什么能。陪唱才多少钱，那么多钱够带走八回的了。"

我心疼米总的钱："米总真有钱，一点不放在心上。"心中惋惜：钱都花了，不带走个姑娘太他娘的浪费了！您不稀罕她们，可以让给我啊。

任总醉醺醺地说："看他那个犹豫的劲儿，就是因为我们都没带走，他也不好意思而已。老杨喝得不行了，我家里有你姨也不成。假如余局长发话带走一个，小米肯定陪一个。"

我哑然失笑："还有陪这个的？"

他说："怎么没有？为了缓解老同志的尴尬，他陪一个很正常，哪怕出了门再让姑娘走呢，面子上好看。你知道为什么余局长见你进去就不让你走了，还非要给你点姑娘吗？"

我笃定不是因为我有魅力，说："跟我客气吧？或者让我服务倒酒？"

"都不是。最开始我不让你进去，是不想让你看到他们的丑态，你没喝酒，有你在旁边，他们会放不开。要不是你送烟，我肯定不让你进来。而你一旦进来了，瞧见了他们那副嘴脸，就不能让你出去了，必须得给你找个女的让你同流合污，只有这样才谁也别笑话谁，明白了吧？不过有你表姨在，我是不会拉你下水的。可不是我不愿意掏你这份钱。"

他竟然给自己的抠门找了如此冠冕堂皇的借口，我装得感激："谢谢您照顾我。放心吧，我回去不会和我姨说的。"

任总坦然道："她都知道啊。"

我闻言有些迷茫，偷腥的事让老婆知道，这两口子心得多大啊？

他见我很费解，解释道："你见过什么啊你。人各有各的活法，这种事对于我们来说，仅仅是工作罢了，不掺杂任何个人情感和喜好，纯粹当成工作。你表姨不是小气的人，再者我们只是唱唱歌，又没什么肢体接触，谁会当回事呢。"

那女的一直在他怀里扎着。但在他眼里，这些居然不叫肢体接触，可见他认为的肢体接触有多不堪。

我说："我理解了，逢场作戏嘛。只要大家守住了底线，可以说无伤大雅。余局长唱歌时候挺开心的，一说带走姑娘，立刻义正词严地拒绝了，多正直。"

他好像听到了什么滑稽的事，从鼻子里哼哼着笑了好几声，问："你真这么觉得？"

那是唯有针对无知才能发出的蔑笑声，我一头雾水："不然呢？"

他哂笑道："不然呢？不然呢？"

我被这孙子问得直发毛，又重复一遍："不然呢……"

他伸个懒腰说："不然呢，他年龄那么大了还喝了好多酒，这身体……根本办不成事！"

我的阅历在他面前不值一提。

把他送到家，我假意问他："附近公共汽车站在哪里？"

他说："这大半夜哪有公共汽车？"

我"哦"了一声："恐怕附近也不是很好打车。"

他知道我心疼打车钱，不耐烦地说："你把车开走吧，明天再来接我。"

我暗自偷笑，等他下了车，悠然自得开着车，放着音乐哼着小曲儿回家了。

一到小区门口，我又后悔开车了。因为这附近有个夜市，晚上十点之前门可罗雀，十点之后门庭若市。

此时收停车费的还没下班，远远看到我，连跑带颠儿地赶过来收费。

我没有车，导致没有交停车费的习惯，骗他说："我去找人取东西，用不了十分钟准回来。"

收费的不乐意了："你附近住的吧？所有人都这么说。我大晚上的这么辛苦，你必须缴费。"

我怕他纠缠，边快步走边说："最多五分钟！马上回来。"

他追不上我，恨恨地说："剐蹭了可不管。"

我头也不回："爱管不管。"我被人欺负得够多的了，一个收停车费的还想威胁我？我觉得不解恨，边急行边骂了句："滚一边去。"

进家门，空空荡荡。

我近日独居较多。

我不知妹子最近在忙些什么，不是在家窝着好几天不出门，无比邋遢地看电视玩游戏，衣服也不换，就是光鲜亮丽地出去好久找不着人，我要翻翻衣柜才能确定她是否收拾行李不辞而别了。

我想，我应该根本不在乎妹子这个人，她是什么状态我完全不放在心上。

时间已晚，灯也没有开，我倒头就睡了。

第九章
碰瓷反转

印象中，收停车费的八点钟上班。

我一夜惦记着停车费，睡得极不安稳，梦到好几回到时间了。

由于头一天熬得太晚，再加上极其闹心的停车费不断骚扰我的睡眠，我困倦欲死。我一直在犹豫要不踏实睡觉算了，大不了交了停车费。

最终金钱战胜了疲劳，我挣扎半天爬了起来。

人皆鄙视无利不起早的人，我此刻对这一观点表示强烈反对和愤慨。

人生在世烦恼那么多，还每天累得要死，逮着机会不好好睡个懒觉却偏得早起，那才是吃饱了撑的。即使是晨练，也是贪图对身体有利吧。

此时天色蒙蒙亮，我看到桌上有个字条，上面压着一把钥匙。我突然感到心酸：我还是在乎妹子的。

我轻轻拿起来看，上面写着：感谢陪伴，你不再让我产生多巴胺。永别，勿念。

妹子就这么从我生活中消失了。

我急忙上网搜了下"多巴胺",一看不由得火往上撞:安敢以文辞相戏!分手就分手吧,拽什么词?咱俩夜夜笙歌,我让你肾上腺素飙升的时候你怎么不说了!

我再打她的电话,已停机。里里外外搜索她的痕迹,她仔细到连一丝余温都没有留下,如同她从来没有出现在我生命之中。

不知这家伙为了离开我筹备了多长时间,我竟茫然不觉。

她走得义无反顾,弃我如遗。

说真的,我有些懊恼。虽然我明知她不是最终的归宿,但终究聊胜于无。薄酒胜茶汤,丑妻恶妾胜空房,这么大男人还没女朋友,有种一事无成的失落。

我有心神伤一会儿,以纪念这段无疾而终无聊透顶的感情,却一点没感觉到悲伤;有心打起精神把这一页翻过,心中着实落寞。

我十分后悔昨夜与那么多女孩子擦肩而过。无论好或不好,健康或是病态,总比独自忍受强。大起大落的人生,好过波澜不惊。

我更加后悔没有早早把妹子赶走,至少我还能占领道德高地,我不要她比她甩了我有面子。这倒好,我背负了被人踹的恶名。这就好比两个没有谈兴的人发信息聊天,谁发的最后那一条,对方不再回了谁就尴尬。

幸亏我身边的人基本没人知道她的存在,我自己把眼一闭,权且当作什么都没发生过吧。

我没有时间悼念了,我得赶在收费的来之前把车开走。

来到楼下,我气乐了。收停车费的真是讲诚信——我车身多了一道四五十厘米的划痕。小钟的车我还没去修,这又来一个?还让不让人好好活着了!

肯定是那个收费的干的!他划破的不是车,是我的钱包!我发怒了,我要跟这王八羔子玉石俱焚!

抬头看看，附近没有摄像头。想想自己也傻，收费的比我熟悉这一带摄像头。想报警，可警察才不会管这点破事，最后还是我自己修车。

无论如何，等收费的来了先揍他一顿再说！

没等我给警察打电话，警察先给我打来电话。

是上次处理碰瓷的梅警官，急匆匆告诉我："你现在来一趟，在上班之前。"

不是告诉我出了伤情鉴定报告再处理吗？我也没多想。

我联系了任总，他让我先忙自己的事不用接他，等我从派出所出来后直接去上班。

我只好回头再找收费的算账，愤愤地开车来到派出所。

派出所有种无形的威严气场，一进门我杀气全无，低眉顺眼来到梅警官办公室。

他正看文件，见到我说："坐。"

我乖乖坐下，不敢打扰他。我心中忐忑，不知他调查的怎么样了，到底是两不相欠还是需要我赔钱？虽说是对方碰瓷，我确实也撞人踢人了，罪过不比对方小。

我惶恐不安地等候他裁决。

他看了会儿文件，温和地问我："你结婚了吗？有小孩没有？工作性质是？在哪里住？"

我如实回答，开始微微冒汗。

但凡警察说的话，不管语调再怎么温柔，听上去都像是临终关怀。

他思考了一下，摸了摸下巴的胡须，说："这么跟你说吧。你们双方可以在立案之前进行调解，就不追究刑事责任了，你同意吗？"

刑事责任？我难道……难道真的把对方蛋踢破了？我……我……

我能感到自己的汗毛竖了起来，双腿不自禁有些抖，好在坐姿让这两条废物看起来不大显眼，硬着头皮问："怎么和解……"

"赔钱，你们双方自己签东西。"

任总口头禅是，"能用钱摆平的事都不是事"，但是能用钱摆平的刑事责任，可想而知要花多少钱！我有气无力地问："多少钱？"

"五万！"

我整个人都蔫儿了，身体疲软得能从椅子上出溜下去。别说五万，五百块钱我都要刷信用卡。只感觉人生太难了，和五万块钱相比，我宁可坐牢："判多久？"

梅警官鉴貌辨色，说："那是法院的事我们不能说。五万不行吗？"

我沉默无言，是失去自由呢？还是失去金钱呢？这个选择的前提是我先要拥有它们，所以这根本没得选。

我坚定地摇摇头："不行，肯定不行。"下决心去吃几天牢饭吧，至少还有饭可吃吧。我默默想着。

梅警官出了会儿神，说："对方现在在隔壁，我的意思是给你们进行调解，暂时两不见面。那我去跟他们说说，看看有没有斡旋的余地。"

我脸色煞白，发自肺腑地说："谢谢您。"

他起身道："应该的。工作。"

我仿佛死刑犯临刑前熬点儿，将时间这个维度感知得一清二楚，我心脏每跳两下它恰好走过一个刻度，我能感觉到它在灼烧我的血液，令我五内俱焚。它一点一滴地从我发肤之间流逝，让我每一寸肌肤犹如刀割。我欲哭无泪，再怎么砍价，即使一万块我照样赔不起。

我心惊胆战地开始想象我的牢狱生活：狱友们会不会给我"过堂"？狱霸会不会命令我给他捏脚刷厕所？我不服管教会不会被电棍电？

不不不，我还是服从管教吧！争取早日完成改造、早日回归家庭、早日回报社会！做一个遵循五讲四美的人！做一个对维护世界和平稳定有贡献的人！归根结底，要做一个不踢破别人蛋的人！

我胡思乱想着。

过了半天他才回来，坐下拿起茶杯喝口水，说："我跟对方说了半天，把利害关系讲得很清楚，他们也松口了。这么着吧，一口价。"

关键时刻听一个没用的字都烦，我眉头紧锁盯着他的嘴唇。

他说："七万吧。"

欻我去？有倒着砍价的吗！我豁出去了，刑事责任担就担了，耍我是吧？先和你拼个你死我活！

我霍然站起。

他把文件往桌子上一搁，瞪着我说："这还不满意？要是等鉴定报告出来，走刑事附带民事的程序，你的钱会少很多啊。而且到那时，你想让我调解我也懒得给你办了。如果你想让对方坐牢，那我给你们走刑事，判了他们你自己再去法院起诉，能赔你个医药费营养费就不错了。如果你想要钱，七万确实不少了。我看了你的伤口照片，你真是走了大运了，正好够上轻伤的标准，一毫米都不差。我跟你说，就差那一毫米！你要是少了一毫米，别说七万块钱，你赔不赔对方钱还难说呢，我们调查得很清楚，你不但开车撞了人还踢对方的裆，你这一脚够狠的，标准的互殴。你好好考虑考虑。"

我惊呆了，原来是让对方赔我钱！这梅警官说话没个主谓语，害我吓得差点大小便失禁了！

我此刻茅塞顿开：胡哥抠我脑袋那一下是在帮我凑轻伤标准，好讹对方的钱！我的亲哥哥！

心情一下从谷底飞跃到巅峰，一扫早上的阴霾，险些仰天大笑出门去。

我迅速爱上那条打我脑袋的甩棍了，恨不得捧回家当传家宝。

什么神佛偶像的，远没这一棍实在！一棍子七万？多给我来几下吧！让我脑袋遍地开花，让暴风雨来得更猛烈些！

"你笑什么？"他疑惑地看着我。

"我……我……"我竟得意忘形了，硬生生把"以为我向他们赔钱"几个字咽回肚子里，说："我呀，觉得您挺帮助我的。七万虽然不多，但是看在您的面子上……咳……"我装作下定决心的样子："七万就七万吧！我也不想置气了。"

"那好，你把你银行账号告诉我，我让对方去给你汇款。你可不能反悔，别让我跑来跑去的，我一宿还没睡呢。"他又去隔壁。

我现在反而担心对方反悔："瞧您说的，不会不会。"我送他出门，兴奋得不能自已，搓着双手乐不可支。这钱来得也太容易了，太谢谢胡哥了，让我碰了碰瓷人的瓷。真是魔高一丈，人外有人呐。

我收到了银行提示短信，钱已到账。

我比对方还迫不及待地签署了谅解书。

事情已毕，梅警官送我走出派出所，我向他诚恳致谢。

他摆摆手说："走吧，没事了。"

凡是遇到喜事的人，总有种过分的客气，我过意不去："您这么费心，我请您吃饭感谢感谢您吧？"

他摆摆手："走吧走吧，现在不让了。"

我和他道了别。

我想起账上的钱，意气风发。这车被我开得风生水起，一路上愉快得可比李白那只轻舟。

到了会所，正巧胡哥在和任总喝茶。

任总问："派出所处理得不错吧？这么乐呵。"

我对着胡哥点头哈腰："谢谢胡哥。"

胡哥摆弄着茶宠也不看我："怎么说的？"

对他掌控一切的态度我从心中钦佩，说："我刚去了派出所，按轻伤调解了。"我笑逐颜开。

他看看我的脑袋："你这不是没拆线呢，怎么鉴定的轻伤？"

"好像没出鉴定报告，警察直接叫我去调解的。"

"妈的。"胡哥骂了句，又问，"怎么调解的？"

我笑道："对方赔了七万。"

胡哥不可思议地看着我："我不是告诉你十万了吗？七万？你傻啊你？轻伤哪能赔这么点钱？"

这时听他骂我傻，心里暖暖的，只觉得这是他爱护我的亲昵之称，我说："您没告诉过我啊。"

"我怎么没告诉你？你那天急急忙忙地跑出去，我喊你都喊不住，当时不是告诉你十万了！你是聋吗？那么大声听不见？"

我仔细回忆了一遍，说："没印象。您好像说什么'十万火急'，是急着让我去医院吧？"

胡哥也愣了，想了一会儿，恍然大悟："什么'十万火急'啊，我说的是'十万，伙计'！你怎么听不懂人话呢？伙计、兄弟、哥们儿、朋友，这不就是个称呼吗？"

"咳！"我也乐了，原来如此。

他问我："你签调解书了？"

我回答是。

"你这个死孩子！轻伤哪有赔这么少的？至少十万起步。要是换了我，二十万也不答应。既然签字了，什么都甭说了。"

任总说："也许对方就是出了十万吧。"

胡哥："哼哼，反正这个处理程序不正常。"

想到二十万这个数字，我心里又遗憾起来，埋怨任总说："我确实不懂，以为七万已经不少了。您这些日子也没告诉过我胡哥抠我是为我好，是为了让我多要对方的钱啊。"

任总瞪视我："那你以为呢？"

我嗫嚅地说："我寻思是胡哥跟我逗着玩呢。"

任总说："谁有闲心逗你玩？我们吃饱了撑的？你记住，我身边没有一个会开玩笑的人。正事还忙不过来呢。我们这个年岁和身份，也不允许身边有开玩笑的人，太无聊！我的确没告诉你缘由，可我哪想得到你不懂？这跟昨晚吃饭坐座位一样，每个人都知道尊卑有序，这简直是打娘胎里带出来的，天经地义理所应当！我怎么会想到你不知道？"

我暗自撇嘴：你多大身份啊你。

他批得我哑口无言，好像确实是我不大懂事。

可穷困潦倒的我，哪有机会参加正式饭局？我和朋友们贪图便宜，喝酒从来都是选择坐地摊儿吃烧烤。要不是环保和城管查得严，我们都没进过带房顶的饭店。

他又说："你不用心理不平衡，没有人能占尽天下所有的便宜。胡哥不帮你弄这么一下，你倒赔钱也说不定。"不知他想起了什么，感叹道："人太难满足了，穷困潦倒的时候想要吃饱穿暖，吃饱穿暖了就想有房有车，有房有车了又想获得金钱权势，得到了权势地位依然不满足，最好福荫子孙长生不老，等到老不死活腻歪了，还不满意活得太久没早死。"

我也颇有感慨："终日奔波只为饥，方才一饱便思衣。衣食两般皆俱足，又思娇娥美貌妻。"我想到"美貌妻"有些黯然，微微叹口气。光生活的话，七万块足够对付一阵了，但买不到一个老婆。

任总目光如炬："卖弄你念过书是吧？叹什么气，失恋了？"

我不喜欢被人洞察内心，何况这和他没什么关系，打着哈哈说："没有没有。"

他说:"呵,看你不自然的,还不承认。我告诉你,爱情是世界上最没有意义的情感,它只会带来负担。只有小孩子才会爱来爱去患得患失,到了我们这个年纪,只会感到无聊。无论这女的多好,我们都不可能爱上她。我们征服女人只因为一件事:证明自己的成功。能让人进步的不是爱,是恨。你恨一个人比你富有,你才有动力去追求比他更好地生活。一个人得罪你了,你恨他,才挖空心思去报仇,不遗余力地使自己变得更强大。爱可做不到,什么爱天爱地爱上帝爱女人等不相干的人,会让人看起来很愚蠢,容易暴露自己的弱点。"

我有三分认同他的话,人少些思虑少些牵挂,可以活得更自在点。心道:你是我姨父好不好,成天把自己装得高深莫测,说话也没个禁忌。什么爱天爱地爱女人的,我唯独挺感谢上帝,虽然我的人生不咋地,他老人家倒是没急着召唤我去见他。

他说:"我知道你在想你表姨,我们俩半路夫妻,一起搭伙过日子,谁会难为谁?我是她的顶梁柱,她是我的贤内助。我俩不是不爱,也不是男欢女爱。"

我有所感悟:"嗯,您这是返璞归真。平平淡淡才是最高境界。"

他说:"你领悟能力怎么这么差呢?地球别说没你没我,哪怕全人类死绝了该转还转。谁也别操谁的心,少管对方的闲事吧。"又说,"当然,人可以没有爱情,但不能没有感情。忠孝仁义四种感情是做人的基础。对父母要讲孝,你的子女才会敬爱你,世代相传。对事业要讲忠,不论它是否回报你是否成就你,你都不要后悔,认定的事情就踏踏实实做下去,不要质疑它不要出卖它。对朋友要讲义,向人不向理,理好讲但人难交。我受欺负的时候只有朋友帮我,敌人不会因为我有理而怜悯同情我。对任何人都要讲诚信,宁失城不失信,无论对方是谁,即便是你的敌人,你可以耍阴谋去害他,不能当着面去骗他。"

胡哥点头道:"那才是顶天立地的好汉子。"

他们说的话匪气太重我不知怎么接,转移话题说:"有个事跟您汇报下。"我把划车的事说了一遍。

我有了钱,底气也足了:"肯定是那个收费员干的,回头我找他算账去。您别生气,我负责修划痕。"

任总毫不介意,说:"不必了。我有熟悉的修理厂,没露底漆的话抛抛光就解决了。"

胡哥对我说:"你不用去找他算账,他不会承认。你年轻人别贪睡,半夜起来一趟,趁没人的时候把他收费范围内所有车胎全扎了,保证第二天一早车主们都去找他的事,你搬个板凳坐在门口看笑话就行了。"

本人内心是个英雄,为人是个狗熊,只怕他们真让我这么干,踌躇说:"那是不是有点……不太好吧……"

"你是想说缺德吧?"任总说,"这还不叫缺德呢。过去有个人欠我们钱不还,你猜我们想了个什么辙收拾他?胡哥派了两个小兄弟半夜拿着绿色油漆,到他老婆车上写'狐狸精再敢跟我老公上床弄死你'。这两口子周末在家没出门,等他们看到时,整个小区的人都已经看到了。他俩成了大家的笑料,出来进去被人家指指点点。他老婆怎么解释也解释不清,结果搬了家离了婚。"他看了眼胡哥,笑道:"我们偷着乐,比要回了钱还开心,就当玩了。"

两人追忆往昔,畅快大笑,碰了杯茶。

我虽不敢苟同,欣喜之余也不认为他们做得不对,说:"人言可畏。"

任总说:"那是他们心理承受能力太差,管别人怎么说呢,这点事有什么了不起,当没发生就得了。人只有自己才重视自己,只有自己才会把自己当回事。比如那帮被挖出花边新闻的演艺人员,人家说些风言风语就寻死觅活的，还真把自己当成盘菜了。其实别人只当他是个能逗乐的屁罢了，根本没人关心他是伏尸甲还是傻子乙。"

胡哥点头说："嗯，这点破事也值得搬家离婚，这种人死了也不可惜。"

任总说："人生苦短应该及时行乐，只要自己开心，又何必做个好人。造物主不以众生为念，老天不会因为你是坏人而惩罚你生孩子没屁眼，也不会因为你是好人而奖励你生孩子两个屁眼。道德是个很奢侈的东西，不是我们不想有，是我们不配有。你要达到你的目的，道德是很难对你有所帮助的。"

过去要是听到这种话，我必定痛斥他离经叛道的歪理邪说，如今掂量一下这七万块钱，人生观有些动摇，只能继续表露心迹："谢谢您教我。也谢谢胡哥帮我。"

任总让我自己忙自己的去，他和胡哥有话说。

我不知怎么感谢他二人，没离开，问："任总，我请您和胡哥吃饭吧？"

胡哥说："屁大点事。要是这饭也吃，天天吃得过来吗。好久没吃这里的花胶鲍鱼了，晚上我们哥俩在这喝两口，你请得起吗？"

我听出他没有恶意，还想说些什么。

他隔空推了我一把："去吧去吧。老爷们儿有苦能吃有酒能喝，别婆婆妈妈的。"

我转身出来，默念：有苦能吃有酒能喝……喝酒和豪爽有什么关联？喝的时候豪气干云，然而醒眼看醉人，不就是一帮大傻子吗。

手里有了钱，我不想再欠小钟人情，拿起电话给他拨了过去："小钟啊，这几天太忙也没顾上跟你联系。"

他没精打采地说："哦，你说。"

话音里听得出他情绪很重，我本想先和他说修车的事，不由得换了个顺序："房租快到期了，这回我也别每月交了，太费事，提前预支你……半年吧。"

原本为了讨好他想说交一年的，终于还是憋了回去。

他来了点精神，语气缓和不少："不用，这么多年的关系了，随你怎么给吧。"他可能怕自己客气过头让我当了真，又说："不过一次交半年比较省事，就按你说的办吧。"

我听他应承了下来，颇感后悔：充这大头干吗？存银行也吃些利息呢，不比给他强？可是覆水难收："没事没事，我还想一次交一年的呢，又恐怕时间隔太久回头再给忘了。"

"就按你说的办吧。"

我不能继续往鼻子里插葱装象了，说回正题："我不是把你车撞了吗，哪天开走给你修修？"

看在半年房租的分上，他说："没关系没关系，已经修好了，一共花了一千多块钱，不到一千一。你给不给无所谓，咱们这关系。"

我说："那怎么成，一码归一码，亏欠你太多了，修车费连带着房租一起给你吧，回头我给你汇过去。"

给不给无所谓？那你给我报个啥价。

"行，那你费心了。对了，你的头好点没有？对方讹你钱没有？"

我化身为胡哥，老气横秋地说："讹我？我没讹他就是好事。"

他哈哈一笑："你人品那么好，哪里会讹人。事情解决了吧？别留后遗症。"

我有种小孩子得到新玩具的兴奋，忍不住跟他炫耀："我这回遇上高人了，按理说我和对方责任差不多，我一个朋友在我脑袋的伤口上抠了一下，把我伤口抠大几毫米，愣是给我凑了个轻伤。讹对方不少钱呢。"

他笑道："厉害！捞了不少吧？你得教教我啊。我说你怎么这么大方了呢，哈哈。"

　　他貌似玩笑，实则说出了心里话。从这个角度看我还是挺喜欢小钟的，至少他会拐弯抹角地试探，不像任总那么直白地拆穿我。

　　我虽不喜欢任总的虚伪，反观自己，也没好到哪去。

　　我不能被小钟摸清底细，敷衍说："不值一提不值一提，在你们这些有钱人的眼里，这点钱让你们笑掉大牙。"

　　我陪着对方干笑了半天才挂电话。

第十章
厨技窥人

这边刚挂,电话又响起。

平时除了诈骗电话、欠费信息和银行催款以外,我这电话安静得只能当表用,这一早上竟如此热闹,接起来:"哪位?"

"兄弟,我啊。"这个蹩脚的普通话,是昨天长篇大论给我传授经验的米总。

昨天我俩互留了电话,但我知道自己人微言轻,他出于礼貌才留了我的电话,所以我根本没有保存他的号码。

我赶忙热情地说:"米总您好!您找任总吧?我把电话给他。"我转身往回走。

他说:"不是的不是的,我找你。"

我愕然止步,受宠若惊说:"您,您找我啊?您请说。"

"昨天喝多啦,让兄弟见笑。"

我慨然道:"您说哪里话。我没服务好各位,心里特别过意不去呢,昨晚提心吊胆了一宿,唯恐您玩得不尽兴。大家喝得越多就越开心,您放开了才算我们安排到位嘛。"

他也笑了:"哈哈,我怕我酒后失态。不过大家都是性情中人,即使有些忘乎所以也不会见怪的。"

我说："那是那是。昨晚大家放得很开，没有半点拘束，这才见交情呢。"我不便直接问他打电话的目的，只得顺着他说。

"可不是嘛。昨天开心得很，唉，我这个人恋土难移，早知道这边有这么多好朋友，多少年前就应该来这边发展。"

我每天出门前都会在镜子前整理半天仪表，所以我清醒地认识到，自己这张熟悉到不能再熟悉的脸，断然提不起别人交往的欲望。我实在不信米总为了和我闲聊才打的电话，开诚布公说："米总，您来我们这里时间太短，交往的朋友又非富即贵，所以呢，虽然大事不在您话下，但如果有什么鸡毛蒜皮的事情需要我跑腿，我是义不容辞的。"

他说："兄弟，你想多啦。我远来寂寞，想多交几个知心的朋友嘛。我请你吃饭吧。"

我打了个寒噤，难道此君有龙阳之癖？我对自己的相貌倒是没这个自信。虽然我不反对别人断袖，但完全接受不了一个同性睐我以余桃，违心说："我请您我请您！"

"不不不，我请客。为什么给你打电话，不给任总打呢？是因为我如果给任总打的话，他肯定安排到他的会所喝酒，我就没法表达我的心意啦。所以我想辛苦兄弟你一下，帮我约一下大伙儿，咱们还是昨晚唱歌的原班人马，你帮我把话带到，一定让他们赏脸啊，我安排好地方。还有，你昨天不是说你有个懂金融的朋友嘛，大家既然是同道中人，你也约上吧，人越多越热闹。"

原来他是让我帮他约人呢，重点还是约小富，怪不得给我打电话。好不容易有了被利用的价值，我满口答应："没问题没问题。包在我身上。"

电话一挂，我回到任总办公室："任总，刚米总来电话，想请昨晚唱歌的人一起吃饭。"

他说:"哦,昨天我没有主动给他留电话,他打到你那去了。昨天不就是他请的吗,让他今晚来咱们会所吧,我请他。"他把我的价值抹杀。

我说:"他特地说他怕来咱们这里让您破费,他已安排好地方了。而且他还想约我的一位朋友。"

"你的朋友?他怎么认识的?"他询问。

我忽略了他的轻蔑:"他不认识,昨天车上聊起来的。我朋友是我的发小,和我关系特别好,家里也有上市公司,米总想见见。"

任总思量了一下说:"哦,那更应该到我这里来了。我来请客面子归我,自己的地方花不了几个钱,人情得落下。再说这姓米的初来乍到,未必能找到什么像样的地方。"

胡哥对任总说:"万一他找到了个很上档次的地方,把你比下去了更没面子。还不如来这里。"

任总笑道:"可不是吗。我自己的会所,甭管好不好,谁也不能挑毛病。就跟昨天小米拿的假茅台一样,我一眼就看出这个酒不对劲,可谁也不会拆穿,还得假模假式夸他几句。"

我惊诧说:"假的?"我清楚地记得昨天任总对着那酒一顿臭捧,他还喝下去不少。由于我没有喝到,感觉这酒就像自己心仪的女人,眼睁睁看着她被他蹂躏,我却无法染指,妒忌得发狂。

"假的多了,有什么新鲜。可能别人送他的,他也不知道吧。不过肯定没在他家放二十年,二十年前假的可不多。你去约人吧,晚上六点都聚集到这里。"他给了我其他人的电话。

我说:"米总主动邀请大家吃饭,约了这么多人却是您请客,是不是不大合适?我觉得他会过意不去……"

任总皱眉道:"你别操他的心!办好你该办的事。"

我恭敬道:"是。您放心,我办妥。"心道:吃个饭还有这么多道道儿。

任总对胡哥说:"今晚咱们吃花胶鲍鱼吧?"

胡哥性格刚而自矜,淡淡地说:"不吃。我有事。"

我走出来,给米总拨过去,说了任总的意思。

米总:"哎呀,不行的不行的。一来我年纪小,论资排辈应当请客。二来是我主动约的,哪能让任总请客,我不成蹭饭的了吗?我这人最不习惯吃饭不掏钱啦。三来我有个熟悉的地方,是南方朋友开的一个非常不错的饭店,味道不错也挺私密,我想请大家去尝尝鲜呢。"

他的理由十分充分,不过我若是再反复去问任总,一定会显得我办事能力不足,我可不能让他们仅仅把我当成邮差。

何况正被胡哥言中了,米总找个好地方把任总比下去,任总会乐意?我说道:"米总您太客气了。您和任总都是大老板,谁会在乎请客花钱!朋友交情是第一位的。您远道而来就是最尊贵的客人,有让客人请客的道理吗?任总脸上也不好看啊。再说了,您安排的地方是您朋友开的店,我们这边可是任总自己开的店,您不能厚此薄彼呀。任总也希望有身份的朋友多来捧场,您一来,我们店蓬荜生辉,他脸上也有光,您说是不是?"我还怕他讨价还价,"我已经和我那个朋友定过了,位置也发过去了,再变来变去太麻烦啦,您当给小兄弟个面子成不成?等下次您再请不迟,大家还能多聚一次,多联络一次感情,何乐而不为呢?"我这话是请客的极限了,如果他不肯赏脸,我们只剩下反目成仇。

他爽朗一笑:"既然这样,我却之不恭了。"

摆平了米总,我给小富打过去电话,心里默念:别不接别不接别不接,别有事别有事别有事!

小富接起电话:"怎么了兄弟?"

我心里一松:"约你晚上吃饭呢。"

他坚决地说:"今天不行。我有事。等忙完这两天我约你吧。"他那边十分嘈杂。

我心里一紧:我可把你许出去了啊!嫁妆都送了,你不嫁能行!连哄带骗也得把你拽来!

我知道他爱面子,最受不了别人奚落他,于是攻敌之必救:"你这是进四大班子还是进富豪排行榜了?约你必须提前多少天啊?"

他避开了噪声:"你还拿我开涮,我从早到晚忙得焦头烂额的,早想约你一起出来放松放松呢。"

"你这是饱汉不知饿汉饥,我能挣你那么多钱,太愿意忙得脚丫子朝天了,老天爷不是不赏饭吃嘛。你抱怨自己忙?你现在立刻把工作一扔收手不干了,这辈子照样够吃够喝。你早实现财务自由了,我看纯粹是瞎忙。什么都别说了,今天听我的,手头工作放放,晚上一起吃个饭。"

他无心纠缠,急匆匆说:"哎,不行不行,我这里正忙呢,晚点给你回。"挂掉电话。

我无奈,只好等他忙完给我回电话再说。

挂了小富电话,我又分别给老杨和余局长打过去,老杨还在醉酒中,说什么也起不来了。

老杨是个中间人,两边既已搭上了线,他便没了用处。客情已到,爱来不来。

余局长没接我的电话,回信息说:"哪位?正开会。"

我给他回:"我是昨晚任总司机,今日任总请您再聚,务必赏脸!"云云。

他回:"不方便,不允许。"

我纳闷:昨天你美得连你亲爹都不认识了还有什么不方便。

本想去问任总,又一想不行,我最好自己想明白。于是冥思苦想想之又想，最后还真让我给想通了，其中关键点在于"不允许"：余局长怕发信息留底。

我又发给他："任总和您真心交朋友，不存在请托，信息送达即删。"

他不再回我。

我回到任总办公室，汇报了联系的情况。

任总说："老杨不用管他，一喝多就丢人现眼，最好别来！让你给他打电话真是多余。余局长给我回电话了，晚上过来。你去后厨嘱咐尹师傅，晚上按贵客级别准备，别弄错，是贵客。"

我领命来到后厨，找到主厨尹师傅："任总吩咐晚上准备一桌饭菜，都是贵客级的人物。"

"你确定是贵客吧？几个人？"他拿抹布擦擦手，将抹布丢在一边，笑眯眯问我。

这尹师傅生来一副厨师相，大腹便便满身赘肉，肥腻得你一见到他就会怀疑后厨少了两斤好油。他手艺不错，然而样貌太对得起这份工作，看着就像天天偷吃的主儿。

我盘算一下：任总、米总、余局长是确定的，小富、老杨、胡哥不太确定。我呢？小富来的话应该也会让我作陪吧？按任总的虚伪，应该不会当着面卸磨杀驴，说："难道还有便宜客？任总的贵客。三四位吧……或者七八个？"

"差一倍人呢，能不能弄清楚再告诉我？"他没等我回答："算啦算啦，贵客的菜容易变通，我看着准备吧。包在我身上。"

我听得莫名其妙："你怎么准备？"

他自信满满地说："我在咱们会所干了这么多年，一次都没掉过链子。有的是办法。"

我没和他打过交道，唯恐他做事马虎连累我，将信将疑强调一遍：

"那就好，晚上都是贵客啊。"

尹师傅呵呵一笑："你来的时间短，还不清楚咱们会所的规矩。我给你讲讲吧，免得以后出错。"他双手在围裙上使劲抹了抹，拿了个菜单，指着跟我说："你看，如果是外客来咱们这儿吃饭，那和去其他饭店一样，拿着菜单爱点什么点什么，咱们这有好几个等级，都是按位收费，最低标准是每一位客人998，最高的是3988，不含酒水。客人定好了价位，说明忌口，上什么菜全不用管，后厨按照标准来准备，看钱下菜碟儿。如果客人想吃网纹鲍、白松露、鱼子酱什么的，我们单独准备，价格另算。

"假如任总请客呢，他为了隐晦，就把吃饭的档次按'宾、客、友、人'定成四个级别，给我们打暗号。'贵宾'是最上等，每人有四个主菜，比如鱼翅、海参、鲍鱼、燕窝、鱼唇等，还有外地空运来的稀奇野味，我选其中顺手的做。如果今天有泡好了的干鲍，就选鲍鱼，今天的海参肥，就做海参，哪个好做哪个。剩余再按人头配菜，山珍有松茸猴头菇，海味至少是澳龙东星斑，刺身拼盘乌鱼蛋汤更不在话下了。当然，最值钱的不是菜品本身，而是我的独门做法和高超手艺。不过像螃蟹这种嚼起来费劲的东西我们是不准备的，来咱们这里的客人上年岁的居多，怕把人家的牙咯坏了，而且螃蟹还得剥，吃相不好看。

"第二等就是'贵客'，一般有两三道主菜，其中佛跳墙是必备，菜会比'贵宾'稍微低一等，比方说鲍鱼海参吧，贵宾用的鲍鱼一般是四头的南非干鲍，用花胶啊鲍汁啊鹅掌扣。海参呢，至少一拃长。贵客的则会差一点儿，鲍鱼在六头八头左右，海参也没有那么肥。再比如刺身拼盘，贵宾的厚切，贵客的薄切，摆得分散点，看上去差不多，其实分量少些。虽然档次比贵宾低，也说得过去。

"三等是'贵友'，以牛羊肉为主，什么日本和牛新西兰雪花肥牛，苏尼特熊猫羊的烤羊腿，一端上来满满当当一桌子，那架势跟满汉全席似的，特别唬人，但成本降下来很多。

"第四等是'贵人'，主要是家常菜，菜品倒是样样精致可口，开水白菜、清蒸狮子头等也是国宴名菜，一般人真挑不出毛病，不过和前几等相比，材料费省下不少，趋于平淡了。所以刚才我强调了下是不是贵客，就是要弄清楚准备什么菜。这也不是为了故弄玄虚，每次任总当着客人面点菜时，总不合适让客人知道自己是'3988'还是'998'吧？该让客人心里不舒服了。所以就打个哑谜，客人一听什么'贵客''贵人'根本弄不清区别，以为自己很受尊重呢，一点不伤面子。实际上咱们是照着暗号准备的。"

我心想：原来晚上这几位还算不上"贵宾"，破事真多！说："受益匪浅，受益匪浅。"

尹师傅这个人爱听奉承话，尽管我说得言不由衷，他依然十分开心："这只是点菜的小伎俩，比起做菜，那可难登大雅之堂了。川、鲁、粤、闽、苏、浙、湘、徽这八大菜系，我几乎样样精通，那些特色菜都能领悟透其中精髓，再加上我个人的经验和一些创造，不谦虚地说，我的水平绝对是全国一流的。所以无论是'三四个人'还是'七八个人'我都游刃有余，多有多的做法，少有少的对策，不会因为人员的变动而让菜品出一丁点毛病。

"我们家是厨师世家，我在初中刚毕业时手艺已远超我父亲。他教不了我了，于是带着我山南海北地闯荡，四处拜师学艺。我有做厨师的天赋，二十岁之前就把炖高汤的技巧运用得炉火纯青。

"单说这高汤吧，我的高汤可不是一般的高汤，火候差一点都不是这个味道。我先用老母鸡大棒骨熬两个小时，里面清水泡着血水，把精华熬出来，洗干净再在锅里继续炖，加入我自己调制的秘料，以及其他桂圆、瑶柱等材料。三个小时大火，五个小时小火，一刻不落地盯着，火候必须掌握得非常精确。我曾经把一锅汤熬了好几个月，舀出来的汤清澈见底，喝起来那股香味啊，隔多老远都闻得见，我师从谁谁谁谁谁谁……"说了一堆无名之辈，"厉害吧？这都是名厨。开始我跟着他们学，后来他们被我反超，掉过头来向我请教了。

"不过真正让我成为大师的事情，是有一次我去南非旅游，吃了当地的百兽宴。当时我颇有感触，回来后又去咱们这里的动物园观摩，茶不思饭不想地连续去了一个礼拜，终于粉碎虚空得悟大道，根据自己的心得体会，写了一本《论动物园各种动物的烹饪技巧》。"

我听了直咧嘴。

我转瞬即逝的鄙夷之情被他捕捉到，他解释说："你别觉得残忍，我的菜谱虽然出版社不给我出版，但自己花钱印了些，好多人管我要呢。从一个厨师的专业角度看，这事不仅不可笑，还十分值得研究回味。动物园的动物包罗万象，只需把它们研究透了，其他菜品一法通百法通，就登泰山而小天下了。别说动物，人不也是一道菜嘛，待人和做菜一个道理，你把别人研究透彻了，在你眼里他不过是你砧板上的一块肉，煎炒烹炸悉听尊便。吃动物残忍？吃人更残忍！吃动物仅仅要它一条命而已，天道轮回报应不爽，下辈子它再来吃你就扯平了。而害一个人，可以让他家破人亡身败名裂，几辈子几代人永世不得翻身！不要自命清高假慈悲，说不定谁是真好人呢。来，我给你拿一本去。"

我等他一转身，说："别客气别客气，你赶快忙吧不打扰了。"赶忙溜了。

我早听说这个尹师傅废话极多，曾经任总让他给客人介绍菜品活跃活跃气氛，谁知他活跃过了头，从他小时候怎么不容易到如今多么"辉煌"，跟念自传似的口若悬河给客人介绍了半个小时，又自以为气氛达到了顶点，喧宾夺主转着圈和客人喝酒，当场撂翻好几个，气得任总把他轰了出去，以后再也不许他陪客人。会所的人都拿他当笑柄。

我虽是个闲人，也无心和他闲谈。最烦这种爱吹嘘自己的人，从过去怎么苦到现在怎么牛，多么不值一提的事也拿出来说说，拉着人家大聊特聊，其实别人哪在乎？无论贫富贵贱，世界上就没有任何一个活得容易的人。

中午吃过饭，全身血液开始向胃部涌动，大脑迟钝好多，昨晚又睡眠不足，于是想躲个没人的地方眯会儿。

可今天会所生意不错，隔间没有一个空闲的。

来到外面，母猫正懒洋洋在院子的草地上打盹。

麻雀成双，低语呢喃。

小猫嬉戏打闹追莺逐蝶，见了人也不躲避。

我拿了些猫粮蹲着喂猫，猫妈妈一副理所应当的表情，在我这大吃了一通。我摸摸，它还有些不耐烦地呜呜。它吃完站起来伸个懒腰，歪在一边奶孩子去了。

我十分艳羡：我要是你该多好呢。什么功名利禄，欲望人心，能像这猫一样闲适地小憩一会儿，也该知足了吧。

阳光照在我身上，说不出的舒坦。

困意袭来，蹲在草地上一恍惚，坐了个屁蹲儿。干脆顺势坐在草地上假装看猫，迷迷糊糊地享受日光的温暖。

偷得浮生半日闲，恍恍惚惚间只觉人生似梦。

越幸福的时光越有人打搅，背后有人叫我："休息呢？"

我激灵一下站起，见是于科长。

幸好不是会所的人发现我在偷懒。

带着他来到任总办公室。

任总一见他，热情地拉着他手："兄弟，可把哥哥想死了。"

于科长也挺高兴，抽出手摸摸自己鼻子："您太客气了。"

任总吩咐我去倒水，问于科长："哪阵风把你吹来啦？"

于科长没回答，诧异地看看他，又看看我。

我也纳闷，老余没回我信息却给任总回了电话，我哪知道你们怎么约定的？装作没看见继续倒水。

倒完坐在一旁陪他俩唠家常。

任总一边说话一边鼓捣手机。

我看他心不在焉，怕于科长冷场，主动找于科长搭话："您今天不太忙？"

他怯懦地答："还可以。"

我平时最烦和不熟悉的人聊天，浑身上下不自在，还要迫不得已说着对方答不上来的废话。

本来我和他就不熟，我问得没水平，他答得不经心，俩人比和丑女相亲还无言以对。

人口人口，一般来说寒暄不是问人就是问口，所以无外乎那么几句话："最近挺好啊？""吃了没？"

于科长虽然来得很早，但显然是来吃晚饭的，傻子也不会在饭店里问刚进门的客人吃饭了没，只有套问他年龄了："您年轻帅气，龙马精神，我猜您不是属龙就是属马。"

他说："哪里哪里。"

这人成功地把天聊死。

手机在我裤兜里振动了下，有信息。我正对着于科长找话题，怕失礼，没看。

只见任总偷偷冲我使眼色，瞄我裤裆位置。

我以为我没系裤链，抱着腹部的双手暗自缓缓往下滑，一边说话，一边眼睛紧盯着于科长以分散他注意力。

自己的手悄没声掠过一摸，系得好好的。

可任总还是冲我下身挤眼，我明白了：刚刚的信息是他发来的。

我边糊弄着于科长说话，边迅速随手掏出手机略微一看，任总信息问："这人是谁？"

我心里笑：任总真可以啊，一共见三回了，昨晚还一起唱歌到半夜，居然跟完全没见过于科长一样。看来任总识人已经到了目无全牛的境界，凡是对自己没用的人下意识就过滤掉了。

我没有回任总的信息，抬头对于科长说："您工作能力肯定很强，不然余局长不会走到哪里都带上您。"

经我这么一提醒，任总也想起来了："嗯，年轻人一定要珍惜领导给的机会，多表现才会被提拔，以后才能好好回报领导对你的支持和信任。"于科长既然只是个小跟班，他便端起了架子。

一提到自己领导，于科长恭敬地说："那是那是，我们领导工作和生活上非常照顾我，是我学习的楷模，我把他当作父亲一样。我一辈子都忘不了领导对我的好。"客情不懂，官腔挺会打。

瞧着他俩闲聊，我悠悠出神。

想想任总挺有意思，每天迎来送往不知见多少人，难怪他不记得于科长。

高雅如法官，疾言厉色评判人家一生罪过，还不是转眼便忘了对方是谁。低俗如妓女，一天接无数嫖客，虽有肌肤之亲，也根本记不住哪个是哪个。

人家忘记了你，不必责怪人家记性不好，要怪只能怪自己没本事让人记住。

我又开始自怨自艾了：回想人生，往往我才是最容易被遗忘的那一个。

来世不可待，往事不可追。有的人一生只见一次，就让人魂牵梦萦念念不忘。有的人一生都在身边，离开后仿佛从不曾来过。

第十一章
跳楼广告

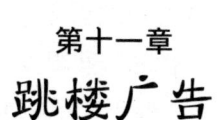

我正走神,小富来了电话:"我晚上不能见你了,回头再约啊。"没给我说话的机会就挂断了。

我忙请任总和于科长稍坐,跑到外面给小富打过去。

打了两个电话他才接:"我真的正在忙啊兄弟。"语气透露出烦躁。

我急得直打磕巴:"等等等等等等等先别挂。"几个字跟机枪扫射速率相同,说:"你别跟我这装好不好,挣那么多钱是用来花的,忙到没空好好享受花钱的乐趣,那你和我这种活得像狗一样的人有什么区别?谁不羡慕你生活那么美满,唯独你自己不知足……"

他打断我:"你又没过过我的生活,怎么能知道我什么状态。挣多大钱操多大心,你羡慕我?我还羡慕你呢。没错,我的钱够我花一辈子了,可你以为我是吃饱了撑的自己跟自己过不去才这么忙?我也身不由己啊,根本不是想抽身就能抽身的。"

这人站着说话不腰疼,我挣一辈子的钱也不够买他一辆车,他还有什么不知足?怪不得人们仇富,富人富得让别人心态失衡,还总是这个那个地不满足。

遣将不如激将，我说："你们有钱人最喜欢没事给自己找事，我为了吃口饭每天需要舍生忘死地求爷爷告奶奶奔命去，你用吗？你是老板，谁不得听你的。你的时间跟少女的酥胸一样，挤一挤就出来了，除非你瞧不起我，压根儿不愿意挤。"

他苦笑道："你太恶心了。我跟你说吧，如果叫'爷爷'能把事情解决，我情愿每天站门口挨着个儿给人家鞠躬，毕恭毕敬喊人家'祖宗'！舍生忘死？你说得轻巧。你见过要死要活的吗？我现在眼前正有一个跳楼的呢。"他拿开电话冲那边喊道："注意点他！"

我说："哪那么夸张啊。"

他说："你要不要见见？就在我新项目这里闹事呢，我不跟你聊了，他别真的跳下来。"

我说："我要见！要是没这回事，你必须来和我吃饭！你的项目在哪里？我这就过去！"

他轻蔑一笑："得了吧。"挂掉电话。

我左思右想，不如真的去找他一趟，不管怎样给他强行拉过来。好不容易有个能给我撑场面的人，我不能轻易放弃。而且时间还早，我可不想陪着于科长尴尬坐一下午。

任总每天基本上待在会所不出门，现在又有于科长在办公室，应该用不着我。于是我抱着侥幸的心理偷偷拿了他的车钥匙，向小富的项目进发。

小富的项目是做房产的，他把里面的一间别墅装修成小型会所，专门招待客人吃饭唱歌打牌。小富曾请我们去吃过饭。虽然那里远不如任总会所的规模，但装修水平有过之而无不及。所以我对那里记忆犹新。

我在地图上没有找到这个项目，本来想给滑头打电话确定一下地址，但没有打。因为我怕滑头正和小富在一起，一旦滑头也把我拒绝了，我便没有了退身步。况且晚上的饭局也不能叫上滑头。

凭着印象，我找到了这个项目。

来到门口停下车，四处看了看，没找到小富。

保安见我贼头贼脑满处乱看，怀疑光天化日之下来了小偷，喝问："找谁？"

"我找你们富总。"

保安道："不认识，到售楼部问问吧。"他领我来到售楼部。

比起任总会所的服务员女孩，售楼女孩更加青春靓丽，我暗叹小富艳福不浅。

我找了个最漂亮的售楼女孩："我找小富。"

她问："您找富总什么事情？"

我说："我是他的朋友，他说他在项目上，让我来找他。"

她说："抱歉我没有见到富总，请您打电话联系吧。"

我心想：要不是他挂我电话，我能跑到这里来找他？说道："我电话没电了，请你帮我问问他现在在哪里，我有急事找他。"

旁边一个挂着项目经理的中年女性抢话说："对不起，一般老板有事找我们，都是通过秘书或司机联系的，我们没法直接找他。实在抱歉。"

凭我和小富的交情，我还是有资格在这里拉拉脸的，我说："不要刁难我啊。他请我在你们这里吃过饭，我不是外人。你是经理怎么会联系不上他呢？他二十分之前才打过电话让我到新项目找他，我既然已经来了，你告诉我他在哪里怕什么？！"

经理说："我们这里不是新项目啊。富总有很多项目，他应该是在别的项目上。至少我们没有见到他。"

糟糕！找错了地方！我说："我还没去过你们的新项目，具体位置在哪里？我去那里找吧。"

经理和销售员碰了碰眼神，回答："我们只负责这个项目，其他地方不清楚，您自己和富总联系问问吧。"

我十分为难，眼见她们不肯告诉我新项目地址，又没别人可问，没办法，只好再去问小富。我一没留神，掏出电话就给小富打。

经理见了说："你电话有电啊？"

我闹个大红脸，也不拨电话了，转身走出来。

只听她们悄悄在后边议论："还装不认识地方，肯定又是那帮要账的。"

我的谎话已被揭穿，没脸回去和她们理论，我总不能找张小学毕业合照给她们看以示清白。再者既然她们认定我是要账的，更不会告诉我小富的行踪，否则她们饭碗难保。

我往大门方向走着，琢磨怎么才能找到他。

迎面走来一个女孩子，看穿着，也是个售楼员。

我灵机一动，走上前去说："留步。"

女孩子问："有什么可以帮您？"

我说："我是来买房的，看看你们的楼盘。"

一说买房，她两眼放光笑靥如花："我带您进去看看，给您介绍一下。"

我说："不必了，我刚在里面转了转。我挺喜欢你们公司的房子，很想买一套结婚用。"

她一定想不到有人会拿结婚撒谎，高兴地说："那您找对房源了，我们公司在全市是数得上数的企业，实力非常强，楼盘也非常多。"

"没错，我纯粹看上了你们的实力，所以别家我也不去。但我想多看你们几个楼盘，互相比较比较。你们有没有新一些的楼盘呢？最好是期房，我女友喜欢新房，而且也便宜。"

她说:"新楼盘啊?公司建成的楼盘有很多,但正在建的项目,现在只有一个。"

她似乎想起了什么,变得有些吞吞吐吐:"不过,不过,嗯……那个新盘还没建好。我们公司力求完美,那个新盘预售房许可证也没有拿到,这时候暂不开放呢。"

她闪烁其词,肯定是这个楼盘出事了不愿让别人去参观。

我推断小富一定在那里。

我解释道:"我不去看,等建成了你们给我打电话我再去。但是你要先告诉我位置,我才能判断要不要买。房子这东西嘛,如果位置不合适,其他全免谈。"

她考虑了考虑:"确实是。您稍等我一下,我回售楼部把位置写下来,同时给您做个登记,也给您留个电话,以后我就是您的专属售楼服务人员了。"

她无非是想从我身上挣提成,但我哪能让她回售楼部拆穿我的谎话?我说道:"你先告诉我位置吧,我看看有没有购买意向。"

她闻言有理,告诉我地址。

我装作无意随便问,默默记了下来。

问清楚后,我说:"你回去拿你的名片吧,把地址写详细点啊。我懒得回去了,在这抽烟等你吧。"我掏出烟叼上,没有点着。

她屁颠屁颠回了售楼部。

等她走开,我扭头跑了。

回到车上,我怕任总因为闻到烟味发现我偷开了车,把烟又塞回去。我趁着记忆新鲜,很快来到新楼盘。

小富新楼盘门口的街道并不宽敞,左右各三条车道。

他的楼盘在街的右手边,和我刚去的楼盘看上去差不多,甚是气派。不过外围墙的不远处堆着很多垃圾,看上去与楼盘极不协调,我暗笑：这小富，把垃圾堆自己门口附近，真不讲究。

街的左边是一些商铺和小矮楼，颇为繁华。

不知前面出了什么事，马路很堵，有几十人聚在小富楼盘正对面的小楼底下吵吵嚷嚷。

国人都爱看热闹，我更是这个无聊传统的非物质文化遗产继承人。

我停下了车，走过去观望，原来真的有人要跳楼。

想必小富在这里。

我挤进人群，果不其然，小富满头大汗站在正当中，与楼上的人交涉。

他见我来了，一皱眉头："添乱。"

我幸灾乐祸地笑了笑。能让他皱眉，肯定有好戏看。

他向楼上喊："我刚去处理垃圾的事了，这么半天以为你肯定下来了呢。"

楼上一个小伙答道："我下来你们就把广告破坏了！让我下来可以，你要不付钱，要不用你的挖掘机把我挖下来。"

我举目望去，这个小伙头戴安全帽，应该是工地的建筑工人。

我数了数，这个一共六层。

他站在楼沿，背后有一个非常大的铁架子，铁架子上绑着喷绘布，印着一个巨幅的广告，立在这条小街上，多远都能看见。

铁架上的广告距离楼沿只有半米的间隔，他颤颤巍巍地背靠着广告牌，摇摇欲坠，随时有掉下来的风险。

他的正下方空出一片很大的地方。那是别人担心他掉下来，给他垫了背。

空地的旁边停着一辆大型挖掘机。挖掘铲高高冲上扬起，正好够得到广告牌。由于铲背向上，怎么看都不像是要把他放到铲斗里接下来，更像要把这个人从楼顶挖下来。

我不明所以。

小富喊："你快下来，我们挖广告了！"

挖掘机司机一听，于是虚张声势，启动机械臂，对着广告开始挖。

跳楼小伙奋勇地往大铲子方向挪去，挺身保护住广告牌。

吓得众人大喊："停停！"

旁边过来一个卖水果的小贩，拿来了个西瓜，随手往上一抛，"啪"一声摔成八瓣。

他对楼上喊道："年轻人啊，你别掉下来，否则脑袋和这西瓜一样！你想想你爹妈，你还小，不能想不开啊。"

这一举动的效果比传销洗脑都管用，直接把小伙吓退了一步。

有个看热闹的老头对小富说："你们太为富不仁了，瞧把人家逼的，打这么个大广告求你们付钱。我告诉你，现在国家清平，容不得你们这些富人胡来，小心你有命挣钱没命花钱！"

旁边小富公司的人不干了，叫嚣道："快滚，抽你这个老兔崽子。"

老头说："你抽我一个试试？有点钱就目无王法了你们。"

我听了老头的话，才抬头仔细看了这幅大广告，只见上面写着："哀求对面的房产项目还给农民工血汗钱"。

这个广告蓝底黄字，之前并没有引起我的注意。我不看则已，看到后人直接傻了。打条幅的、暴力催收的要账方式比比皆是，这么大的讨账广告我还是头一次见，说得又很在理，连我也觉得小富缺德了。

小富焦头烂额，说道："各位不知道，按照合同约定，我们公司还没有到给他们付款的期限。而且我的楼盘没有拿到预售许可证，资金没有回笼……"

老头说："别欺负我们不懂，你们抵押融资也好，贷款也好，集资也好，哄抬股价也好，有的是弄钱的手段。他们还算客气呢，蓝底黄字的广告不那么显眼，换了我，给你来个白底红字，血债血偿！"

小富怕影响不好，悉心解释："您不清楚，如果我真的欠钱，他们应该走正常程序去法院告我，但是他老板知道自己不占理，所以纠集人员胡闹。他们已经在我们公司门口打条幅闹事很多次了，警察定性他们寻衅滋事，他们现在学乖了，跑我对面租个广告牌败坏我们名声，这样就成了商业行为了，警察也不好管。你以为他们不用白底红字是好心？他们是怕城管以影响市容市貌为由拆除广告！再说了，谁告诉你我没给钱？农民打工不容易，虽然合同没有到期，但是我仍旧付了他们六成的钱。换成你你做得到吗？谁知工头赌博把钱输了，现在竟然跑来继续管我要！我能不能把本不该出的钱出两次？"

老头点头说："如果你说的是实话，那是错怪你了。"他向楼上小伙喊："你听到原因没有？不怪这个老板。怪你的老板！你管你老板要去。"

小伙喊："那和我没关系！老板没钱了，扒了他家祖坟也没钱！不是我不讲理，老板欠我一万三千多，我等着拿钱娶媳妇呢。只能是谁有钱我管谁要！让他和我老板自己商量去，我现在急用钱！"

老头直冒汗："那别管他了，让他自己在这闹吧，他憋不住上厕所了自然下来。"

小伙嚷嚷："不给钱我就尿你们脑袋上！我还没结婚呢，风一刮，给你们喝我的童子尿补补！"

小富对老头说："他闹一天，就影响我一天声誉。我不能让他胡来。"

"你把他的钱先给他不行？回头再从包工头那里扣呗。"

"他自己这份钱只是个借口，他就是包工头的傀儡，我给了他钱他也不会走的。哪怕他走了，包工头再换个人上去，也是一样。"

围观的人不信小富的话，都说："你这才是借口。"

老头说："挖掘机离他这么近，太危险了！要出人命的！他们怎么挂上的广告,你怎么摘下来,何必大动干戈!"

小富一个员工瞪着老头:"你别掺和了行不行?他们从楼后面上去的,租广告时把楼顶加了把锁,还给保安塞了烟,死说活说不让我们上去!我们既不能强闯民宅,也不能溜门撬锁!只能从外面破坏。这还担着损坏他人财物的风险呢!他本来在楼里看门,看见我们弄来挖掘机才跑出来折腾的。"

老头有点着急,提议道:"哪位同志好心,先把钱给他让他下来行不行?救人一命胜造七级浮屠啊!"

顿时间鸦雀无声。

不知谁在人群中低语:"浮你个头……"

一个年轻人说:"大叔,您好心,先垫上吧,等他老板发了钱再让他还。"大家齐声附和。

老头愁眉苦脸地说:"我没钱呀,我要是有钱肯定给他。他老板跑得没影了,我上哪要去?这不,我老伴还在家生病,儿子也……"

年轻人怕他絮叨,忙把他打断:"你没钱别人就有钱?说真的,要是有钱,谁在大热天出来奔命。"又一群人点头称是。

嘈杂之中,我的内心也在激烈交战,我真想挺身而出,分开众人往当中一站,气宇轩昂地把胸脯一拍,正气凛然大喝:"这钱我出了!"此念一出,顿时感到自己全身发热,每个毛孔都充满能量,全身充斥着命世豪杰般的气概。

我幻想自己在人们敬佩的目光中解救下这个年轻人,众人为我发出热烈的欢呼声、赞扬声、惊叹声,最好还有几个漂亮女孩崇拜的尖叫,我如英雄般接受人们的赞美,脸上保持着庄严的正气,头也不回地大步离去——其实心里乐开了花。

之后好人有好报,我的事迹上了新闻,我成了家喻户晓的大善人,荣耀而又显赫,好运连连,无须努力就获得了巨额财产,跟电视剧人物般幸福美满地过完一生。连死了以后都升往极乐世界，神仙佛祖列队相迎。甚至我都想象到了玉皇大帝站在南天门外跟接待办主任似的拉着我的手，热情地点头哈腰嘘寒问暖……

不对不对！每次见玉皇大帝都是在冥币上，怪不吉利的！

我的联翩浮想戛然而止，又一转念，我是接受唯物论的有知识的人，还是想点现实的吧：他需要一万多呢，这个1后面可是有4个0，想想都肉疼。世界上有钱的人多了，做好事根本轮不到我。好心有好报吗？我没钱的时候谁分给我了？

想到这里，我越来越觉得有理，甚至在想，他死活和我有什么干系？任总说得对，地球上需要帮助的人太多了，我算老几去帮助人家？谁来帮助我呢？他仅仅因为一万块就折腾成这样，实在太不成器，不死这也死别的事上，早死早超生吧，他跳下来还能看个热闹，我还没亲眼见过自杀，最好头冲下掉下来，脑袋跟刚才那个西瓜一样摔个稀巴烂才过瘾。

此刻人群纷纷杂杂，有人说："报警了报警了，警察马上到。"

有看热闹不嫌事大的人，一听说警察要来，唯恐没有好戏看，大叫着："朋友你跳不跳啊，痛快点，别耽误大伙儿时间。"这话引起一阵哄笑。

我听得出，其中有真心赞同的笑。

小伙碍于面子，往前蹭了蹭。

早有人把起哄的拉开。

这时警察和消防队也匆忙赶来，大家为了看热闹把此处已挤得水泄不通，警察也进不来，大喝一声："妨碍执行公务的一律拘留！"瞬时哗啦让出一大片空地，消防员急忙铺设救生垫。

警察问："挖掘机怎么回事？"

小富忙道："旁边工地的，被堵在这里的。"他让人把车开回去。

小伙见到警察来了，跟打鸡血似的，从小到大累积的公民权利感迸发而出："你们警察赶紧让他还我们血汗钱！"

警察听得一头雾水，迟疑了一下，约莫是在想我来救你命，没管你要钱就不错了，但紧要关头争辩不得，拿着喇叭喊话："有事情我们会帮助你解决，你先下来！"

小伙儿腰板绷直，指着小富说："不行！他一分不少地把钱拿来我才下来！"

警察一愣，喊道："你站那么高说话听不清！请你先下来，我问清楚情况，才能具体地对你进行帮助！"

"拿钱来！情况不用问，我立马自己走了！"

众人一听都乐了，看来他是讹上警察了。

警察了解了一下情况，虚与委蛇，只好与他说些"生命宝贵""家里还有谁"之类的话令其分散精力，拖延着时间。

警察与小伙争辩得难解难分，趁着小伙分神之际，两名消防员不知怎么上的楼，突然从小伙一侧冒出来，一把将小伙拉下墙头。众人"哦"的一声，悬着的心才算落地，当然，其中有松口气的，也不乏观望的。

片刻间，消防员带着小伙从楼道里走出。

群众给予消防员本该给我的热烈掌声。

警察劝散了人群，对小伙和小富说："你们跟我到派出所走一趟。"

小伙不同意："我一走，他们该拆我的广告了。要么让我老板再来个人替我看着，要么你现在让他还我钱，不然我不能走。"

警察道："你们属于经济纠纷，我们没有权力管。无论是你侵犯他名誉，还是他欠你的钱，你们可以去法院起诉。我现在只负责你跳楼这起治安案件，你要跟我回去做笔录，我们会教给你正确的讨薪方式，尽可能给你提供些帮助。同时你扰乱了公共秩序，我们要教育你。"

小伙退了一步："他们欠我老板钱，我就是个打工的，你教育我干什么？"

警察严肃地说："你跳楼这种行为扰乱了公共秩序，如果你执迷不悟的话，我们有权力拘你。"

小伙不干了："你们敢拘留我，我就从你们公安楼上跳下来！"

警察背着手上下打量了他一下，点点头："威胁警务人员是吧，屡教不改，下次半年。"

一盆凉水浇下，小伙儿彻底蔫儿了。

小富说："同志，您说得对，我们的事情应该经过法院解决。我看就不必麻烦您了，我和他私了吧。"

警察说："能私了吗？万一他再跳楼呢？出了事怎么办？"

小富说："我派人跟着他，绝对不让他再上楼。而且我立即和他私了，他就没有跳楼的动机了。"

警察想了想说："富总，我处理过好几次你公司的事了，虽然和你完全没有私交，但是每次你的事情都处理得比较得体，我还是挺放心的。这样吧，这回我相信你，你抓紧私了。正好我手头还有个重要案件要办，现在也没空。如果今天没法解决，明天你们得去派出所把笔录给我补上。"

小富明白他的意思，满脸堆笑："一言为定！肯定不给您找麻烦。"

警察笑了笑："回见。"他上警车离去。

现在当场只剩下小富和他公司的人、我、跳楼小伙。

小富见没外人，开门见山对小伙说："我把你的钱给你，你现在马上给我滚。"

小伙绷着脸："我是我们老板手下最得力的干将，你想私下买通我，门儿都没有！"

小富给他员工使个眼色。

员工点点头，快步回了项目。

小富说："你要明白，我不欠你老板钱！你们老板是个无赖，说好了垫资，可刚挖个地基就耍赖，跟我说什么材料涨价啦、工人秋收回家需要钱啦，一万个理由找我要钱。我坚持按合同办，他不同意，竟然派渣土车来堵门。我报警驱散了他，他又想了个打广告的邪招！为了维稳，警察不会刁难你们。压力全在我身上！房产这个行业时间就是成本，我真不愿跟你们在这耽误工夫。况且我念及你们是弱势群体，所以才给了你老板一部分钱。他不给你发钱，自己拿去赌博，把钱全输光了，跟我有什么关系！"

我附和说："对啊，跟你老板要去，别在这里捣乱。不想活了也别在这跳楼，恶心人！"我见我们人数占压倒性优势，开始起哄。

小伙说："跟他赌博的人手里有活儿，把钱给他骗光了，现在人都找不到了。没人还他钱，只能管你要！"

我说："手里有活儿？"

小富解释说："出老千。"

我问道："赌资这玩意是不是不受法律保护？何况属于涉案财产，应该追还吧？"

小富说："对方设的局，专门安排他们老板上套呢。人家出老千把他的钱骗得一分不剩，早做好跑的准备了，没那么容易追还的。就算抓着人，这些亡命徒只图一时之快，钱早花光了，该坐牢坐牢，爱怎么着怎么着，总不能再去骗别人钱还给我吧。退一万步，他靠着坑蒙拐骗把钱还给我了，我还有证明自己是善意取得的举证责任呢，拉倒吧，这条路走不通。"

说话的工夫，他的员工已经返回，手里拿着一个厚厚的信封。

小富指着小伙："给他一万五。"

员工点出了钱递过去。

小伙犹豫了，看了看钱，想接又不想接的。

小富说："你这人讲不通道理，但是钱这东西你总该认识吧！我现在拿钱买路，你立即走开，我拆我的广告，你不许碍事。"

小伙眼睛有点发红，脸有点发热："我……我……我是老板的亲信……老板派我在这里守着广告……"

小富说："他把你钱输光了，当你是亲信了吗？他已经没钱给你了，我的钱你爱要不要！你要是不要，我现在立刻叫保安打跑你，踏踏实实拆广告。"

小伙直勾勾盯着钱，口干舌燥说："那我怎么跟老板交代呢……"

"你就说我把你打跑了！我告诉你，这个钱我是白给你的，不告诉你老板。如果他良心发现把工钱给了你，我的钱就是你白得的。这相当于双倍价格了，够买你的几句假话了吧！换作是我，肯定闷声发大财。"

小伙动了心，内心还在做最后的挣扎："就算我说你们打跑了我，我也该打电话告诉他一声吧……恐怕你们来不及拆广告，他已经及时派人过来……你们来不及呀……"

小富说："那你现在打给他，我有办法。"

小伙疑惑地掏出手机。

小富一把抢了过来，狠狠地把小伙的手机扔在了地上，摔了个四分五裂。

不等小伙反应过来，随手从信封里抽出一沓钱，连同一万五一起硬塞给他："够你买新手机了吧？"

小伙的手机不过是旧款二手手机，小富多给他的钱够他买十部的了。

小伙抱着钱笑逐颜开："老板请放心，我知道该怎么办了！"

小富笑道:"我看得出来,你会做人。"

小伙说:"我就是个无名小卒。"

"不用我教你怎么跟你老板说了吧?"

小伙立正站好,向小富点头哈腰:"老板请放一万个心,不用您教,我保准拖住包工头他们,保准您满意。"

小伙愉快地走了。他的身影,好似刚才告诉我地址那位售楼员。

我又觉好笑,又觉凄凉,叹口气。

小富问我:"怎么了?"

我不愿透露出我对小伙的蔑视,说:"农民工不容易,为了一万多块寻死觅活的。"

他说:"说话别伤众,这跟什么工作没有关系。换成你我,也是这样。"他深邃地看了我一眼。

我被他看得发毛。情知他说得没错,我只爱理小富,不爱理滑头,何尝不是个势利眼。

小富瞪了眼身边的几个员工,责备道:"要你们干什么吃的!赶紧去把广告拆了!"

一名员工说:"我去我去。"他一溜小跑没影了。

小富吩咐说:"给保安增加些人手,盯紧这附近,不许再出现这种情况。"

员工允诺。

小富带着我们往他的项目走,我不敢多问,老实在后面跟着。

快到项目门口,经过那堆垃圾,他气不打一处来,回头质问他的员工:"怎么还没清走呢?"

员工慌忙解释:"白天拉渣土的大车过不来,只能晚上拉走。"

这里堆的全是建筑垃圾、装修废料、破烂家具,足足能装几卡车。

小富问:"刚才人家来检查,说现在不清理就要罚咱们,哪能等到晚上？"

员工嗫嚅地说："已经开过罚单了……不过，我们已经让物业把昨晚的保安开除了，以后不会再有这种事了。"

我以为这些员工办事不力，至少要挨顿臭骂，不料小富笑了笑："又来这套。"他继续往前走，不再过问。

我十分不解："你们为什么把垃圾倒在自己项目墙外啊？又影响形象，又要被罚款。"

小富说："你说什么呢，是别人倒的！昨晚半夜有人偷摸倒的。"

"你们这里招苍蝇？"

"你不知道？有的人专门做这种生意，人家垃圾太多没地方倒，他收人家钱把垃圾拉走，半夜偷摸找个没人的地方倒了就跑。"

我打抱不平说："为什么不倒在垃圾站偏倒你们这里？谁倒的找谁去，凭什么罚你款啊？"

"垃圾站收垃圾需要付费啊，倒在没人的地方多省钱。这属于门前三包，我们必须管，清理不到位肯定要受处罚。我这个新项目还没有安装摄像头，找不到倒垃圾的人，只能认倒霉。"

我说："你人脉不行啊，也不跟有关部门打好交道，你这么冤他们还罚你款。"

他笑笑不答。

走进了项目，他的员工各忙各的四散而去。

他告诉我："你不懂了吧，正因为关系好他们才罚我。"

他说话自相矛盾，我疑惑地看着他。

他解释说："负责罚款的人和我私交特别好，所以很担心外人说闲话。罚款才罚几个钱？我巴不得他们多罚我几次呢，我正好利用交罚款来掩人耳目。动真格的时候，人家会想办法照顾我的。"

我又上了一课。

我俩来到他办公室，他叫人："给客人倒水。"他一屁股坐在办公椅上。

我在客位坐下，说："这一下午，你累得不轻。"

他伸伸懒腰："早习惯啦。"

敲门进来个女孩子，怯生生叫了句："富总。"他站在门口迟疑不进。

小富说："愣着干什么，倒水啊。"

我回头看了看她，她手里拿着封信。我觉得她有些眼熟，想起曾在夜店里见过。

看来小富把她收编了。

我冲小富笑了笑，他当没看见。

这女孩神情有些紧张，又叫了声："富总。"她再看看我，欲言又止。

我明白了，她对他有事情说，当着我面不方便。

我说："我去趟厕所。"

刚要起身，小富对我做了个往下按的手势，对那女孩说："没关系，你直说。"

那女孩神情凝重地把手里的信交给小富，满怀关切地注视着他，跟要出大事似的。

小富接过来一看封皮，本来有点皱的眉头舒展开来，笑道："我当什么呢。"他也不拆信封，随手拉开一个抽屉往里一扔："别沏茶了，拿两瓶水过来，刚才在外边费了半天话，快渴死了。"

那女孩忧心忡忡地说："你要注意安全。"

"别瞎操心了。"小富十分轻松。

他越轻松，女孩越紧张。

女孩又说："你……你……"

小富见她又关心又紧张的样子，不禁好笑，安慰说："放心吧，我心里有数。"

女孩狐疑地拿来两瓶水，走开了。

我很好奇这封神秘的信到底是什么内容，能让女孩如此紧张。但涉及隐私，我又不好直接问，说："上次你带我去夜店，我见过这女孩。看来她对你不错啊，这么关心你的安全。"

"有什么安全不安全的，小女孩没经历过事情，瞎紧张。"

"那肯定是别的女孩给你的情书，她吃醋了。"

小富说："你不就是想知道这信是怎么回事嘛，绕什么弯子。"他掏出那封信："喏。"双指夹着信，手往前一送，甩到我面前。

我接过来，看封皮上写着："事关重大，保命要紧，富总亲启。"

别的字是黑色，"命"字用朱红色涂大了一圈，看起来像恐怖电影的血印，阴森诡异。

我头皮发麻，精神也紧绷起来。

小富示意我打开信。

我拆开草草读了下，大概内容是：

"富总，你的仇人想花十万元在我这里买你一只手或脚，不用说你也知道你的仇人是谁。我长期跟踪你，已经找好下手地点。但发现你人品不错，有些不忍心，你现在出五万块我就放过你，并且告诉你仇人的名字。"

底下留了个银行汇款信息。

我看罢，手有点抖，战战兢兢地说："这可怎么办？"

小富点上一根烟，说："谁搭理他？！"

我劝道："你不差那五万块钱，不如花钱买平安。"

他递我根烟："你怎么比她还紧张？"

我感到自己声音发颤，竭力控制住不安的情绪："这些亡命徒什么都干得出来,你没看他已经找好地方了,你在明,他在暗,你总有防范不住的时候。"我咬咬牙:"你不肯出,我替你出。"

我把信收了起来。心想自己上午刚刚获得碰瓷的赔款,下午就遇到这件事,这不是天意让我救小富吗?待会儿一出门,我赶紧按这信上的地址把钱汇过去,以免小富被害。

我眼前仿佛已看到小富断了肢体,在血泊中翻滚哀号。

小富说:"神经病。"他把刚才放信的抽屉往外拉了拉,说:"你看看,里面都是这个。"

我一探头,抽屉里至少有几十封信。有的拆开,有的没拆。

我随手拿了几封打开看,内容和这封大同小异,好像这种信有范本模板一样。

这时我才明白,根本没有什么所谓的"仇人",只是诈骗信而已。

我放下了心。

小富拿起一封给我展示:"你看,上面竟然写着'恐吓信'!这也太没文化了,感觉好像一个罪犯把'坏人'写在了脑门上,完全不用侦察,直接可以破案了。"

他这种有经验的人一笑而过,我这种没经验的人担心一场。

我说:"我刚刚来了一小会儿,怎么出了这么多事情。又是乱倒垃圾罚你款的,又是恐吓信的,又是跳楼的,真是难为你了。我以为你每天的生活内容全是数钱,数累了直接躺钱上睡呢。"

他摇头说:"这算得了什么!这些只是玩闹,没有危及我的人身安全。你看看,那恐吓信里还写着把对方的信息告诉我,一看就是假的,真正会办事的人,哪能那么不江湖,这么藏头露尾的。"

我问:"难道你遇到过动真格的?"

"多了去了。就在前一阵,还有个仇人带人把我围了,我没辙了,只好找了把刀递给仇人说'劳驾,你捅死我吧,咱们两清'。"

我又紧张了:"然后呢?"

他无所谓地说:"你说呢,我这不是在你面前坐着呢。最后也没给爷爷怎么着,只要不弄死我,还是得回到谈判桌上。一年遇到这种事多少回,早麻木了。凡是威胁要弄死我的,我先问他'你拿号了没?你得排队',哈哈哈。苦中作乐吧。"他把信重新装好放回抽屉。

我摇摇头,光想想就觉得肝儿颤,说:"这些信还是扔了吧,总感觉像照片里的妖魔鬼怪,动不动要跳出来害人似的,多硌硬人。"

他摆了摆手:"不能扔。"

我大惑不解:"留作证据?"

他淡淡一笑:"留作纪念。"我转移开话题:"你急急忙忙跑来找我到底有什么事情?我还没顾上问你。"

我不好意思直说我想让他给我充门面,心里加紧盘算着,是使美人计把我表妹供出来?还是苦肉计让他怜悯我?想了又想,决定用老套路,迂回让他自己钻套计:"昨天我见到二子了,我俩聊起你了,我想着好久没见你了,今天约约你呢。"先说是因为见到了二子才想起的他,以免他疑心我无事不登三宝殿。

"那也不用专门跑过来找我吧?到底有什么事?"

我循循善诱:"咳,我现在不是找了个新工作嘛,老板挺有实力的。今晚他约了位南方来的大老板吃饭,也是上市公司的老总,人特别好。还约了一位规划局的领导和几个好朋友。所以我立即想起你了,想请你一起参加,把这些有实力的人介绍给你呢。我跟我老板一说,他求贤若渴,专门让我开车来接你。你们都是有资源的人,给你介绍介绍肯定对你有帮助的,够义气吧!我是个无足轻重的人,给我资源我也不会用。可你不一样,你见过大世面,应对这些人得心应手,难保不会碰撞些火花出来。即便你用不着他们,一起吃顿饭也没什么损失啊,你说是不是?有好事我先得想着兄弟你啊。"

我为我临时编的话而得意,这么一来,我是在帮助小富给他介绍有实力的人,而非求着小富帮我撑门面了。

小富问:"规划局谁?"

"不知道名字,大家管他叫余局长。"

他沉吟说:"这个人……他也在……"

"你认识?"

"这个单位正管我们,哪能不认识。"

我这辈子没和规划局打过交道,随口问:"规划局干什么的?给城市画框框?管你们什么?"

他来了兴致:"规划局管得可多了,我给你讲讲……"

他叽里呱啦讲了一堆规划局的功能,听得我头大。

一聊到工作,滔滔不绝。

我既听不懂也听不进他在说什么,打岔说:"这局这么厉害啊,我以为是个没有存在感的小部门呢。真没想到这个局能管到你们。"

他的兴致丝毫不因我插话减弱,又进入另一个工作话题:"管我们的部门多了,有规划局、土地局、房管局、住建委、人防办、税务局、公路局、城管局、环保局、公路局、测绘局、文物局、消防救援局、公安局……"

他一口气说了几十个部门。

我在他稍作停顿的时候赶紧把话题引入正轨:"不说这些了,规划局余局长对你有用没?今晚来一起见见他去。"

他踌躇道:"我确实很想见见,但是过去我和他有些过节,关系若即若离的。几年前我和朋友在夜店喝酒,他儿子在邻桌,双方喝多了因为点小事打了一架。虽然不是因我而起,但老余不大不小刁难过我们公司几次。每次我们想跟他搞搞关系,他都婉言拒绝,可能是怕我给他下套。"

今天趁这个机会见见也未必不好……他知道你约我了吗？"

我说："他不知道，我老板让我约你的。我只告诉我老板你的生意做得不错，其他没多说。"怕他疑心，解释道，"我纯粹把你当好兄弟看待，除了知道你有点钱，并没关注过你的工作，所以没有过多向他们介绍你。"

他说："嗯，谢谢你惦记我……我和余局长没有深交，说不定他早把我忘了。要不我晚上去一趟？在他面前你不要叫我名字，就叫小富。他想不起来我最好，这次我先和他套套近乎。万一他想起来我了，当着这么多人也不至于太不给面子，我见机行事。不过我去合适吗……"

一般对方一犹豫就是有戏，只差趁热打铁那一下："合适，太合适了！我都来接你了，老板让我开他的宝马来的！他们几位人品可好了，我这老板一听说有值得交往的朋友，睡不着觉地想见面，绝对不会冷落你。尤其南方那位大老板，特有钱特低调！你们层次相当，话题多着呢。你一定要跟我走！"

我请小富是为了在任总他们面前给自己长脸，余局长身份虽贵，但我用不着他，管他介不介意！

他依然有些举棋不定："啧……这个这个……"

我见他开始挠头，又加了个磅："你总不能让我自己回去吧！我老板挺器重我的，要是知道我有你这样的朋友，更高看我一眼。"任总不把我当傻子就不错了，"器重"二字纯属粉饰。

他说："好吧，真拿你没办法。"

我窃笑：我拿你可挺有办法。

乐极生悲，没等我开心一下，电话响了，是任总。

我心里一翻个儿：坏了！偷开车要露馅！

电话一直响，我不敢不接："喂，任总……"

他说:"你在哪呢?"

我实在无法解释擅自偷开他的车,硬着头皮扯谎说:"我开车出来了,米总让我来接他。"

我之所以拿米总打掩护,一来是因为今天上午米总已经和我约好晚饭事宜,估计米总不会再和任总联系,降低了我谎话穿帮的风险。二来任总很看重米总,打着米总的旗号,任总应该不会见怪。三来我只要晚上在会所门口等着米总到来,和他一起进门,谁都会以为我真的去接了他。

任总责备道:"也不说一声。"

我说:"我怕打扰您和于科长说话。"

任总说:"你接到他没有?我想让你去接一下你表姨呢。"

"我还没有接到米总,您能不能让肖经理去接我姨?"

他不快地说:"我不想用他才叫你去。算了,你别管了。"他挂掉电话。

为了圆谎,我赶忙给米总打过去:"任总让我接您来吃饭。"

米总说:"不用啦,我自己过去。"

我听出他的客套,说:"任总命令我接您呢。我们会所不好找,还是接您比较方便。"

他痛快地给了我地址。

挂了电话,我发现小富正盯着我不怀好意地笑。

"怎么了?"我问。

"你老板不是专程让你来接我吗?"他答。

"老板让我接你俩。"

他显然不信。

我起身说:"不早了,咱们出发吧。"

小富端坐不动:"你先去接这个姓米的,回来再接我。"

他肯定听出了我的谎话，我过去拉他："别这么小气啊，我老板真的让我接你俩的。"

他挣脱我："跟这个没关系。我不能和你一起去接别人。等你接上了他，再回来接我吧。"

我奇怪了："为什么？你这不是折腾我呢？你是不是在调虎离山，等我一走你就跑了。"

他说："你不懂。我怎么能亲自去接别人？只能你和别人一起来接我。绝不能在第一次见面我就低他们一等。否则以后万一一起共事，我该处于弱势地位了。"

我说："怎么那么多事呢，你去接他怎么能说是低他一等？谁会在意这个？"

他不容置疑地说："我在意。"

我心中不满，你年纪比人家小，身份也未必比人家高，有什么可狂的！但不好当面指责他，说："谦虚礼让也是美德呀，信陵君屈尊下顾，朱亥、侯嬴为他而死……"

小富轻轻拍拍桌子打断我："别扯那些没用的。从小你就爱举各种不恰当的例子，你说你哪一次说服别人了？无论再经典的例子，只要不结合实际情况，全是废话。主导事情走向的人，从来是掌握话语权的人，你再能说也没用。"

我反驳道："那可不一定。毛遂就凭一张嘴说得楚王发兵……"

他又打断我："你怎么没完了呢？我不知你说的这些典故，但是这个楚王肯定是被人戳中了要害才肯改变自己初衷吧。接人这件事你就没有弄明白要点在哪里，你想想，如果一个是你儿子一个是你领导，那你是让你儿子等领导，还是让领导等你儿子？"

"我没儿子……"我见打动不了他，仔细想了想，说："听你这么一说，好像是该让儿子等领导。虽然我很敬重米总，但更该顾及你的面子。好吧,我先去接他。不过等我接上他再返回来接你,时间恐怕赶不及啊。不然我不接你了,你让滑头送你过去?他现在不是给你开车呢。"

说到滑头,小富突然慌张起来,猛地站起,拉着我胳膊往外走:"快走!咱俩现在立即出发!"

我吓了一跳:"干什么?"

他推着我走:"走走走,别被他撞见。我和你一起接人去。"

他速度加快,我赶不上他,被动地被他拖着走,一头雾水地连连问他:"你跟我一起去接?突然怎么了?"

他急匆匆地走着说:"我被你戳中要害了!上车再说!"

上了我的车,他催促:"发动车啊,快走!"

我平时缺乏锻炼,他这几步快走带得我差点缺了氧。我喘匀气息,开车和他离开。

到了安全地带,小富松口气:"幸好没让滑头撞见,咱俩出去吃饭绝不能让他知道……你怎么知道滑头给我开车?"他想了一下,反应过来:"哦对了,昨天你见到二子了。"

我有些得意:躲着滑头来见我,小富对滑头不仗义,对我可是义气得很呐。任总用我,米总信我,小富偏我,你们这帮有钱人真是不开眼。

想起昨天二子说小富和滑头产生了矛盾,我不能只听二子和滑头的一面之词,问小富:"你躲滑头干吗?"

他唉声叹气:"别提了!真被我说中了,不来我的公司还能做朋友,这一来全是矛盾。"

我不愿出卖二子已告诉我事情始末,套他话说:"滑头不是挺维护你的吗?是不是他和你的生活层次不一样,他不懂事惹你不乐意了?你多担待啊。"

"滑头这个人……唉,没法儿说。"他连连摇头。

"你就别卖关子了。"

他沉默了一会儿,无奈地说:"我不爱在背后议论人,可是不告诉你吧,心里憋屈死了。如果从滑头嘴里说出这些事,我里外不是人。"

他摸了摸身上,懊悔说:"可恶。着急忙慌跑出来,没有带烟。"低头看见我刚才放在一旁的烟,拿起来点着。

我想开口阻止他,但喉咙耸动了下,没发出声。

我可以毫无情面地拒绝二子在我车上抽烟,却没胆量劝阻小富做任何他想做的事。

小富大吐苦水:"滑头这人不能共事。不是我有偏见,你给我们评评理。滑头刚来我公司上班,就趁我的司机不备,把所有车钥匙收走了,死皮赖脸要当我的司机。人家管他要钥匙他不给,我管他要钥匙,他张口闭口'我开车技术好''司机知道你最私密的事,所以我不放心别人开'等一堆理由。我开始也没多想,以为他是好意,反正滑头除了开车什么都不会,心想那就让他开吧。为了他,我只好把我的司机调到别处工作了。没多久就弄明白了,滑头强烈要求给我开车,是为了开着我的车去招摇撞骗勾搭女的!上着班动不动人没影了,我找不着他,给他打电话也打不通,后来才知道他跑去和女人看电影了!我车多,开走一辆倒是没什么,可他这么做也太不合适了吧?那不成了他开我的车拿我的工资却什么都不干嘛,我这白养着个大爷。你说我亏不亏?"

我恨恨地说:"亏!太亏了!"我打心底向往滑头的美好生活。

小富说:"今天下午他又不知道跑哪去了,任何正事都找不到他。"

我偷眼看他,他露出了很复杂的表情,有不忍、不甘、不屑。

他说:"我告诉你吧,比起他的各种离谱的行为,白养着他还是划算的呢!我白天出去办事,他从来不跟着。一到晚上应酬,不知他在哪盯梢呢，跟个鬼似的平地就冒出来了，我去哪他去哪。无论多尊贵的客人他都要上桌参与，你说他老老实实吃饭不就成了，他还要喝酒！每次我还得临时再找个司机来。喝完酒还爱吹牛，动不动瞎插话，搞得我灰头土脸。他还以为自己谈吐很得体，总是跟我卖弄自己多会说话，貌似生意是他谈成的，实则暗示我涨工资呢，我才不搭理他！不仅如此，他还拆我台，他对索要工程款的人说'富总天天花天酒地，每天泡不完的姑娘喝不完的酒，光一个月酒钱够我吃一辈子的'，人家会怎么想？明明是他每晚求着我带他去夜店玩，我不去都不成。到了那，酒跟不要钱似的随便点，那大方的劲头，总让人家误会是他请客呢。他好几次恬不知耻地跟我索要银行卡，说这种事应该交给小弟干。我哪能给他？给了他他肯定不还我了。即便这样，我还发现好几次他偷着去夜店喝酒，挂的我的账。我吩咐夜店不允许他挂账，他就回来找会计报销，连张票也没有，死乞白赖地说是替我请客。"

他解释道："这就是为什么我要躲着他，尤其今天你在，他更有了跟着我的理由。我哪能带着他去丢人现眼！"

我一向了解滑头为人，闷不吭声点点头。

他继续说："我倒不会因为花钱这种小事计较，终归是从小到大的朋友。他爱占小便宜，我又有点闲钱，让他去可劲儿造吧，吃不穷我。我最烦他每次在人前使我难堪。一次我给人家随一万块钱礼，他对人家说'你肯定不合富总的脾气，他给别人都随五万、十万，喝瓶酒也好几万，看来你们关系不够近便啊'，差点把我气蒙了。他跟我解释，'我这么说是为了让对方多努力巴结你，努力成为你五万、十万的朋友'。我真是才疏学浅，这是哪门子歪理？"

他气鼓鼓地想了会儿："最过分的还不是这个。"

"啊？这还不是最过分？我都想替你抽他了。"

"他最近交了个女朋友。唉,这人真是没见过女人,没交往几天两人已经谈婚论嫁了。"

我笑道:"有人跟他就不错啦,不会和二子一样找了个小姐吧?"

小富不忿地说:"不是小姐,是大姐!小姐哪看得上他!他找了个大龄剩女,比他大六岁。'女大三抱金砖',他抱着两块砖能累死他,不对,是累死我,所有沾钱的事,他无一例外地转嫁到我头上。那女的年龄大,长得和你……"他端详了我一下:"和二子戴假发差不多。我第一次见她时不知这是滑头女朋友,还想'这男的怎么长这么丑'。要是哪天我做导演的朋友想拍《骆驼祥子》,我肯定推荐她演虎妞。"

我想附和着骂滑头几句,但今早刚没了女朋友,哪来资格评判人家?没应话。

他说:"作为朋友来讲,我们应该祝福他,谁想他实在太……唉!他没有婚房……"

我隐隐觉得不妥:"他不会……"

小富拍下大腿,气哄哄说:"他会!他太会了!没有他干不出来的事儿!他管我借钱买房!这不开玩笑吗?我有钱借,他有钱还吗?我让他买我开发的项目,给他最大的优惠,他偏,偏要选那女的找的房,说那房未来丈母娘心仪已久,不买那个房不让他进门,他进不了门,就是我小富对不起他,耽误了他的终身大事!"

我按住他胳膊:"这也太不要脸了吧!兄弟,姑且对不起他一次吧!"

"任凭他死说活说,我坚持不借他。他呢,每天阴阳怪气地对我冷嘲热讽,说我花钱大手大脚,一顿饭钱顶他一个月的工资,一月的饭钱足够他交首付了。我真是不知道说什么好了!这种人既无聊又烦人,每天各种心理不平衡,吃我的喝我的还要让我省下钱给他花,这不是滑稽吗!我花我自己的钱,我花光了我乐意,凭什么因为他生活困难就要降低我的生活质量?凭什么因为我有钱就要分给他?他又不是我儿子!"

"哪有这种道理。他再眼红,你的东西还是你的。你愿意给他是你仗义,你不给他他也不能强抢。好比别人不能因为你有钱但没捐款就骂你没公德心,他自己怎么不捐?己所不欲勿施于人,自己过得不好还不许别人过得好,到底是谁心歹呢?"

他点头说:"话虽如此,公德心还是要有的,挣更多的钱,理应担负更多的社会责任。不过你说得没错,给他是我的人情,不给是我的本分,滑头不该道德绑架我。如果人人像你这么想,还哪来那么多是是非非。

"话又说回来,做生意必须手松点,不要怕别人占你便宜,让别人也尝到甜头了才会为你卖力。只要他有能力,哪怕吃了回扣我也睁一只眼闭一只眼。我们公司聘请了不少退休的老先生,他们有关系有能力,发挥发挥余热就能帮我们解决不少事情。可滑头算什么?我公司早已人满为患了,唯独他一个吃闲饭的,一丁点价值也没有。哎……我就是心软架不住他软磨硬泡,又想首付用不了多少钱,最后还是借给他了。

"我借给他钱以后让他打借条,他偏给我打欠条,我天天签合同,还跟我玩文字游戏!别看一字之差,法律效力差远了。不过我也没介意,心想反正他买的是我的楼盘,过程由我把控,等他银行贷款一到账,我并没什么风险。退一步说,他真的还不了我的首付钱,我也只当作内部消化了一套。可他,唉!我也是一时失策没有直接转账给会计,他拿到首付款,直接去原先他看上那个楼盘付款了。"

"这这这……他人品也太差了吧?"我远远低估了滑头做人的底线。

"差？还有更差的！他和人家签的合同里写的是'定金'而非'订金'，听着一样，违约责任可大不相同。他跑我这里哭天抹泪，说他有信用卡逾期还款的不良记录，银行不给他贷款。早干吗去了！他不支付买房尾款，人家要追究他违约责任，所以他又来管我借。"

我说："不能再借了！"

他瞪着我说："我难道不清楚？你是没见他管我借钱那副德行，哭天抹泪，跟死了爹似的，把我们公司搞得乌烟瘴气，保安以为他是来闹事的呢，过来要给他架出去，我要是不拦着，他非挨顿胖揍。他对天发誓，保证房子一到手就抵押给我。还说还银行钱也是还，还我钱也是还，不如把每个月本金直接付给我。如果我不相信，让我每个月从他工资里扣除。"

我说："这也是个办法，至少在你手里攥着。"

"呸！这算什么办法？如果这样办，我连开除他都不行了！要不没地方要钱去了！他肯定会央求我涨工资，涨着涨着就把他每月的还款额覆盖了，算的一笔好账！我能这么干吗？我这不相当于自己当银行给他贷款吗？别说他不给我利息，给我高息我也不能这么干吧！"

我也反应过来了，愤愤不平："这人是浑蛋圈里出类拔萃的人物啊，简直在骑你脖子上拉屎，还不止拉屎，他骑在你脖子上窜稀窜到脱肛了。"

他一脸嫌弃："你怎么那么恶心呢？不过大概是这个意思。事情到了这个地步，是割肉还是补仓？明摆着他没钱缴违约金，为了避免鸡飞蛋打我又听了他的鬼话，把钱借他了。我本来要求他把房子直接写我名下，到他还清房款之前算我借他住。他同意了，到办证时又反悔说以后还要缴二次税，他承担不起，还是办抵押费用低。他拿到房产证我就催他办他项权证，碰巧那两天我有事走不开，他说自己病了没来上班，事情一忙我也没理会，等我忙完找他，他已经拿房子抵给担保公司吃高息去了!我气得大骂他一通。你知道我平时在人前有板有眼看上去很有涵养,那次真把我气急了,什么难听的话都说了,他呢,贱兮兮赔礼道歉,说以后一定还我,让我救他一时之急。都快给我下跪管我叫爷爷了,让我急不得恼不得!"

"骂一顿就完了?"我心中遗憾:小富这么好的人,不坑他点钱都对不住这么多年的交情!真浪费资源。

他说:"肯定不能完!"

"你打算怎么收拾他?"

他诡秘一笑:"我的计划可就不能跟你说了,省得你出卖我。"

我毫不在意地笑了笑。内心对他这种天然的警惕十分认同和理解。

说着话,已经到了地点。

我联系米总,他说马上出来。

过了十几分钟,米总才慢悠悠走过来,他的身形不稳,好像喝了酒一样。

小富一脸愠色:"我说的没错吧。"

我下车迎他,一近身,酒味扑鼻。

他眯着眼笑道:"上午和上市集团开会讨论融资的事情,中午他们请客吃饭,喝了不少。"口齿有些不清楚。

我扶他上了车,自己也回到驾驶位。我刚要为他介绍小富,一回头,发现他已头枕车窗闭眼睡去。他在睡梦中笑容可掬,仿佛还沉浸在酒宴的欢乐氛围中。

小富沉着脸瞥了米总一眼。

一路无话,到了会所。

第十二章
慷慨赴死

我停车叫醒了米总。

米总打了个哈欠："不好意思睡着了,实在太困了。要不眯一会儿,非晕过去不可。"

我们三个下了车。

米总见小富仪表不凡,问:"这位兄弟是?"

我给他们介绍了彼此。

米总握着小富的手说:"能遇到你们两位青年才俊,我不虚此行。"

他竟然将我和小富比肩,我的虚荣心得到极大满足,投桃报李:"小富,我跟你说,米总平易近人,我们认识时间短……"

米总拦话道:"认识时间短,交情可不短。交朋友讲究缘分,哪怕认识很久很久,话不投机也是个过客。像你们这样的朋友,认识一天就像认识一辈子一样足慰平生。"

小富大受感动,上前拉着他手说:"您说到我心坎儿里去了!"

我拉着米总另一只手,笑道:"米总又是上市公司老总又是授课老师,还这么谦恭下士,我特别佩服。小富,咱俩得多向米总学习啊。"

米总爽朗地大笑:"瞧兄弟把我夸的,酒没把我灌醉,兄弟的话可把我说陶醉啦。"

我也哈哈大笑。这次笑,是我在会所唯一一次不逢迎、不附和、不拍马屁的真诚之笑。

我请他俩进会所,米总说:"你们先请进,我还有个朋友,是银行的行长。昨天任总让我约的,我要在门口等一等他。"

我们哪能让他自己干等?往外走了走,走到会所外面的公园,在一个双人长椅旁停下。

这椅子两个人坐着宽敞三个人坐着拥挤,我打趣说:"二位客人请坐。"

米总看了椅子一眼:"我每天坐得太多啦,只怕业绩不突出腰椎间盘先突出了,站会儿有利于促进血液循环呢。"

小富说:"可不是吗,我也得站会儿,平时业务酒太多,胆固醇太高,再不活动活动恐怕要得动脉粥样硬化了。"

米总微微一笑,把衬衫往上拉了拉露出裤腰,只见他腰上别了个BP机,还有一根细细的导管连到衣服里面。

传呼台早已被历史的尘埃掩埋,我奇怪地问:"您这是什么高科技产品?"

小富和米总心领神会地笑了笑,告诉我:"胰岛素泵。"

这回脑袋开花我验了次血,体检报告显示我有点儿贫血,心里苦笑:穷有穷的好处啊。我自嘲说:"二位得的都是富贵病,我想得也得不了呢。"

米总说:"我更羡慕你有个好身板呀,我好几项指标不正常,开会久了脑袋会晕,说不好是血压高,现在尽量吃清淡呢。"

我说:"您取笑了。有钱人想吃没钱人的饭菜轻而易举,可我想过您这样的生活一辈子都没戏。"

小富笑道:"你还挺唯物辩证,初中政治课没偷懒。"

我说:"可见学习好了也没啥用,还不是社会最底层的人?不过我政治课学得很差,不像米总,昨天给我传授的经验比政治老师讲得还好。"

小富说:"那我可要请教请教,虽说经济基础决定上层建筑,追本溯源,意识形态又决定了经济基础。所以有足够的政治敏感度和准确把控政策走向的能力,才能让生意在正轨上发展。生意人应该多在一起互相讨论讨论形势。"

我知道能人之间聊天,往往会说一些高端的话题以展现自己水平,俗话说就是装蒜。

但我无蒜可装,暗自皱眉:怎么又碰上这么一个货,能不能愉快地玩耍、开心地聊天了?张口经济规律闭口政治动向,高谈阔论那些我不懂的话,我一句插不上,在中间一戳,跟一个会眨眼的电线杆似的。

米总说:"是啊,往往细枝末节会引发蝴蝶效应。我们只要在初现端倪的时候拿捏好分寸,挣钱不好说,但会比一般人走得更加靠前,更加灵活,更加留有余地。"

不甘做电线杆的我化身为搅屎棍,故作深沉地说:"现在菜市场所有的菜都涨价了,这应该是经济变化的风向标。所以说,挣钱才是解决一切办法的根本。"

米总笑道:"兄弟,你说到点子上啦。和我昨天对你说的一样,其实大家完全不用了解什么经济啊政治的,只需我懂,在我公司投资,躺着就能有回报。"

我略略给小富讲了讲昨天米总对我的教诲,可不懂装懂造成词不达意,没说几句就包子张嘴漏了馅儿。

米总接过话题,与小富针砭时弊侃侃而谈。

小富认真听取米总的言论,时不时像相声的捧哏演员一样恰到好处地发表自己见解,二人交谈甚欢,相得益彰。

我看着小富屏气凝神讨教的表情,好似上学时听课的模样,又遥想到了儿时的一幕幕,神游到了小学时惬意的下午,追忆起课间在教室中"禁止追跑打闹"的标语下追跑打闹的场景。

念及过去,嘴角不禁泛起了微笑。

他二人以为我是在赞赏他们的见识,还对我报然一笑。殊不知我的思绪已回到了过去,此时我眼中的他俩,正在兴致勃勃地演绎一出让观众提不起兴致的默剧。

我总会回忆起过去的某一片段而深陷其中,想象带着如今的记忆重新来过会是怎样一个进程。回魂那一刻恍惊起而长嗟,如同隔世。

初闻不知曲中意,再听已是曲中人。人们之所以对过去念念不忘,是因为没有正视前方。

小富一句话把我从遐想中拽了回来:"回头有机会也请米总帮我理理财。"

适才他俩那些话勾不起我的兴趣,所以我左耳一进右耳即出,但这句利益攸关的话深入我的内心:小富要去米总那投资!我还犹豫什么!

耳边汽车鸣笛,我一回头,是表姨他们从此路过。

肖经理停下车开窗叫我:"干吗呢?"表妹坐在副驾的位置上。

后面的车窗也打开,表姨问:"任总呢?"

我没理肖经理,向表姨说:"这二位是任总今晚请的客人,我们在这儿等另外一位客人。"

表妹微露失望,嘟囔着嘴说:"昨天他说带我吃饭也不去,每天那么忙。还指望他今天陪我们待会儿呢。"

我笑着哄她:"妹妹,不凑巧了,今天客人很重要。"我借机介绍他俩："这二位是上市公司大老板,稀客。"

对表妹露出的笑容是我能做出的最完美的微笑,我像练习过一般,连眉梢上挑都相当到位,脸部每一条肌肉步伐协调,该动的一定要动,不该动的以死相胁也纹丝不动。

物极必反,这个追求完美的微笑僵化而谄媚。

表姨下了车,盈盈笑道:"怎么会不巧呢?巧得很。"她叫表妹:"下车和叔叔们打个招呼。"她冲我笑着说:"老任的朋友都是贵宾。"

我仿佛听懂了她的暗语,说道:"是贵客、贵客。"

妹妹也走下车,与表姨并肩对立在米总、小富之前,说:"叔叔好。"

这辈分真乱!虽说我不愿当表妹的大辈,同样也不肯做小富的小辈,不肯失了面子:"米哥,小富,这是我表姨,任总的妻子。这是我妹妹。"

米总面带春风:"兄弟,这是任总的太太?"他握住表姨的手:"嫂子好嫂子好,贤伉俪真是羡煞旁人。昨天看到任总时我就觉得他年轻帅气,和实际年龄大不相符,没想到娶的嫂子更加青春靓丽。"

米总所言不虚。表姨颇有少妇的韵味,与成熟稳重的任总般配登对,琴瑟和谐。

表姨以手掩口眉开眼笑:"过奖啦,他哪里年轻帅气了?"

我又介绍小富:"这位是我的铁磁发小儿。"我怕小富占我的便宜,对他说:"这是我姨。"

小富当没听见,笑着和表姨握握手:"您好。"

我对表妹说:"这位是我的小学同班同学,你叫'富哥'好了。"心里惴惴,不知表妹给不给这个面子。

表妹妙目流盼,甜甜地叫:"富哥。"

小富瞥了我一眼,伸出手:"妹妹你好。"

两人稍稍注视对方,双手一握即收。

偷眼看他俩,一个外形俊朗一个美丽动人,还真像一对。我不由得自惭形秽,小富风度翩翩衣着华丽,我呢,带领子的衣服都找不出几件。

最能说明我的外形特点的是一件令我非常糟心的事:每次我走在马路上,要饭的总是把我周围人要个遍,唯独不管我要。

我和小富往一块一站,凭我俩的气场气质,瞎子也能看出我是个催巴儿。不如撮合撮合他俩,肥水不能流到外人田里。

表姨问我:"怎么不请客人进去?"

米总抢答:"他们二位在陪我等个朋友。"

"进来坐吧,给你们二位沏茶喝,留我外甥在这里等。"表姨说。

"不不不。"米总摇下手,"是个银行的行长,任总可能需要他办点事情,我还是亲自接比较好看。"他又说,"小兄弟不认识他。"

表姨说:"那好,我让老任出来陪你们。我先进去安排一下菜。"

我反应又慢了半拍:"我和尹师傅安排过了,说了是贵客。"

表姨说:"他懂什么,光会做菜。我去看看吧,别怠慢了客人。"

我反应跟了上来:她是不想陪我们几个男的在这傻站着,忙道:"那是那是!您亲自过目更踏实。"

米总亲自替表姨打开车门,笑道:"嫂子请便。"

表姨:"您太客气啦。"

表姨她们刚驱车进去没一会儿,米总等的人就来了,后面没多远还跟着老杨。

这时已是下午六点差五分。

米总问:"黎行长,您怎么和老杨一起来了?"

黎行长夹着个小包慢步徐行,闻言一回头,老杨步伐快,两人差点撞个满怀。

老杨见米总和前面这人认识,赶忙龇牙笑了想说点什么,黎行长瞅瞅老杨:"不熟悉。"他没搭理老杨。

我说:"外面不是说话的地方,请大家进去,咱们慢慢介绍。"

我侧身领路。

正碰上胡哥低着头从会所出来。

我打招呼:"胡哥。"

他抬头见是我:"嗯。"他继续低下头往前走。

想起上午他说要吃花胶鲍鱼,我问:"您不吃完饭再走?这几位是任总的好朋友,我给您介绍介绍?"

胡哥眼皮抬也不抬,不作丝毫停留:"不吃。"

他一直喜怒不形于色,我揣摩不透他的心态。但我知他态度虽冷,心中情义炽热,便没当回事。

小富"哼"一声,轻轻说:"狂。"

他声音虽轻,以他的身份却也没有轻到防备胡哥听到的地步。

胡哥驻足回头打量他一眼:"我狂的时候你小子还没出生。"

我听他俩较劲儿,浑身一阵燥热,汗马上流了下来。

小富是我的好朋友兼摇钱树,胡哥帮助过我而且是个狠角色,我哪个也开罪不起。

我高声说:"胡哥您先忙。"我一把扯住小富往反方向走:"这是我老板的好朋友,给我个面子给我个面子!"

小富被我推着往里走,还不服不忿。

我小声劝他:"大哥大哥,少说几句,回头再和你解释。他那人就那样,这不是不认识你嘛。下次让你认识认识,你们肯定成为好朋友。"我心道:别看你有钱,未必有人家办法多。

人与人相斗,只要力量不占压倒性的优势,必然是智慧取胜。

我回头看胡哥走远了,还不忘给自己脸上贴金,扭头对剩下几位说:"认识我这同学的人没有这么不尊重他的,他打小儿没见过这么没礼貌的人。不过胡哥那人态度永远冰冰冷冷的,其实人很好的。"

老杨问我:"这姓胡的是干什么的?"

我说:"您不认识他?"

"不认识。"

"我也不太清楚。"我心道:孙子,爷爷清楚也不告诉你。

一行人走到门口,迎宾的姑娘恭候已久,将诸位请到任总办公室。

不知任总正在给于科长传授什么人生经验,只见于科长屁股前欠洗耳恭听。表姨表妹一旁默默坐着。看到我们进来,几人起身相迎。

他们极其热情地介绍彼此。

看在权势金钱的分上,这帮人在认识之前就已成了朋友。他们惺惺相惜同病相怜,那股相逢恨晚的客套劲儿,好像此生对方应该做自己的爹。

即便小富也没有幸免。

唯一幸免的是我。或许这不是幸免,而是不幸。

我指挥女孩子们端茶倒水,终于不用当服务员。

相识之后大家落座。任总办公室毕竟不是会议厅,豪华有余但座位不足,少了两个位置。

命运安排我是最不配坐下的那一个。

宽大的办公桌后有一张真皮座椅,那是任总的专座。他头顶正当中,怒猊渴骥矫若惊龙地写着四个大字"大盈若冲"。

书法最讲究意境,书法家将胸中意蕴通过笔法展现出来,见其字而晓其意,让观者如临其境般感受到作者泼墨挥毫的潇洒。

任总端坐当中顾盼自雄。

黎行长不管不顾也坐下了,小富当仁不让也找个位置坐下,于科长没头没脑地坐回原先的地方。

老杨把座位拉到米总身边："米总请坐。"

米总稍微靠近了些座位,说："没关系的。"他扶着椅子靠背没坐。

我说："我去搬椅子。"

表姨看了道："不必了,正好我带着闺女去安排一下房间。"

我说："我陪您去。"

表妹起身说："阿姨您坐,我有点事情问表哥。"她拉着我走了出来。

我跟着她来到外面,问："妹妹你有什么事？"

她说："逗逗猫。"

我既担心小富无人陪伴又担心任总没人使唤,面露难色："逗猫？"

"对啊。难道你想回去傻站在那里？"

她一语中的,我欣然乐从。

表妹抓了把猫粮喂猫,它已被我喂饱,意思了两口便不再搭理她。

她说："这猫刚来时饿得皮包骨头,现在这么神气。"

我看这只母猫的肚子滚瓜溜圆,身上能拧出的油比波斯湾不遑多让,说："想象不出它瘦的样子。"

"这是我爸捡来的猫,大街上快饿死了,随手一提,反抗都没反抗就给拎回来了。"

我第一反应是："咱们后厨有老鼠？"

她瞪了我一眼："难道我爸不能有一次爱心？会所里剩菜剩饭多得是,不差这一口。"

我被她看穿,讪讪地说不出话。偷偷看她,与小猫相映成趣。论可爱,动物界以猫居首,女孩子的话,肯定以表妹为魁。

夕阳照在她脸庞上,让我有种美好的错觉。

我曾听闻有位老人多次因为食用有毒植物而住院,且屡教不改。探其原因,是毒性发作时可以让她产生幻觉见到逝去的孩子。

有时哪怕明知是错，既然美好，不妨将错就错吧。

女孩子心思如发丝般缜密，她虽没正眼看我，脸上泛起红晕："你看我干吗？"

还好我皮肤较黑脸皮较厚，脸红起来不大明显："哦，我记性不好，怕下次见了你不认识你，你进门还要给你登记。"

她蹙眉微笑："真贫。"她转移话题说："你才多大岁数，记性再不好还能有我爸记性不好。"

我讨好说："任总记性确实不大好，今天这个于科长，任总第三次见他还是不认识他。"我掏出信息给她看。

她看了信息，轻笑几声。

她问我："富哥是你的小学同学吗？"

我有点醋意但不能表露："没错，同班的。"

"你留了几级？"

我气乐了："你直说他显得比我年轻不行吗？"

"不少呢。"

我生不起气来。对着这么一个美丽的小姑娘，表达情绪也仿佛是种亵渎。

我比小富的生日还小几个月，可人家小富席丰履厚裘马轻狂，进门是富丽堂皇的瑶台银阙，出门是朱轮华毂的宝马香车，皮肤连日光也不见，白净细腻得苍蝇站他脸上都会打滑，这种环境下黑人也得养白了。而我的皮肤犹如长期风化的砂岩，粗糙得可以打磨石头。

为苦所逼的我在生活中不折不扣是个癞蛤蟆，表妹的美丽又远胜天鹅，我只有为人作嫁的资格："小富他父母生意做得挺不错的，他接手后，听说更上一层楼。不过每天那么忙也没空交个女朋友。"

说者有心听者也有意，她脸又微红："跟我说这干吗……你有女朋友没？"

我终于能实事求是一回："没有。"她问我这个干什么？难道……不禁想入非非。

她不屑地说："你是怎么混的呢？"

我被她说得郁闷。好歹我是你哥，怎么毫无尊敬？我觍着脸说："巧了，今天刚分的。"

"怎么分了？"

我随口说："嫌我条件差呗。"

她点头："你是想让我跟我爸说给你涨工资吧。"

我冤枉地说："哪有这个意思？"在她家庭熏陶之下，一个小女孩也想那么多！

"没事表哥，我会去说的，我爸就算不给你涨工资，他的钱也花在吃吃喝喝上。"

我吸取滑头的教训："那是你爸爸的钱，他怎么花是他的事。我只要求我的工资和我的付出成正比，我值多少钱任总心里有数的。"

她说："好吧。咱们不和他们吃饭了吧？"

我踌躇道："不成吧，我还得陪我同学呢。"

"那你去吧，我不去了。"

我心中悸动："不然……我陪你？"

她嫣然一笑："想什么呢，我逗你玩呢。不去多不礼貌，该被我爸的朋友说我不懂事了。他那么爱面子的一个人。"

我被她戏弄于股掌之间。

又过了一会儿，我见晚餐的包间灯亮了，叫表妹一起返回。

她和我说说笑笑，漫不经心地挽住我的手。

这个动作过于暧昧，我有点不好意思，心道：也许只是天真烂漫小女孩的无意之举吧。

要挣脱她吗？想了又想，还是等她主动松手吧。

我本是淘粪的命，却在粪坑挖出一箩筐黄金，尽管不能将这份惊喜据为己有，多享受一会儿也是好的。

大家正在里面让座。

任总看到我们，表妹放开了手。

任总说："赶紧进来坐。"

我这次学乖了，主动来到最下首。

任总说："请黎行长坐中间，弟兄们分列两旁。"

黎行长也不谦让，就要坐下。

老杨不以为然，哈哈一笑："难得米总把黎行长请来，当然请黎行长坐中间，即使任哥也得靠边坐。但是吧，这里是任哥的会所，招呼服务员上菜啊、给大家介绍介绍什么的全是任哥的活儿，而且弟兄们也会和任哥讨论讨论经营之道，如果任哥坐在一旁，跟大伙儿说话就不方便了。所以姑且委屈一下黎行长，请任哥坐中间吧。"

黎行长一听有理，屁股一挪坐在旁边。

任总向老杨轻轻颔首，老杨报以嘴角微笑。

任总说："谁坐中间不一样？大家好朋友不分彼此。其实我坐也不合适，余局长还没有来。咱们论齿排序，不论按年龄按身份，主位非他坐不可，暂且等等他吧。咱们先坐下恐怕他这位老同志挑理。"

大家又坐到旁边休息区的座位上。

任总极尽摆谱之能事，屋里五六个年轻的小姑娘马不停蹄服务我们，在长条红木茶几上摆满了各种蜜饯、坚果、水果和开胃小吃。另有穿旗袍的女孩子在一边的茶海上沏茶。

还有一位美女轻声弹奏古筝，宛宛转转如泣如诉，如背景音乐一般轻柔悦耳，又不扰人心神，与一堆臭男人的插科打诨形成强烈对比。

她静心抚弦，旁若无人。

平时吃饭糊弄的我看着精致的小吃都能听到我的胃在呐喊，再不补充维生素恐怕身体大罢工。

我这个边缘人物离食物太远,无论如何不能做出过去抓一把的丢人事。

小姑娘端来香茗,喝了一口,又刮去我腹内仅剩的油水。茶水下肚,饥火上升。我却只能老老实实地坐着。

餐桌那边凉菜已经摆放整齐,酒也倒好了。

倒酒的环节引起我的注意:旁边桌子上摆着数坛陈酿,坛子上标着酒的年份、香型、度数,坛体下方安装着水龙头式的阀门。

服务员把"15年、酱香型、53度"的酒坛龙头拧开,斟入一个个碗里,霎时酒香四溢,馥郁扑鼻。

我有些惊疑,为什么往碗里倒酒?这一碗能装小半斤酒,难道把酒碗当分酒器用吗?没这个道理啊,这碗口比人性还圆滑,再倒入小杯子岂不是倒多少洒多少?莫非……

堪堪等到七点,仍然不见余局长身影。

老杨看看表,问于科长:"今天领导很忙吧?"

于科长:"不清楚。下午我们头儿让我过来打前站,没说别的。"

老杨:"哦,那你打电话问问吧,别一忙给忘了。"

于科长一口回绝:"我是下属,不方便催领导。"

老杨脸羞得通红,"哈哈哈"大笑给自己圆场。

任总对于科长笑道:"我们是请客的,更不合适打电话催。假如余局长快到了呢,我打电话显得我毛躁没有耐心。假如他正在公干还没起身呢,电话里也不好支应我。你是他的嫡系部队,他有什么情况都会直接告诉你,不会拐弯抹角。所以还是得你问。你现在给他打一个电话,千万别直接催促,只问余局长是不是地方不好找,用不用我派人去接,他自然会告诉你。"

任总软硬兼施以理服人,于科长不太情愿地打通了电话,还没开口，就听余局长快要从电话里蹦出来似的训斥："快了快了！催什么！"啪地挂了电话。

小富趁人不注意，凑过来跟我低声耳语："果然是这人。"

于科长老大不高兴，挂着相地看了看任总。

任总笑道："既然快了，我们再等等。"

又等了差不多半小时，余局长姗姗来迟，一进门说："临时加了个会，让各位久等。"他见大家还没入席，责备于科长说："我刚才不是告诉你让大家先开始不要等我。"

他必定不知道在场所有人都听到了他的电话。

于科长心里憋屈，无法辩解。任总给他介绍各位来宾。大家又掀起一番互递名片的高潮。余局长身份所限，不便派发名片。表妹是个学生也没有名片。其余只有我没名片，呆立在当地。

人家连我的名字都懒得知道，更不必提名片了。大家碍于情面，每人给我发了一张。小富也胡乱塞给我一张。

余局长看到小富时愣了一下，欲言又止。

他们称兄道弟极其热闹，我在一旁尴尬地站着，低头假装看名片。其中最精致的名片是任总和小富的，一看便知请专人设计过。

任总名片的背景十分厚重，古香古色，只在当中写了他的名字，下面留有电话，没有其他任何字，十分霸气。好像在宣称自己的名字已说明了一切，无须赘言。

小富的名片以淡淡的水墨画做背景，上面撒着金粉异常精致。光看名片，能联想到它的主人不是个软玉温香的小女人就是个超然洒脱的美男子。我直想把他的名字抠下来换成自己的。

米总的名片职位多得吓人，字体缩小了还印了满满一页。看样子要不是为了美观，背面也不在话下。

发完名片，任总请余局长当中坐。

余局长坚执不从。

老杨好不容易把黎行长哄骗到旁边去，不能让主位空着，也拉余局长上坐。

米总也劝道："宁可虚位以待人，不可以人而滥位。余局长不要客气啦。"

他这话恭维了余局长但伤了众，我偷眼看黎行长，他坐在一边满不在乎地看着他们争，一副事不关己的样子。

黎行长这人从面容上看不出大小，既像四十冒头，又像不到六十，有些蓬头垢面的。不说他是银行行长，大家会以为他是工地的工头。他穿的是银行普通的工服，要是在银行碰到他，谁都会认为他了不起是个负责替人取号的。

余局长不由分说坐在了主位的右手边，说："大家听我的吧。"

大家拗不过他，让任总坐了中间。

黎行长先前已经坐在任总左手的位置。

刚才大家劝余局长上座时，小富一直扶着余局长的手肘和大家一起劝他。所以余局长一坐下，小富顺势紧挨着坐在了余局长下首。

我窥透小富心态：他公司在余局长治下，所以必须矮余局长一肩头，其他的人他从心里看不上眼。

老杨原想坐余局长旁边，见小富让也没让，说："然后怎么坐呢？"

任总比我还明白，抱歉道："不好意思啊富兄，老哥哥们占先了，请您陪陪余局长吧。"

小富点头微笑："您见外了。"

任总说："黎行长是米总的老兄，请米总陪一下吧。"

米总坐到了黎行长一旁。

任总又命老杨坐在米总下首作陪，紧接着是于科长。

表姨还站着。

她本应做的事情是和大家客气一番，再"勉为其难"地接受大家建议，坐在任总身边。余局长的过分谦让和黎行长的毫不谦让弄没了她的位置。小富和我是同窗，坐在小富下首她心有不甘。再看看于科长下首位置，还不如小富旁边。

我对自己定位准确，对着任总坐下。这个桌子是坐二十人的大台，如果换成不带扶手的座椅，坐二十四人也不嫌挤。中间一大束鲜花把我和任总的视线挡住。我命服务员把它撤去。

我们一共十人就餐，这么一坐，我两旁空出好多座位。自己孤零零坐在最远处，好像是这个饭局的局外人。

任总忍不住笑了："你坐那么远干吗？"

我有我的黠智："出来进去做服务工作方便。"

任总分配道："今天用不着你。你陪着富总坐。"他对他老婆说："你是女同志不喝酒，坐于科长旁边吧。"他告诉女儿："坐你哥那边。"

我们落座，各自心安。

老杨赞赏说："还是任哥会安排。"

米总说："别小看座位的事情，代表着话语权呐。吃饭还好，要是到了别的地方，问题可就大喽。"

任总笑道："这么说，还是要请余局长和黎行长来坐。"他欠起屁股。

余局长按他肩膀："踏实坐吧。"

任总拉了拉椅子坐稳当，说："别说二位老哥位高权重，米总见多识广，富总年轻有为，老杨也比我大几岁，我真是僭越了。"

余局长说："不要再客气啦。咱们自己人吃饭谁坐主位不一样？只要有交情，谁会介意这点小事情。换成外人，把我安排在供桌上吃饭我也不去。"

大家一起笑。

虽然这并不可笑。

他又说:"有一次吃饭,我的前任副局长仗着自己当过我几天领导,直接坐在我上面了,当着好多下属的面让我下不来台。"

老杨说:"我知道那个人,真不懂事!您是现职,他是闲职。您是正职,他是副职,怎么那么心安理得呢?"

余局长说:"要不说呢。当天我不动声色杯子也不端,只说自己不舒服。下属们愤愤不平替我出头,轮番给他灌趴下了。他还以为大家是尊重老同志呢,哈哈哈哈。那天小于喝最多。"

于科长也笑,欠身说:"是。"

米总说:"我有一个老兄是个大老板,公务宴时谦让座位,一个身份不如他的人不懂规矩,想也没想坐在了他上边。结果他回去直接把生意搅黄了,他带去吃饭的下属也开除了。他说,他敬重别人,别人应该更敬重他。酒他可以不喝,但别人不能不劝。"

任总说:"没错。绝不是你老兄小心眼,在社会上混,这点规矩都不懂,谁敢和他打交道。今天我也要懂些规矩,咱们举杯,请余局长讲两句。"

余局长谦让说:"我开了一天会,说话太累,今天又是客人,还是请主人公讲吧。"

任总端起余局长的酒,双手递给他:"米总刚说酒可以不喝,但我不能不劝。您要是不讲几句,该显得我们不懂事了。"

余局长见满满一大碗白酒,吓了一跳,问:"这是什么家伙事儿?"

大家表示不解。

我欣慰了,原来不是只有我不懂。

米总仔细观摩这个碗,摸了摸釉面说:"这个建盏的工艺不错。"

任总说:"没错,柴烧龙窑的。大家平时酒喝得多了,茶也喝腻了,只能从容器上找点乐子了。虽然不值什么,但挺有意思的。大家现在用的都是新的,人手一个,一会儿喝完酒我让服务员收拾干净给大家打包带走,都有证书的。"

大家一听任总把各自用的盏送给自己,便不好再在容器和容量上纠缠了。

居然有我一份,飘飘然感觉自己也是个人物了。

黎行长把脑袋伸向建盏一脸好奇,像在看什么稀罕物件,说道:"我还是第一次用这么大的碗喝酒。这碗挺精致啊,柴烧龙窑是什么?这个窑子烧得好?"

我们中文博大精深,一个"子"字之差,含义谬以千里。

曾有一个中国人请外国朋友来家里吃包子饺子。外国友人正热衷于学习中文,心想既然你们中国人说话都爱带个"子"字,自己不妨学一学,于是在中国朋友的老婆上菜时,悍然对着她纤纤玉手上的手表夸奖说:"好漂亮的表子。"后果……

好端端一个出产工艺品的宝地,被黎行长说成了藏污纳垢之所。

任总没正眼看他,说:"您也可以喝茶用。"他双手捧着酒盏往余局长面前一送。

余局长接过来,又放在桌子上,说:"对不起,稍等一下。"他撩起衣服露出一小块肚皮,从包里拿出一个酒精棉擦了擦,取出一个头部带着细针的圆柱体,一手掐住肚皮上的肥肉,一手持针"扑哧"扎了进去。

我当时不知他在干什么,猜测着他是不是在注射增加酒量的解酒酶?只觉他这个行为很像邪教上战场前喝符水,极其悲壮而又视死如归,似乎他马上要刀枪不入百毒不侵了。我不禁发自肺腑地钦佩:领导不愧是领导,竟敢当面作弊。

黎行长见了说:"我差点忘吃二甲三胍了。"他说着掏出粒药片服下。

米总又露出他的呼机，笑道："大家都是病友。"他问黎行长："我只听说过二甲双胍，您吃得更先进啊？"

黎行长夹起一块西瓜放到嘴里，含含糊糊地说："二甲双胍加西瓜，合称二甲三胍。"西瓜汤顺嘴角流下。

大家面面相觑，搞不懂他为什么会开这么无趣的玩笑。

余局长注射完胰岛素，端酒起身："我随便说两句吧。"

大家也拿起酒盏。

余局长说："我有三个祝愿，两点要求。"

我暗想：什么玩意啊，这货开会开傻了吧。

他清清嗓子："第一，祝愿祖国繁荣昌盛。"

这个题目太大，大家齐刷刷站起。

我冷眼看着他：作福不如避祸，祝祖国繁荣昌盛？就你？也配！

他继续说："第二，祝福朋友们的友谊地久天长。第三，希望任总的会所越办越好。"

大家都叫好。

他等大家安静下来："两点要求呢，第一点是今天大家在喝尽兴的前提下不要喝多。这里没有一个外人，没必要把自己人灌多。第二点，今天属于内部聚会，无论参与的人员还是所说的话，不要外传。"

小富第一个附和："您说得太对了，一定不要外传。"

只有我明白他是在向余局长表态。

余局长往常杯杯喝干，此时说顺了口："大家干……"

他的"干"字还拉着长音，突然反应过来这酒盏太大干不下去，话音未落接着余音说："可不能干，随意吧。"

大家都不傻："随意随意。"

任总请大家开吃。

他自己先不吃,拿着公筷给余局长夹了一道菜,说:"请您品尝品尝,这是我们会所第一道冷盘'三阳开泰',是大厨用笋和藕等蔬菜经过细致的刀工雕刻出来的。"

余局长啧啧称奇:"这羊刻得真好。"

任总再给黎行长夹了一筷子。

他又要给米总夹,米总给个台阶:"隔着人夹菜不方便,我自己来吧。"

任总顺坡下,放下了筷子,拿起第二道菜的公筷:"这是油焖冬……"

余局长拦住道:"不必客气了,这么多菜哪里夹得过来。"

黎行长笑了:"别夹了,你比服务员服务得还周到。可惜不是美女,不然让你喂我们也成。"

桌上人彼此还不熟悉,这人说话居然如此粗鄙。大家无奈,陪着干笑几声。

米总说:"这餐具用的是上等骨瓷,可谓美食美器。"他岔过话题。

任总说:"怠慢各位了,大家动筷子,动筷子。"大家正式开吃。

我早饿了,但吸取了"领导夹菜我转桌"的经验,端然而坐不轻举妄动。转到我面前的是道炸蝎子,我历来食谱单一,家常菜以外的菜一概没吃过,蝎子面目可憎令我难以下箸。

小富吃了一只,称赞道:"这蝎子是野生的。"

任总见到一个识货的,比伯牙遇子期还高兴:"每天从山里运过来的。"

小富见我还愣着,给我夹了一只:"吃点,蝎子驱风湿。"他笑吟吟看着我。

看看蝎子，它双螯高举死不瞑目，看看小富，心道：什么场合你拿我逗乐啊。我每天风吹日晒的都快被风干了，哪来的风湿！

表妹似乎也没胆吃，悄没声观察我的动向。

桌上的人各忙各的，不是在夹菜就是在互相敬酒谈话，除了我左边小富右边表妹之外没人在意我，但人在窘迫的时候会感觉全世界都在盯着你看，我心一横：钱难挣屎难吃，这算得了什么！

我想起胡哥的话，故作轻松地说："老爷们儿嘛，有苦能吃有酒能喝。"我将蝎子夹起来，一闭眼放到嘴里。

我本想囫囵吞枣，可它个头儿较大不嚼不行，不料一嚼之下满口生香，口感与炸小河虾差不多。

我联想到小河虾，这蝎子竟有那么点娇羞可爱了，不禁又吃了几只。

小富见我识逗："口感挺好的吧。"

你当着老板问员工他的饭店饭菜好不好吃？这就好比去丈母娘家吃饭，诚实和媳妇二选其一，自己掂量着办。

别说这蝎子味道不错，即便吃的是糟糠野菜砖瓦泥块，我也得夸它是珍馐美味饕餮盛宴。我说："开玩笑呢！我们大厨尹师傅的水平是国宴级的！"

任总虽然正在和余局长聊天碰酒，私下却关注着整桌动态，满意一笑，轻瞄了我一眼。

小富说："云南百虫宴不错，回头我请你。"

我不知他这是怎么了，平时一句废话不多说，现在拿我开起玩笑来了，应声说："富总面子大，请我喝毒酒我也只当成醋？"

小富说："老爷们儿不要吃闲醋？"

我无钱无权，能在表妹面前显摆的唯有中学课程没忘干净，说："这是房玄龄老婆的典故。我是个单身汉，吃哪门子醋。"

表妹一直听着我们说话,问:"你们真吃虫子吗?下回带上我。"

我还没接话,小富说:"没问题。你喜欢吃吗?"

表妹使劲摇头:"我就是想看看你们怎么吃得下去。"

小富:"咱们约好了。"

他俩一唱一和,我隔在中间显得有些多余,突然明白小富是怎么回事了。

任总也听到了小富的话,高举起酒盏与眉眼持平,同时脖子往下低了低,向小富说:"还是年轻人会吃,不像我们这些上年纪的人,只把大鱼大肉当好东西。老弟请我女儿吃饭,我先谢谢你啦。"这话说得狡猾,给足了小富面子,且不失自己身份。

小富站起身说:"您客气了。"他倾斜了些身体,伸长胳膊把酒盏往前送,停在了一个将碰到任总酒碗却碰不到的位置。

任总一手拿着酒一手按着桌子半站起身,迎上小富的酒碗,比小富的碗高了不到两厘米轻撞一下。

任总坐下,收回手臂把碗口贴在唇边,张着嘴往下送。眼看着小富先喝一大口,自己喝了一中口。

小富没有坐下,继续端着酒碗说:"我年轻识浅,各位比我年长很多,感谢大家带我一起喝酒。大家能坐一个桌上喝酒就是缘分,看着任总的面子大家交了我这个小朋友,从此以后大家都不见外,我一定向大家多学习,多跟着前辈们增长增长阅历。也请大家不要和我客气,用得着我的地方尽管说。大家用我就是看得起我,虽然能量不大但我有股热心肠,能做到的事情绝不推脱。我敬各位一杯。"

大家站起来,都说:"太客气了,坐在一个桌上就是朋友。"

小富一饮而尽,喝罢面不改色。

我吓一大跳,他碗里起码还有二三两酒,如果换成我,喝这么多水也会呛着。他和我们这些同学喝酒向来张弛有度,既不赖酒也不拼酒，所以我并不知他酒量宽窄。

大家见他喝得豪气，也陪了一大口。

他依然不坐下，让服务员又倒了满满一碗，走到任总面前："我不知我同学有您这么好的老板，也不知您的朋友都这么可交。是我疏忽了，以后让我做东，大家一定常聚。今天借花献佛，我借您的酒敬一圈。这么好的酒，让您破费了。"

听他提到自己，我端碗快步走到他身后。

任总站起来和他碰了下碗，笑着说："大家图个高兴，有什么破费不破费的。自古以来无酒不成席，痛痛快快地喝酒交朋友比什么事情都快活。所幸我这里的酒凑合能喝，买来以后存放在我这里也有年头了，勉强算得上陈酿老酒，朋友们将就着喝吧。宝剑赠烈士，不和朋友们一起分享，再好的酒也没有价值。哈哈。"

小富恭谨地说："老兄是个痛快人，这酒喝得尽兴！"

两个人又碰了一下，各喝了一口。

任总听他称自己"老兄"，笑道："你们这个年纪正是干事的时候，相比之下我可老喽。别看我现在坐在上首张牙舞爪的，用不了几年，天下就成你们的了，令人羡慕呀！以后还要请富总多关照关照孩子们呢。"他说罢看看我和表妹。

小富说："要没有年长的前辈给我们做榜样，我们懂什么？各位多教给我们些东西，我们才能成长更快少走弯路。来，好事成双，和您再喝一杯。"他跟我说："咱们一起敬任总。"

任总说："都是弟兄们帮衬，好事成双，喝！"

我也跟着碰一口，三人喝下去。

今天是个大阵仗，也是我第一次上任总的台面，我要是喝现眼了，以后任总再不会信任我，会所也没有了我容身之地。所以喝酒时我取了个巧，碗举得老高，做出一个倾倒的动作，别人一看像干杯似的，其实我没有往下咽，仅仅喝下去一点点而已。在酒场上，这个动作美其名曰"扬程高流量小"。

接着小富来到余局长面前，说道："我敬您。"

余局长笑着站起身："最近忙什么呢老弟，也没怎么见你？"

小富佯装不知："您是……"他皱着眉头做思索状。

余局长说："大企业的老板就是贵人多忘事，咱们过去很仓促地见过两面，过了太久可能你忘啦。这样吧，罚你喝一口，我告诉你。"

小富说："呦，看着您眼熟，真是想不起来了，失敬失敬！该罚，该罚！"他一仰脖喝了一大口。

余局长以为他真想不起来，微微一笑说："我刚开始看着你也眼熟，不大敢认，一接你的名片才想起来。提醒你吧，我姓余，规划局的。"

小富似梦方觉："哎呀！我听大家叫您余局长，心里还有点嘀咕，原来是您！瞧我这记性！"他满脸悔恨，拍了下脑门儿。

余局长问："生意上一切顺利？"

小富笑道："承蒙您关照，一切都好！过去有些小过失，我这么多年也没好意思去找您，一直挺惦记您的，想不到在这里见到您，太高兴了。我干了！"

余局长拉他的手说："慢点喝……"

小富一口气把酒盏喝个底儿掉。

余局长见他这么尊敬，觉得过意不去，陪小富喝了一大口，深受感动说："你瞧你说的。过去那点小事我早忘了。我儿子那小子没出息，每次他惹了事，不管我怎么骂他，他完全不往心里去，跟没事人似的，把我气得不得了！我管教无方，也没机会给别人道个歉。他比你小不了几岁，怎么差那么远？一点事情不懂！到现在也没个工作，愁死人了。你别介意才好。"

小富又让服务员倒酒。

我在一旁对服务员小姑娘挤挤眼，她会意，只给小富倒了半碗。

小富说："咳！这好说！我公司特别缺人，正愁人手不够呢，明天您让我弟弟到我名片地址上班，我亲自接待他。"

我从前断断续续了解过小富的背景，虽然知道得不大详细，但也清楚要不是余局长直接管他，再大几级的官他也不放在眼里。

余局长的儿子显然是个不成器的老大难，闻听此言，老余兴高采烈："拜托了！以后我让他跟着你多学习学习，他没有当老板的命，最好学点老板的气质。他每天昏天黑地地胡混，我当父亲的总不能不管。好几个朋友帮忙给他找了工作他都不好好干，我快头疼死了。你帮我多开导开导他！给你添麻烦了，好老弟，我也喝干！"

小富说："给我添什么麻烦啊，以后少不了给您添麻烦。"

余局长教子无方但爱子有方，尽释前嫌，慨然道："就怕你不来。"

二人干了一碗。此刻小富已经喝了快一斤酒，我看得直害怕，又不知怎么劝解，替他捏一把冷汗。

余局长的儿子虽是个烫手山芋，任总又怎肯错失良机？也站起身说："富总的公司和我这里随便您儿子选。多大点事情。自己家的孩子再安排不好，我们哪还有脸面在外面混，"他加入战团喝了一口。

小富继续过圈，来到黎行长身边。

黎行长说："我去撒脬尿。"他没理会小富径自上厕所了。

老杨冲着黎行长背影努努嘴，悄声问米总："他是行长？"

米总脸一红，小声澄清说："我也是第二次见他。过去几个朋友带着他去南方办事，我在那边招待过他们，和他不是很熟。昨晚和任总聊起生意上的事，想起这个人是银行的，可能会有点路子。"

老杨说："不像。名片上写的是支行的副行长，看职位应该排名很靠后。"

米总看了眼卫生间，黎行长没有出来的迹象，说："我朋友告诉我，他老婆是分行行长。"

大家纷纷点头，估计在想：原来如此。

老杨笑了笑："鲜花插在……"他不再说了。

米总说："据说他和他老婆最开始是银行的同事，二人私下搞对象，未婚先孕，不结不行。他老婆是个能人，没几年升上去了，比他职位高多了。朋友们认为他沾了他老婆的光。"

老杨酸溜溜地说："看来这人爱喝大米粥。"

任总责备他："老杨！"他使了个眼色。

表姨脸一红，装没听见。男士们一阵讥笑。

老杨说："任哥放心吧，米总和我的交情肯定比和这人大，说了也没事。"他看了看表姨，没说出口。

小富不愿干站着等黎行长，往下继续进行，对老杨说："我敬您一杯。"

其实老杨已经看见小富过圈轮到自己，还是装作不知情，忙不迭站起来："太客气啦。"他端起酒碗，说道："我昨晚喝多了，今天难受了一天，快到时间才强撑着爬起来，现在还不舒服，咱俩都少喝点，您看行不行？"

我还在小富后面跟着，恭维说："我上午给您打电话时，从您的声音都能听出您浑身没劲儿，以为您来不了了呢，真够意思！"

老杨没理我，看着小富说："任哥有好事绝不会落下我，所以冲着任哥的面子，我打强心针也得来，对吧。"

任总知道他是在点自己，笑道："你敢不来！你不来我派轿子去家里抬你。"

小富对老杨说："我深着点，您随意。"他喝了一小口。

老杨没办法，也喝一大口。

接着是于科长。

小富对他兄弟长兄弟短客套几句，两人喝了一小口。

接着是表姨。

表姨端着一杯水站起来，说："我不会喝酒，碰个水吧。"

任总说："我爱人一般不喝酒。"

余局长笑道："一般不喝？那肯定有不一般的时候。就看富总劝不劝得动，弟妹给不给面子啦。"

我偷眼看这个老色鬼，心道：你想让女性喝酒增添气氛，也不看看对象是谁！

如果表姨喝酒，则坏了她自己的规矩；不喝酒，则驳了小富的面子。

我怕他俩骑虎难下，刚想出来解围，小富说："您不喝酒我肯定不能使劲劝您，但碰水吧，又不成我的敬意……"

表姨说："没关系没关系，自己人没有那么多讲究。"

小富说："其实我从不主动和女性喝酒。因为假如我把女性喝趴了，胜之不武。我被女性喝趴了，太丢人。怎么都不合适。但是今天我一定得敬您一杯。"

表姨惊奇说："为什么？"

"您听我的理由充分不充分，如果充分的话，请您给个面子破破例，不充分的话，您别动，我自己喝一口。"他说道，"第一，任总叫我'老弟'是跟我客气，您是我好兄弟的表姨，我也算是您的晚辈，您可以不敬我，我不能不敬您。第二，我兄弟在您会所里帮忙，虽说他和您是亲戚，但我和他不分彼此，也应该感谢您对他的照顾。第三，任总的会所非常适合商务宴请，我一直没有找到可心的地方，今天终于找到了。以后我会经常给您二位添麻烦，所以我得跟您喝个加深认识的酒。这么着吧，我多喝点，您拿个小杯沾沾唇，抿一滴我也知您的情。"

我心想：小富说得挺婉转，这叫添麻烦？分明是给会所送钱。这比强硬灌酒还让人难以推脱，表姨再不喝的话等于给脸不要脸了。

表姨比我心里有数，财主把自己送上了门，即使对方不来敬酒，自己也得上赶着喝。

她叫服务员拿小杯倒了一杯酒，和小富碰了下，笑说："那可谢谢你啦，我喝干。"酒一下肚，面颊添了三分春色。

小富喝了一大口。看看碗底，晃了晃剩下的酒，说："我留下一点和妹妹喝一口。"

他请表姨坐下，来到表妹身边说："妹妹我敬你。"

任总又发话了："小姑娘不会喝酒。"

小富说："那当然，请妹妹喝水。"

表妹对服务员说："给我倒酒。"

任总看愣了，摆起父亲的架子，皱眉道："小女孩喝什么酒？"

表妹调皮地说："富哥劝酒的三点理由很充分，我同样也有三点很充分的喝酒理由啊。第一呢，我不是小姑娘了，同学们聚会偶尔也会喝上一点。第二呢，我也是这里的主人，哪有客人敬酒主人不喝的道理？那我也太不懂事啦。第三呢，谁让我爸爸是个酒鬼，上梁不正下梁哪合适不歪，不喝一点实在对不住爸爸的苦心培养。"

大家开怀大笑说这个小姑娘有意思，任总也笑了："这孩子真没规矩。"

服务员没眼色，给表妹用酒盏倒了小半碗。

小富看了看说："也把我的添上。"

两人眼神一碰，收了目光，各自喝了。

小富这才坐下，我说："咱俩不喝了？"

他淡淡地说："等下吧。"

过了会儿，趁着别人都在聊天没注意我们，他对着我笑，嘴唇动也没动，说腹语似的特别小声挤出一句："你傻呀，咱俩喝个啥？"

黎行长也回来了，小富不再找他单喝。

表妹凑过来，小声问我："喝大米粥什么意思？"

我低声回答："软饭。"

表妹轻打我一下，扭过头去。

接下来大家轮番敬酒。

最初我并不理解为什么这帮人爱喝酒，各个喝得像个大傻子一样还不善罢甘休，而且酒桌上并没有谈一句关于生意的事。

观察他们敬酒我看出了门道儿，每个人敬酒的顺序都不一样，说明其他人在各自内心的位置不尽相同。重要的人先敬多敬，没完没了地拉家常套近乎，虽然不说正事，但是彼此内心装着事，自己想干什么根本无须挑明。

而他们对我这种无足轻重的人就点到为止了。

酒精刺激人，气氛感染人，没一会儿，不足十人的酒局像喧嚣的集市一样热火朝天。

那位弹筝的美女对眼前的浮躁视而不见充耳不闻，安静平和地弹奏着自己内心的曲调。她身似浮云心如飞絮，气若游丝嘤而后宁。

我最担心的是小富，问他："你怎么不吃东西？喝这么多没事吧？"

他私下说："我吃过药来的。"

我佩服他的未雨绸缪，内心感叹：是个人就比我有心计。我一直和他在一起，竟没发现他吃了药。

在喝酒的空闲，我时不时抓紧吃两口东西，由于时间紧任务重，连佛跳墙也没闲暇好好品尝。浓汤虽香我却无福消受——感觉像是在喝大油，这辈子没吃过什么好东西的我又不舍得不喝，内心滴着血拼命往下灌。

黎行长尚且不满意，说："这鲍鱼是几头的？是不是没发好？"

　　任总看了看，对我说："这是怎么回事？让你去交代尹师傅今晚的客人重要，他还拿这么小的鲍鱼来！让客人提意见了！多丢我的面子！让他重新做一份上来。"

　　余局长劝道："黎行长口味怪高的，这鲍鱼可以了啊，别再上了，吃不了浪费。"

　　任总不依不饶数落我："瞧你们干的事！快去。"

　　我丢下筷子来到后厨，尹师傅正和厨子们闲侃。

　　我对尹师傅说："老尹，你怎么回事？你下午跟我吹了半天你多会做菜，这回倒好，让客人挑毛病了！人家说鲍鱼太小。任总觉得丢人，把我呲儿了一顿！任总让你重新给客人做大一点的鲍鱼上去。"我说罢想回去，心里挂念着我的佛跳墙。

　　他说："贵客的鲍鱼就是这么大！我在这儿做了八百回了怎么可能错？！是不是客人嫌小，任总让你来换大的？"

　　"对啊，不是告诉过你了，还用问？"我虽是个司机，但他也只是个做饭的，这人看上去没心没肺，所以从来对他不大尊敬。

　　他训斥我："客人不懂事，你也不懂事！"

　　我怒冲冲地说："我？我怎么了？"你害我挨说，还敢数落我？借着喝点酒，我直想开骂。

　　他抱着肩斜眼瞟着我："任总是什么人你还不知道？菜品没以次充好已经不错了！四头鲍也不便宜啊！这是客人不懂事了，白吃我们的饭还挑理？我这里倒是有一头的，他吃得了吗？噎死他！任总肯定是下不来台才说是我搞错了，他怪咱俩，是在推卸责任转嫁矛盾呢，其实菜品一点没弄错。他那么一说，你就那么一听，还当真了！任总心里肯定还在骂客人事多呢。我跟你说，重新做是不可能了，咱俩打个配合，你现在回屋告诉任总，今天我爹死了我回家奔丧去了，做不了了。再给客人道个歉就糊弄过去了。"

厨子们哄堂大笑。

我惊异于他的肆无忌惮："你……你爹死了？这不合适吧？"连亲爹都敢诅咒，他写那么本菜谱也是理所应当了。

他不耐烦地说："我自己都没觉得不合适，你操什么闲心？你按我说的办吧！怎么可能重新再做一份，多少钱呢。反正他们不会跑后厨来和我对质，你把责任全推我身上好了。保准任总不但不怨你回头还夸你会办事，去吧。"

我回到房间汇报说："尹师傅没在，后厨的人说他父亲病危，一做完咱们这桌饭菜，就急急忙忙含着眼泪走了。我告诉他们任总让重新做大鲍鱼，可后厨谁也不会，而且没有现成泡发的了，恐怕来不及。只能和各位说声抱歉了，要不各位再点些别的东西？"

老杨说："你真去问了？没必要啊。"

我心中骂：你个马后炮。

米总说："吃个饭聊聊天就很好了，吃什么不重要。何况这些菜已经可以啦。"

余局长摆手道："完全吃不了，大厨家里出了这么大的事还给我们安排饭菜，心里十分过意不去！情有可原情有可原。别忙活了。"

黎行长说："大的鲍鱼除了贵点也没什么区别，算了，不指着它下饭。"

任总恨恨地说："他家里有事也不能耽误工作啊，要不是有几个菜确实没人比他做得好，我早开了他。"

我猜想如果尹厨师听到这个话，会毅然决然回怼任总："有种你开了我。"他转身便走。

饭店没大厨等于做人没灵魂，你俩指不定谁是大爷呢。

小富说："不能开不能开，这厨师水平很高啊。我没资格在各位面前夸口，但我天天在外面吃，基本每道菜都能说出个所以然来。从刚上的这道清蒸东星斑来看，厨师的水准很高。清蒸看似简单，但不同的厨师做出来的味道大不一样。这位厨师把佐料的分量和清蒸的时间控制得十分到位，差一点儿口感都没有这么细腻。别看都是鱼，比方常吃的鳜鱼、鲈鱼、河豚、虹鳟鱼、中华鲟、长江刀鱼、野生黄鱼等，各有各的做法，各有各的火候。不用吃，明眼人一看就能看出厨师的水平。"他扶了扶转盘对任总说："来来来，鱼头朝着您，咱们这桌子太大鱼尾没人，请您喝个鱼头酒。"

任总说："我这厨师不懂事，服务员也不懂事！怎么把鱼头转向我了！"伸手往余局长的方向转盘子。

余局长按住转盘说："鱼头哪能转第二次？你一转动桌子，必须喝双份！这是鱼头酒的规矩！"

任总说："唉！服务员太不懂事了。"

余局长说："不懂事？懂事得很。县官不如现管，哪怕我的大领导施局长来，服务员照样把鱼头转向你。"他对服务员说："是吧小姑娘。"

小姑娘训练有素："听领导的。"

老余笑问："你怎么知道我是领导？"

小姑娘："您有领导的风度。"

想来余局长一生中最爱被两种人夸：一种是上级领导，一种是年轻美女。被领导夸时只能心里乐开花但表情要严肃，被姑娘夸时大可不必遮掩，他开心的德行像焕发了第二春，笑得合不拢嘴："小姑娘嘴真甜。一般挨着大企业的餐馆，无论谁进门，服务员统一叫'老板'。挨着部队的餐馆，进来个战士服务员也喊'首长'。所以一定是这附近政府单位很多，你们叫'领导'叫习惯了。"

他说小姑娘"嘴甜"时轻轻舔了舔自己的唇，仿佛近前欲吻，已切身尝到了嘴"甜"的味道。

任总摇头道："现在大家都洁身自好，没人敢出来胡吃海喝了。要不是跟您投缘，老杨又和您关系近便，您会和我们吃饭？请您赶紧喝鱼头酒吧。"他说着又去转桌。

余局长："说得在理，但鱼头酒断然不能转两次，错了也要将错就错。你说服务员不懂事你可以罚服务员，鱼头绝对不可以再转。"

任总无奈，叫小姑娘："咱们两个陪领导喝个鱼头酒。"

小姑娘说："咱们这里规定不让服务员陪酒。"

任总问："谁定的？"

她怯懦地回答："您……"

任总："所以呢？"

所以小姑娘乖乖地给自己倒了一杯，陪他俩喝了。

当年的我在一旁看得起急，想不通他们絮絮叨叨繁文缛节地纠缠这个破鱼头干什么，第一筷子哪那么重要？日后慢慢想通，这就如米总他们所说，酒别人可以不喝，你不可不敬。事可以不办，钱也可以不挣，人情一定要落下。

缜密细致地做好每个细节，让别人挑不出毛病，才是安身立命之本。

虽然这并不是什么了不起的大道理，当时的我却并不明白，只把余局长当作了灌女孩子喝酒的酒色之徒，心想：你还要求大家别喝多？我看你马上要现原形了！

他们喝了鱼头酒，任总自己不夹，给余、黎二位分别夹了一筷子，自己又不夹，犹豫了一下，往米总这边转桌。米总捷足先登，将鱼转向小富，说："请客人先来。"

任总心里十分满意，嘴上却说："一样的。"

小富按住转盘："哥哥先请。"

黎行长见他们谦让，鱼头在自己面前晃来晃去，说："小米和小富是富二代吧？人品还凑合啊，比一般我见过的那些浮浮躁躁的好些。"

我感觉这孙子比我还不会说话，"富二代"这词是当着面能叫的吗？别人也没把"吃软饭的"说你脸上啊。

米总赧颜："您客气了。我父母过世得早，很遗憾没能多伺候他们几年。"

小富从容说："谢谢您夸奖。我确实托家里的福，稍有点积蓄，谈不上什么二不二代的。我有个不成熟的想法和前辈们请教请教。人生呢，最公平的是每个人都得死，人人难逃一死。而最不公平的是生，所有人出生的环境都不同。有人生来高贵，有的人生来卑微。我觉得先天条件好的人，不必为了证明自己能力就刻意从乞丐一步一步做起——他努力一辈子也未必能超过原先的自己。先天不足的人，也不必自暴自弃，只要能脚踏实地地做事，未必不能有自己一片天地。出生无论是贵是贱，自己并不能左右，最该做的事情是把握住自己的优势，让自己每一天比前一天更强，就问心无愧了。"

我偷偷撇嘴：你真能自圆其说！咱哥儿俩公平吗？我生得不如你好，万一死得还比你早呢！我这种穷人没说话的资格，光让你们这些富人把漂亮话说尽了。公平？世界必定是不公的！否则冲着过去这些年生活欠我那么多，老子早该发达了。

任总说："跟我想到一块儿去了。我小时候家里很穷，也从没怨天尤人过。从前我有一个小兄弟家境很好，可每天自甘堕落，混迹在三流的剧组里给人帮工打杂，挣的生活费只能糊口，更不必提买房娶妻了。每每见他为生计发愁，我就问他，为什么不让家里帮一把？他说他不肯，他要凭自己的努力出人头地，让所有人知道他有本事有能力，不用靠家里。我问他他的目标是什么。他回答我：'有钱、成名'。"任总复述朋友的话时眼神坚毅、语气坚定，好似被他朋友附了体。

他继续说："我又问他，那你现在穷成这样，温饱都解决不了，还说什么有钱、成名？你有超常的能力吗？他想了想，低头不语。那你有非凡的机遇吗？他沮丧地说没有。我告诉他，你屁嘛没有凭什么不面对现实？你不如让你家人提供些帮助，先把眼前困难解决，有了基础再敞开地去追求你的梦想。你这样下去，再努力二十年也比不上你家人帮你一把。二十年啊！你节省下来的这二十年，干什么不成？足够你好好追求更高的梦想了。

"后来他听了我的建议，他家人真的帮他节省了二十年。现在他已在行业内小有名气。如今他回想起来，常说要不是听了我的话，就凭自己的才能，恐怕还在人堆里熬呢。

"所以富总说得很对，人最重要的是能利用好自己手中的资源，让自己踩在巨人的肩膀上更进一步才是真本事。没必要从婴儿做起，一步一步慢慢成长为巨人，反而糟蹋资源、浪费资源了。巨人的肩膀已经让你踩了，干吗不让自己成为巨人肩膀上的巨人，而非要去做和巨人齐平的人？资源没长腿，它不会自己跑上门来，我们长腿了，应当认准资源，走好自己的路。"

米总附和说："天与弗取反受其咎,老天爷赏的饭一定是要吃的。"

任总端碗起身："来吧，大伙儿，今天来的各位就是彼此最宝贵的资源，借余局长的话，祝朋友们友谊地久天长，祝朋友们升官发财顺心顺利！"

大家应声起身："地久天长！"

余局长已经进入了状态，喝了一大口说："我给大家唱一首《友谊地久天长》！"

他站起身，捏了捏嗓子，嗽了一嗽，扯着脖子高唱一曲。

我头一次在酒桌上见人唱歌,想笑又不敢笑,不知道到底该笑不该笑。偷眼看小富面露微笑认真地听着余局长唱歌,举起双手随时准备鼓掌。我也模仿他的样子。

余局长专业的表情和动作可比世界级男高音,但声音之刺耳令人联想到池塘里的蛤蟆,难听得估计晋惠帝都搞不清它是为官叫还是为私叫。

一唱完,大家热烈鼓掌,鼓吹他是规划局的帕瓦罗蒂。

公务宴就是个一丝不苟的捧臭脚大会,大家又互敬一番,倾吐衷肠。

我知晓自己的作用,挺身而出替任总挡酒。

任总已经摸透各人酒量,自忖足以应付,只推说自己酒量甚豪用不着我,说:"都是好朋友哪能让你替喝?喝死了也不怕。"

我围魏救赵,向除了任总一家之外的人频频敬酒,以期把余人灌多来保护任总。

酒兴到了最浓之处,众人极尽缱绻。

连我也有些放肆了,和客人没有禁忌地胡说,自己也弄不清自己在说什么。他们舌头打结眼神涣散,只知搂着我的肩膀开心大笑。听的听不进,说的说不清。

酒精的好处显现出来:我们互相对不上话也兴奋得不能自已,不交言而交心,不知心而知情。

喝到最后,各人不胜酒力,任总面颊潮红眼神迷离,举盏结束:"今天难得这么高兴,感谢大伙儿赏脸!我敬大家!杯中酒……"他看看手里的酒盏,改口说:"碗中酒,干!"

黎行长喝得脸红脖子粗,笑嘻嘻说:"杯中酒?你赶我们走啊?"

他是米总带来的客人,每说一句错话,米总不得不为他找补。

米总说:"黎行长没喝好,恰恰说明任总安排得当,使大家流连忘返。小弟我酒胆还成,酒量大大的不成。天下没有不散的筵席,咱们最好在没失态之前功成身退,为下次见面留有余地。"

黎行长听不出话中话,置之不理,拿着酒碗往嘴里倾。

任总喝多了,感慨万千:"这个简单,明天再请诸位到我店里品茶。我只盼座上客常满杯中酒不空,天天和朋友们相聚才好。我最大的心愿,就是临死那一天还能和朋友们在一起,我一手拿着酒杯,一手拿着安乐死的毒药,和挚友们举杯痛饮之后再将毒药吞下,痛痛快快慷慨赴死!"

他举杯示意:"酣畅淋漓地过一辈子才不负此生!"他豪气地一饮而尽。

大家为他幻想的谢幕场景所倾倒,纷纷鼓掌。

我们感佩他的万丈豪情,激情中蕴含伤感,豪迈中深藏悲怆。

谁也不知颠沛流离的侄俅一生,到最后那一刻会是凄凉悔恨还是释怀而终。

唯有黎行长不解风情:"哪用那么复杂,你用头孢当下酒菜省事得多。"

老杨一直在为下午初识黎行长时被其轻视耿耿于怀,酒意上涌:"你他……"

"妈"字还没出口,任总只怕圆满的饭局被老杨一句话破坏,怒目眦裂使劲瞪他,吓得老杨缩了回去。

任总截住话说:"哈哈,黎行长替我省钱省事了。来,干!"

大家被任总的豁达折服,站起身说:"干!"

放下空盏,宾主尽欢。

众人起身。

饭局上杯盘狼藉,局中人风流云散。

余局长已经有些昏沉，踉踉跄跄却颇有领导风范地带领大家走在最前面，于科长紧步跟随。来到门前，余局长一推没推动，身体由于惯性差点撞门上，往后闪开身，于科长帮他拉开。

余局长不肯承认喝多了，笑说："我从小分不清推和拉。"

黎行长玩笑说："推和拉分不清？那当什么领导啊，嘿嘿。"

米总说："余局长小事糊涂，大事可不糊涂。幸亏分不清推拉，要是分清了，我施哥的位子恐怕要让给余局长坐啦。"

余局长对米总的话很满意，笑道："不敢不敢。借你吉言。"

我背地里阴笑：推拉分不清？你拉屎还是个人，推屎就是屎壳郎了。

我们走出会所小楼，来到了院子里。

喝酒最怕风吹，一阵风吹过，黎行长酒劲儿被风催动，胃里一阵翻腾，跑到树旁对着树根弯下腰，"哇"的一下吐了出来。

米总关心地帮他拍背："您喝风了。"

大家冷眼斜视，产生报复的快感：让你不老老实实闭嘴。

黎行长呕了一会儿，把美味佳肴哕为污秽之物，一顿饭算是白吃。他用袖子擦了擦嘴，还在嘴硬："这酒不对啊，一般我喝一斤也没事，这才喝了多少？怎么吐了？"

任总踢了脚老杨。

老杨领会，说道："我多少年前亲眼见任哥密封进去的茅台酒，怎么能不对呢？你今天喝了可不止一斤。"

黎行长下盘不稳，一个趔趄，只听一只猫"嗷"的一声惨叫。

他踩到了只幼猫。

他说："什么东西？"他重重一脚将猫踢开。小猫身体太轻，高高地猛撞到树上，摔在地下。

这些小猫生来黏人，有时我走在小路上，它还会追逐我的脚步轻咬我的裤腿。它们见人就往上凑,这时却凑错了人。

认识表妹之前,我觉得这一窝猫是会所里仅有的可爱活物——当然,这只是从精神上讲。从物质上讲,我的胃觉得鲍鱼等海鲜同样可爱。

此刻我见幼崽被黎行长狠毒地踢了一脚,不由得怒火中烧。

大家敢怒不敢言。

黎行长兀自抱怨:"过去闹灾荒的时候瞎猫癞狗不知道吃了多少,现在它反而成灾了。"

任总说:"别绊着您。"他看也不看那只小猫。

到了门口,任总依依惜别,不舍的神情好像刚才不是他提议的结束饭局。

任总委派肖经理送余局长,一问之下,竟然和黎行长、米总、于科长他们几个顺路,老杨吃了昨天喝醉的亏,硬坐上车要求拐弯送他。任总一家又没了位置。

我见不远处有一个身影鬼头鬼脑往我们这边张望,走近两步一看,我和他都大吃一惊,异口同声问:"你怎么在这儿?"

小富也过来,见了此人暴跳如雷,低声愤怒地说:"你敢跟踪我!"

来者正是滑头。

滑头满脸堆笑解释:"富总富总,您先别急。我今天远远望见您坐车离开公司,知道您老人家不想带我,但是我又担心您身边没有随从使唤,于是自作主张悄悄地跟着您。跟到公园门口,我停车的工夫没想到找不到你了。我在公园里面摸索半天,只有这个地方灯火通明,估摸着你是在这里,所以也没打电话说一声,就在门口等着了。"

小富强忍怒气,在别人面前不好发作,回身走到任总跟前说:"我司机来接我了,我送几位吧。"

这时余局长他们已被任总劝上了车,说好肖经理送完几个再折返回来接任总一家。任总不好再让他们下来,说:"我们搭富总的车吧。"

肖经理鸣笛告别,临走时还不忘不怀好意地看我一眼,无非是妒忌我上了今晚的桌,他却只能外面恭候着。

我说:"肖经理路上请注意安全。"

目送他们远去,任总对妻女说:"我还有点公务,你们先坐富总的车走吧。"

表姨当着外人不合适多问,狐疑地望了望会所的楼。

任总说:"我真有事,回头再说。"

我和表姨娘俩搭乘小富的车出发。

一路上滑头毫无见地地夸夸其谈,谁也没说穿他孤陋寡闻。他时不时还犯酸水地损我两句,不满我和小富单约。

我得了便宜不再卖乖,敷衍说:"改天我有机会单独请你吃饭。"

滑头向小富表心迹:"我得听富总的安排,富总去哪我跟到哪,可能没空和你吃饭。"

他既然蹬鼻子上脸,我也不留余地:"那好,我下次请小富吃饭,让他带上你。"

他用鼻子"哼"了几声。

今晚表姨没少喝,一路上晕头转向。滑头稍微一踩刹车她就说:"慢点儿慢点儿,周围东西晃得厉害!"她使劲按摩自己的脑袋。

喝酒这件事只要打开了闸门,很难搂得住。

今晚小富仅仅劝了她一口而已,不料勾起了她的兴致,她去敬了好几圈。有人说最大的敌人是自己,没人来灌她,她愣把自己灌够呛。

到了表姨家门口,表妹不跟着回家,说:"我想麻烦富哥给我送回学校,刚才同学发信息告诉我明天调课了,我怕明早再去赶不及。"

表姨定了定睛,颇有深意地说:"你别回去太晚。"

表妹被直彻心扉的眼神看得发慌,不正视表姨的双眼:"您放心,到学校了我给您报平安。"

小富说:"我负责把妹妹平安送到学校。"

我怕表妹扶不住表姨,让他们停车等候,我把表姨扶进去。

表姨东倒西歪,要靠我用力搀扶才能走稳。

我边走边问:"您不放心表妹?"

表姨皱眉说:"不放心有什么用?到了爱玩的年纪想拦也拦不住。最好的青春年华不玩,等老得像我们一样再玩也不现实。"

我连说:"您可不老,一点不老,年轻着呢。"

她平时马屁听多了,也不在乎我这一个,说:"她怎么玩随她,我是不在乎的,我只担心她耽误了自己的前程。她这么好看,偏偏爱找臭鱼烂虾,不知怎么想的!"

我安慰说:"妹妹年纪小不懂事,您别和她一般见识,现在年轻人不好管,您干脆随她的意吧。作为家长,她开心了您也开心嘛。"

表姨醉态很重,一不留心敞开了内心,愤愤说:"开心?开什么心?如果我能生,我还指望着她?我把她当亲闺女养,不就是希望她找个好婆家,让我和他爸老有所依。不然我吃饱了撑的天天跟伺候姑奶奶似的对她好?她那么漂亮我都羡慕,如果她不找个体面人家,对得住她那张脸吗?对得住我这么上心吗?她要是丑,我早把她轰出去了!宁可抱养一个也不要这货色。"她越说越来气:"别跟我这张口幸福闭口幸福的,你们懂什么叫幸福吗?她找的那些男孩子一个个跟草包似的,再帅气能顶饭吃?爱情是什么东西?是狗屁!那玩意全是因为荷尔蒙作祟,等你吃不饱穿不暖的时候,我看追求个狗屁爱情。我恨不得直接把她给卖了,但凡卖个好价钱,以后她死活和我无关！"

她气鼓鼓地说："我看你这个同学还不错，她跟了他，也算那么一档子事儿，不然我宁可撺掇她爸和她断绝父女关系也不答应她。"

我虽对她一家没什么感情，可闻言还是心灰意冷。

他们何苦事事都拿利益衡量呢？人和人相处固然不真诚，但也不必处心积虑到如此地步。我不知她十余年投入的感情到底需要多少钱才能令她满足。也许不知足的人心，永远无法用感情填满。

我说："她和我同学年龄差距有点大。"我说完一捂嘴，想起她和任总年龄差距也不小。

她没在意我的无心之失，说："大？她有本事找个没差距的去。光看得上头发弄得跟鸡毛似的小瘪三，长眼睛出气使的！"

我说："小女孩不懂事，可能不太招您喜欢，长大了就好了。"

她猛然惊觉和我说得太多了，疑虑地看着我，等我的态度。

我生理上和她是家人，心理上肯定不是。我不是个感情丰富细腻的人，甚至有时有些冷血，此刻也不由得萌生退意。

而寄人篱下的我仍要虚情假意地应付，我顺着她说："我了解您的苦心，她争气才是对您和我姨父的最大慰藉。您别往心里去，有机会我旁敲侧击一下她。"

她警惕地问我："你旁敲侧击她什么？"

我心中失望，你何必把不信任我表现得如此直白？我心平气和地说："提醒她您对她很好，您的意见很正确。您放心，我是您外甥，刚才您跟我说的那些家常话，仅仅是亲人之间聊天，我是不会多想的，更不会多说。"

她点点头："你心里有数谁是亲人就行。我回头让你姨父多给你发些工资。"

她的话似冬日之冷，令我心寒如冰。看来我和她的亲情也是用钱来衡量的。我又一转念：感情本身就是进步的绊脚石，你无情，我亦无义，咱俩谁也别给谁增添心理负担，我口是心非地说："知道您对我好。"

她人醉心不醉，目光深邃地看了看我。我问心无愧，与她对视几秒，两人心知肚明。

我扶着她进门。她东倒西歪回到卧室倒头就睡。我给她倒了杯水放在床头柜上，又扳着她的身子侧卧过来。

她睡梦中还紧锁着眉头。

我内心有些惆怅，她和任总不好好享受生活，却废寝忘食地钻营人心。这种心境之下，恐怕天天吃佛跳墙也味同嚼蜡，比我吃糠咽菜好不到哪去。不知道是他们活得不明白还是我活得不明白？人活得简单未必快乐，活得复杂一定不快乐。

回到车上，他们顺路先送我。

酒精对人神经的刺激一般分为三个阶段：初始阶段，酒精是抑制剂，当少许酒精进入血液，人会感受到宁静而祥和的愉悦；第二阶段，酒精是兴奋剂，令人难以自控，手舞足蹈者有之、嬉笑怒骂者亦有之，丑态百出浑然不觉；喝到第三阶段，酒精则是麻醉剂，不管多重要的场合，人会昏沉睡去，常让他人误以为这孙子意欲逃单。

我此时正处于第二阶段，兴奋得直想欢蹦乱跳，极想去个娱乐场所继续喝点儿。可我没钱请客不便主动邀约，而且表妹在一旁，我不得不收敛。

偷眼看小富，他摸着下巴不知在思索什么。

他静如处子，不发一言。

我动如怀春处子，燥热难耐。

我说："小富，你酒量不错啊，喝了这么多也不见你醉，是不是一般人陪不好你？"我满心期盼他说没喝好，主动带我去浪荡一圈。

他瞄了下表妹说:"我平时不爱喝酒,今天任总太热情,我才破了个例。"

滑头说:"得了吧富总,你也太虚……谦虚了吧。您老人家哪天不是花天酒地的。这么爽的生活谁不喜欢啊,有什么不能承认的。"

小富凝视着滑头的背影冷笑。

那种冷,使我背脊冒出丝丝凉意,预感滑头即将大祸临头。

我对小富说:"不然的话,让我给你当司机吧。"

一牵扯到饭碗,滑头立即进入正轨:"我和富总逗着玩呢。富总爱交朋友,碍于面子才天天跟人喝酒,其实富总不好酒也不好色。社会人嘛,总得应酬,没办法。"

此言欲盖弥彰。

没办法,我还得再帮他盖一盖,说道:"有时社会是个大染缸,没人能够独善其身,大家只能随波逐流顺势而为。有时社会是个大染缸,把生活渲染得丰富多彩,没人能抗拒它的魅力,致使人们陶醉其中。无论怎样,都要坦然面对该来的一切事,我相信小富能把控得很好,用不着咱们瞎琢磨。他比你我更有见地。"

滑头说我:"从小就觉得你说话不像人话。"

小富对他说:"那是你心太脏。正经人耳中听到的都是正经话,畜生听到的都不是人话。"

我吃了一惊,直担心滑头当场翻脸。

谁知滑头不以为忤,笑道:"富总教训得对。不过您甭嫌弃我差劲,其实我这样的人作用可大了!我这样的人越多,才越能衬托出您的好啊。要是满世界全是君子,虽然您在里面同样是拔尖的,但不会特别凸显出来。比方您每次考试都拿100分,其他人考99,并不会让您觉得自己鹤立鸡群。可您考100,其他都是0分、负80之类的,您就大大的与众不同了。"

小富不领情:"别臭贫了,你把脑子多用在正路上比什么都强。"

滑头说:"我过去走的还真不是正路,是泥路、坑路、十八弯的山路,现在给富总当跟班就是正路了,哪有比这再正的路!"

滑头姿态之低,已低入尘埃。我不齿他的为人,仅仅一套房的利益已让他放弃尊严。换成我的话……嗯……没准一辆车就够了。

表妹说:"富哥文质彬彬的,说话有点刻薄呢。"

男人耳内自带适配器,但凡是美女说的话,无论多么难听都能转换为天籁。"刻薄"一词虽属贬义,从表妹口中说出来,听上去像在撒娇。

我解释说:"小富最文明了,跟别人不这样。我们三个从小一起长大,所以什么话都能说,什么玩笑都能开。"

滑头也说:"对。富总不把我当外人才这么说话,换别人,心里再恼恨富总也不说出来。"

滑头的话怎么听怎么别扭,我甚至怀疑他是黎行长的私生子。

表妹说:"这么回事啊。我看富哥不像很刁钻的人呢。"

小富说:"妹妹过奖了。"

滑头说:"那是你不了解他。我最了解他了。他经历的杂事太多,我要是有那么多乱七八糟的事情,非得被逼疯了不可。那种环境下,好人也逼成了坏人,刁钻刻薄还算好的呢。"他想想觉得不妥,又说:"当然,我不是说富总不是好人。我是说富总阅历丰富。他不是刁钻刻薄,他是……他是……"他半天也没想出掩饰的话。

我对滑头说:"你越描越黑。你才是真正的刁钻刻薄。从小富顾念情谊没把你开除这一点来看,小富就是大大的好人了。他不但给你开工资,还借给你钱买房,绝对仁至义尽。还得老忍着你损他。"

一谈到利益,滑头脸上挂不住,不快地说:"富总,我管你借点钱,干吗到处张扬揭我的短?又不是不还。我大半夜不回家在这守着你，多尽职尽责。"

我本想在表妹面前增添小富的土豪光辉形象，没留神把小富给卖了，忙说："我凑巧碰到二子了，他告诉我的。"

滑头恨恨地说："这个王八蛋，心里盛不住一点事，回头找他算账去。"

我懒得替二子争辩，姑且让他们狗咬狗去吧。

小富笑着说："如果是我这个王八蛋心里盛不住事呢？"

滑头直冒汗，赔笑道："呦呦呦，你瞧你说的。我欠你钱，你怎么骂我都对。我该打，该打。"他说着伸出手往脸上比画一下，抬手是抽自己，落手是爱抚。

小富说："没事，你快要不欠我钱了。"

滑头喜出望外："您总不能把房送我吧！难道看我表现出色给我涨工资？那谢谢啦。哈哈哈。"

小富没说话。

滑头觉得气氛不对，回了下头，见小富面色阴沉，担忧地说："你不会卸我条腿吧……"

小富说："开什么玩笑！不会！"

滑头仿佛能感觉到后方小富射来的目光，芒刺在背，在座椅靠背上蹭了蹭。他战战兢兢地说："我清楚你的手段。不过我不是欠钱不还的人，放心吧。我知道富总是好人。"

小富也笑着说："你不用拿话挤我。现在房子多少钱了，你的腿才值几个钱。"

我不清楚小富的手段，搞不清他是在开玩笑还是另有所指，只见滑头背影一颤，似乎深感忧惧。

我想笑。多行不义必自毙，你滑头占人家便宜，有你好果子吃。内心深处冒出一个邪恶的念头：真想看看小富往死里整滑头。

为什么会有这种想法？我心里很明白：我绝非为小富抱不平，也不是憎恶滑头。只因占便宜的人不是我。

大家各怀心事不再言语。

直到送我至家门口，我也没有想出避开表妹让小富带我去玩的好办法。我下了车，恋恋不舍地说："我一起去送妹妹吧？"

滑头说："快走吧你，我们又不会把她拐卖了。我不可能再回来送你一趟。"

他说的是实情，万一他们不去玩乐也不送我，我真没必要多花一份打车钱。

小富心不在焉地说："放心吧。"

我只能放弃，径自回家。

第十三章
葬猫之叹

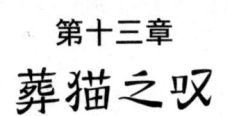

随着妹子的离开,我小小的家竟然显得十分空旷。

妹子是个普通的女孩,她有着一切年轻女性所拥有的习惯,其中包括她购买了很多如果不给我讲解我就永远研究不出来它的作用的东西。屋里少了女孩子的这些物品,变得井然有序。然而比起孤独,我相信任何人更愿意忍受杂乱。

这与妹子人品好赖、性格好坏无关,只因她是人,且是女人。人们大可不必天真地幻想自己是什么能人,因为在陷入绝境之后,就会灵光乍现地发觉自己其实是特别能凑合的贱人。

今晚的酒精在挑逗我的神经,我被困在了上不去下不来的半山腰,情绪无处宣泄,睡又睡不着。

正在我百爪挠心的时刻,任总打来电话:"身边有人吗?"

我说:"没有。我刚到家。"

"没有就好。你现在回会所。快点,我等你。"

挂了电话,我仿佛得到了任总的救赎,狂喜得想大叫。大半夜偷偷摸摸叫我回去,除了让我陪他去娱乐场所还能干什么?

我飞身出门,顾不得心疼打车钱,一口气返回。

夜已颇深,会所工作人员早已离开,只剩下从门口通往会所主楼的路灯幽暗地亮着。

我走了进去,见任总杵着一根铁锹,呼哧带喘地站在一棵树旁。

大晚上他这是干吗呢?

我揣着好奇走到他身后:"任总。"

他不回身,背对着我说:"你继续帮我挖坑。"他把铁锹递给我。

他的鼻音很重,似乎感冒了。

我低头,树旁有个浅浅的坑。我大失所望:我来会所工作不到一个月,工资还没领过一次,大半夜让我陪你种树?

要不是法律约束得严,我直想把他切巴切巴削成人棍种在坑里。

想归想,做是另外一码事,我抱着一丝幻想问:"您是要种树吗?还是让我陪您出去……办事?"

他还是不回头:"办事?办什么事?不是。你挖吧。"他吸了吸鼻子。

我内心充满怨毒,暗自发誓以后永远不在晚间接他的电话。我没奈何,一锹一锹开始挖。

为了早点息事宁人,我拼命地挖,把对任总的怨恨倾注在下铲的力量中,凶狠得像与敌人拼刺刀,每一下都能戳死他。

挖土看似简单,其实和摇橹一样是个技术活儿。角度掌握不准确,力量再大都事倍功半。

挖了好半天,我挖了一个一尺多深的坑,不知能否蒙混过关,问他:"您要种什么树?根茎大不大?晚上天太黑,不够大的话我明天白天再挖。"

任总回头看了一眼:"应该够了,试试看吧。还是年轻人有力气,本来不愿叫你来,可我实在挖不动,加上刚才喝点酒,挖了几下就心跳气喘的。老啦,过去这点活儿算什么。"

这人倚老卖老,也不拿根烟感谢感谢我,我说:"您有烟吗?"

他倒是不拿自己当外人,看看我:"干完活儿再抽。"

在他看我这片刻之间，我发现他面带戚色尚见泪容。

我判断他不是感冒，而是刚刚掉过眼泪。怪不得总在闪躲我的眼神。我心中轻视他：感情你也有抹眼泪的时候，一天到晚装模作样，不还是个有血有肉的人吗。

人可以通过语言、肢体动作、面目表情骗人，但眼神极难说谎。

他看出我眼中的疑惑，双手猛搓了搓脸，和面一样把脸搓回常态，强颜欢笑：“咳，喝多了喝多了！情绪上来了，没控制好。就是怕别人看见我这副丑模样，才大半夜叫你来帮我。"

他吩咐我：“你去把刚才被姓黎的踢死那只幼猫拿过来。”

我才知道他大半夜挖坑是为了埋幼猫，偷偷埋怨他：你要是认为直接扔到垃圾桶里没有仪式感，干脆给它火葬，找个平坦地方一把火烧了便罢。或者水葬更简单，把它放在密封袋里沉入公园湖底。干吗偏得让我这么晚挖坑进行土葬？真不在乎给别人添麻烦！吃饱了撑的！应该让你学习学习尹厨子那本《论动物园各种动物的烹饪技巧》，来个厨葬。

我走到死猫前，它的妈妈对着孩子一边嗅一边哀号。

我看在任总面子上，对着母猫说：“劳驾让一让，节哀顺变，入土为安。”我伸手去抓幼猫。

母猫立即进入战斗状态，高耸着后背，将一身毛奓起，对我充满敌意，叫声惨烈凄厉。

我小时候被猫抓狗咬的经历极为丰富，畏惧不前。

任总走过来，哄它说：“给我吧。”他伸出手去。

我刚想提醒他小心，母猫做出了一件令我不可思议的事情：它一改对我的仇视态度，低眉顺眼衔起死去的孩子，递到任总的手中。它用头蹭着任总的手轻声从喉咙里发出"呜呜"的声音，仿佛在啜泣。

任总人性不足猫性十足，接过幼猫眼圈儿一红，强忍着不肯在我面前掉泪。

饮酒后连哭带闹是人之常情，我刚才见他眼角有泪痕，仅仅以为他是在兴奋之余感世伤生，无论如何想象不到他掉眼泪与猫的死有关。

这个令人动容的举动实在无法与平素冷酷自私的他联想到一起。

我像进入一个科幻世界般难以置信："您怎么了？心疼这只猫？"

他又吸了吸鼻子，捧着幼猫来到土坑前放进去，借着酒劲伤感地说："我不能心疼这个猫吗？这辈子只有人害我，猫没害过我。你看看它妈妈，"他伸手抚摸母猫的头顶："它多信任我。而人呢，别看一个个儿人模狗样的，哪个不是貌合神离？沾着点利益就撕破脸，全是衣冠禽兽、披着羊皮的老虎！动物虽然听不懂你的话，你叫它它还知道答应你一声。人呢，没等你张口，他已经开始算计你了。唉，曾几何时我也是个好人，如今和他们同流合污才能自保，全是被这帮人逼的。我感觉死的不是小猫，死的是动物化的自己。"

我有些同情他，劝慰他说："您别瞎想了，您可不是坏人。"叩问良心，我实在说不出他是好人。

他萎靡不振，幽幽叹口气："我应该是一个不做坏事的坏人，不做好事的好人。我不坑人，但对自己不喜欢的人，总是心存恶念，不干不净的。我也不帮助别人，可是呢，只要别惹着我，我绝不会幸灾乐祸，也希望别人幸福平安……谁知道呢……用你的话说，一切盖棺论定吧。"

我俩蹲下身子，用双手将土一抔一抔小心翼翼盖在幼猫尸体上。

母猫还在蹭他的手，既像感谢他，又像借着他的手传达哀思。

此情此景，很难不让人伤感。好比去参加追悼会，死者与自己关系再疏远，悲伤的氛围也足以使人心中酸楚。

我也叹气，憎恨地说："黎行长太可恶，来咱们会所白吃白喝，说话一点不着调儿，临走还踢死了我们的猫。早晚遭报应！"

任总摇头道:"我心疼这只猫是因为我和它同病相怜,我和它一样对黎行长无可奈何。挑战比自己强大太多的对手根本没有意义。哪怕黎行长踢的是我,照样白踢。不要把希望寄托在虚无缥缈的'报应'上,你斗不过他就祈求老天替你收拾他?那不是很幼稚吗。老天爷没有闲心去认识你是个什么东西,你对它祷告纯属白费力气。再说黎行长也不能遭报应,我还有求于他。他要是遭了报应,我晚上白布局了。"

我虚心求教:"光见您对余局长很客气,没觉得您刻意笼络黎行长啊。"

聊及人性,他来了些精神:"你用'刻意'这两个字恰到好处,我是刻意地不刻意。"

我脑筋不会急转弯。

他见我不懂,解释说:"黎行长非常肤浅,我一看就知他是个涂了金漆的马桶,职位虽贵却没心没肺,你敬重他,他不识敬;你不敬他,他肯定恨你,所以和他相处要保持若即若离的距离。有些领导把那些逢年过节不送自己礼的人记得清清楚楚,却记不住谁送了礼,黎行长就属于这号人。而且这是我第一次见他,如果过于尊敬他,他知我有求于他,该防范我了。所以我必须敬重他,但一副不巴结他的态度。不能让他摸清我的想法,他一放松,我能更轻松地让他进我的套。

"你记住,在社会上为人处世,多说不如多做,多做不如多听,多听不如多想。多说只会暴露你的弱点,所以绝不能多说,就算你想多说,也尽量说废话,不要坦白真心所想;多做好理解,干活勤快点,招人喜欢,有功无过;多听可以琢磨别人的心理,收集别人的信息为己所用;多想就是你永远要比别人心里有数,这和下围棋一样,多想一步海阔天空,少想一步满盘皆输。

"我今天就多想了一步,送给黎行长酒盏,目的是试探他收礼的态度。酒盏这东西只是工艺品，有价无市，哄抬它，它价格能升到天上去。论真实价值，只不过是泥捏的摆设。它介于有价值和没价值之间，不会让收礼的轻视，也不会引起他的警惕。之所以我每个人都送一份，是为了让黎行长不好推脱。而且我特地选的酒盏作为礼物，是因为这东西他沾了唇，不要都不行。其实我送别人所有的盏，都是为了给他送而打的掩护。果然他高高兴兴收了礼，从这能看出，下次单独送他东西，他不会拒绝。吃人嘴软拿人手短，他收了礼就得给我办事，很简单地把他拿下，吃一顿饭、死一只猫又有什么？早晚给我吐回来。我不见他吐出苦胆，改随他姓黎！

"老余心机并不重，一夸他他就当真。昨天第一次见我，就和我们出去耍，说明他很容易被腐蚀，一旦把他安排到位了，他必定不遗余力地会把我当成自己人，将来一定乖乖听我的话。今晚这饭得远大于失。"

我说："嗯！您说过，比别人更有城府，才能立于不败之地。"

他有些悲观："不败只是不败，未必能胜。免死为幸吧。"他又说："小米这个人有些意思，说话滴水不漏，无论别人说什么全能接得妥帖。不暴露内心的人不好测度，还需要深入了解。"

我想：惺惺惜惺惺，人精惜人精。米总是个坦荡君子，以后你一定和他成为好朋友。

我俩把幼猫坟墓堆起来。

他让我进会所找了几支烟，我俩各抽一支，又插在墓堆上三支，点燃当香用。

他找了一小块废木板插在土堆中间，立作墓碑。他问我："上面写点什么？"

我说："小猫之墓。"

他暴怒："废话！你把我当傻瓜了？写这个这还用他问你？想点新鲜的，墓志铭、挽联什么的。"

我烦躁至极，这么晚让我干活儿不说，还得听大道理，听了大道理还得想挽联。我只是个打工的，你不能把我当你儿子用啊，当女婿才有点动力。

我想了半天，说："墓志铭我可不会写，即便会写这块木板也写不下。挽联的话，总不能写'流芳千古、永垂不朽'吧？嗯……我只记得一个挽联，写得特别好，所以用心记下来了，不过也不合适……"

"说来听听。"

我创造力太差，唯有将死马当活马医："啊……嗯……我回忆回忆……没记错的话，应该是'落日瞰孤城，百折不回完壮志；大风思猛士，万方多难惜斯人'。您要是喜欢，我可以改动改动，把'人'改成'猫'写上去。"

"什么瞰物思人的听起来不错。你给我解释解释，咱俩一起琢磨琢磨。"

"这是蒋介石写给吴佩孚的挽联，意思是……"

"呸！"他又暴躁，"吴佩孚我知道，有气节的乱世英雄，怎么可以拿猫和他比？你怎么不拿你自己比？"

他言之有理，唬得我连忙更正："对对对。拿我比，拿我比。拿我比的话……"在他的逼迫之下，我唯有信口胡诌："这个猫吧，我，我，嗯……猫死有人忆，我生无人怜。"

任总咂摸咂摸，对我大加赞赏："不错不错，符合我的意境！对仗工整，比喻恰到好处。"

我感激涕零，"呵呵呵"地咧着嘴傻笑：能被这龟儿子夸一次太不容易了。

他回味着这两句话，说："把我的生活状态心理状态描述得很准，没想到你小子比看起来聪明。"

瞬间我又郁闷了，我看起来不够聪明？我这种丑到娶不上老婆的人宁愿虚有其表。人生一旦拥抱穷和丑，吃多少补脑药都白搭。

我俩把这几个字歪歪扭扭地刻在了小木牌上。

任总心满意足："对得起这只小猫了。明天有人问起，就说是你干的，不要提我一句。"

我为难地说："任总，这话不是挺合乎您的意境吗？怎么说是我干的呢？"现在我累得昏昏欲睡，感到已被他折磨到了临界点，没有将猫掘墓鞭尸就很仁义了。

再者埋猫立碑这种事太矫情，准保被人嘲笑。如果不是他强迫我这么干，我一辈子也想不出这么歪的点子，还想把屎盆子往我脑袋上扣！

他看出我不情愿，说："我大晚上埋猫，是因为不想在白天时被人看见。我不能让人看到我脆弱的一面，否则队伍不好带了，这个黑锅你必须替我背。"

我见他期许的表情中带着不易察觉地求恳，动了恻隐之心。这个整日装腔作势的人在我这个无足轻重的小人物面前卸下了他的虚伪、承认了他的脆弱，这锅，我替他背就是了，便说："好。"

他说："没事了，你回去吧。今天辛苦你了，明天睡到自然醒再过来。"

我说："您放心吧。"明天不睡到下午我就不是你外甥，我是你奔拉孙。

我离开会所打车回家。

到了门口，趁着收停车费的没在，铆足了劲儿把他每天坐的板凳一脚踢飞，摔了个粉碎。

这一脚与黎行长踢猫有异曲同工之妙。

我拍手大笑，志得意满。

我哼着小调儿回家安心睡觉去了。

第十四章
堂皇算计

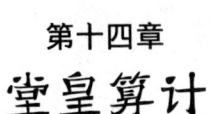

幸福的概念存乎一心，有人认为声名、权势、金钱是幸福的根源，有人则认为平平淡淡、丰衣足食便是幸福。

对于我来说，在头一天酒精的作用下足足睡到第二天中午，一觉过后精力充沛，全身沐浴着暖暖的日光，伸个懒腰把自己抻长了一大截，又懒洋洋赖了会儿床，已是少有的幸福。

穷人和富人不仅仅靠衣着形象、气质品位划分，我觉得最主要的区别在于胃。我醒来还能感觉到昨晚佛跳墙和鲍鱼等菜在胃里起腻。

阳光夺目，我像刚从小号里提出来的犯人一样努力适应了半天才把眼睛开。我起来后做了碗没有佐料的挂面，沏了茶。

清汤寡水灌了自己一肚子，把油腻从胃赶到肠，再由肠赶进马桶。又猛地蹦了几蹦，用心跳加快的办法促进血流加速，以达到冲刷血管壁的效果——这招同样适用于清理下水管道。

我收拾完毕，出门上班。吊儿郎当地在大街上逛荡，东瞅瞅西看看，见公共汽车人多，没上去，踏踏实实等下一班。反正怎么浪费时间怎么来。

到了会所已然不早。

肖经理正在院子里瞅着猫墓纳闷。

我以为他没发现我，蹑手蹑脚想从他背后绕过去，他说："等等。"他若有所思地盯着墓："这是你弄的吧？"

我停步问："怎么了？"

他说："会所几十号人没一个承认的，唯独差你了。"

我虽无尾生之信，却也一诺千金："是我弄的。"

"任总让你弄的？"

"任总哪有这个闲心？我自己弄的。"

"我以为任总弄的，没敢问他。"

我替任总开脱："你觉得任总是这种人吗，你还不了解他？"

他轻蔑一笑："你还不了解他。每个人都口不应心，只是任总比别人加个'更'字。"

我的"还"是疑问，他的"还"是肯定。

他胆敢指责任总？我想他一定话里有话，用开玩笑的语气试探："你这话什么意思？不怕我告发你？"

他说："怕？你会去告发我吗？任总表里不一，你去告我，他也只会猜忌你而不会记恨我。我看你没傻到那种程度。"

他研究任总比我透彻，我无言以对。

我说："我先去忙了。"

他胸有成竹地问："你去忙什么？"

"我……我四处转转看，看看哪里需要帮忙吧……"在这儿，我所能做的事就是没事找事，真说不上来忙什么。

他说："我告诉你吧。第一，你现在立即去任总办公室端茶倒水。他找你半天了。第二，完事儿后把这个猫墓地给铲平。"

你算老几你命令我？我挑衅地说："铲不了。"

"如果有人指使你，那不赖你，不铲也罢。如果没人指使你，你必须铲。"

有任总撑腰，我趾高气扬调高三分："凭什么？凭你是经理？碍你什么事了？"

他木然说："没碍我的事，可是碍了会所的事。这个东西晦气，会所里人来人往看着不吉利。"

我一时语塞，他说得在理，任总亲至也不好反驳，说："我先去任总那。"我逃之夭夭。

我以为任总急着叫我有事，没敲门直接进了任总办公室，他正和老杨、米总喝茶议事。

听门有动静，他们赶紧住口，见是我，放松戒备。

我去泡茶。

老杨拿着茶杯吸溜一口，说道："说了这么半天，我心里还是有些嘀咕。这个项目倒是不错，任哥也专注地筹划很久了，挣大钱是没啥问题。可是……可是老余能帮咱们改规划吗？我单独拿话撩过他，听他话里话外的意思，似乎问题不大。但这种事谁敢打包票呢？万一出了问题，谁也承担不起后果。只要规划的土地性质变更不了，前功尽弃不说，恐怕除了车马费，别的也会损失不少呢……这……我不踏实啊。"老杨皱眉凝思，深有忧色。

任总长叹口气："这也是我最担心的。但盯着这个项目的人太多，马上该竞拍了，不冒险试试的话，机会白白错过去了。我也感到两难。"

老杨说："是啊。您还要把会所抵押给黎行长那边拿贷款，再用这笔钱竞拍，时间太紧张了。如果项目竞拍到手，规划却改不了，那……那……钱不就打水漂了吗？咱们精细计算过，最理想的情况下，您会所的贷款刚好够买新项目的钱，所以出一丁点差错也不成。"

任总说："嗯，关键点还是在于老余能否帮忙改规划，必须把土地性质变更了才有钱赚。贷款的事我倒不担心，咱们可以利用银行贷款这段时间打个时间差，贷款下来时，后续的事情基本已经明朗了。如果老余那边能改，我就用贷款去竞拍，不能改我就不动这笔钱。银行贷款之所以那么不好拿，就是因为太好用了，利息低周期长，比民间借贷好用太多。况且评估公司我熟悉，让他们提高评估价格，同时再让黎行长把贷款比例提高，拿到的钱说不定比我会所价值还高。纵然不还贷款，把会所抵给银行我也不亏。等银行将会所当作不良资产处置的时候，我再低价回购，东西还是我的，我还挣了钱。所以买不买新项目，不影响拿贷款。大不了把股东和法人换成……嗯，问题不大……"

老杨说："我不懂了，不良资产的价值也需要评估吧，评估额度能差太多吗？银行又不傻，一看差价那么高，不露馅儿了吗？"

任总说："露什么馅儿，商业评估和司法评估是两套系统，各不相属。一个高于市场价，一个快速变现价，两码事。我会让胡哥帮我找个好律师。再说我也不会走到那个地步。你不必操心。"

老杨没听懂任总的理论，也不知胡哥是谁，默不作声。

米总插着手，跷着二郎腿在旁思考，说道："我来捋一捋，不论新项目做不做，贷款是一定要拿的。拿到贷款后，如果老余松口可以改项目规划，那么任总用贷款买这个项目；如果改不了规划，任总的贷款另作他用。我没听错吧？"

老杨说："对，是这个意思。但是我们最终目的还是盘下这个项目，而不是贷了款捏在手里不花出去。虽然任哥说贷款不会亏本，但是揣着一大笔钱不进行投资，似乎也没什么用处。"

米总说："那么，咱们的目的只有一个——拿下贷款并且买下这个项目。买下这个项目，必须要变更规划，否则这个项目就是一堆垃圾。"

老杨附和道："是这个意思。"

任总说："不能说是垃圾，只不过变更规划后，它的价值会翻好几倍。不变更的话，它基本没什么价值。"

米总说："总而言之，问题的症结在于变规划，变规划的关键点在于老余配不配合……嗯……这事好说，我来办！我让老余的顶头上司施局长压他，老余哪有胆子不听？前程在人家手里呢。谁不害怕被领导穿小鞋。"

老杨说："话是这么说，可这个事毕竟对施局长来说事不关己，帮忙说句话、做个顺水人情应该不困难，但是最后签字的仍旧是老余，变更规划是个违规的事情，万一老余不肯冒险……"他不以为然地摇摇头。

米总说："这个包在我身上。说实话，我和施局长接触并不多。原先告诉过您二位，我是通过我的一个老兄认识他的。我老兄是施局长的老领导，我会让老兄直接联系他，让他办事那是给他面子。上有政策下有对策，不管变更规划是违规还是违法，施局长他们一定有对策，一定会有合理的办法解决这个事情。我老兄一出马，施局长也会被压得喘不上气，更不用说老余了。大不了事先许诺老余事成之后把他高迁到别的部门，他就没了后顾之忧，任总再从私底下做做工作，上下贯通、里应外合，不怕这老色胚不就范。"

任总说："是这个道理。咱们一定把这个事办圆满，别让人落下口实。只是米总您没有参与我们的事，白让你帮忙太不合适了。而且现在的人，不是亲近关系绝不愿意管闲事。你老兄跟你关系再好，他却不认识我，犯不上帮我这个不相干的人。"

米总说："我帮您是江湖道义，以后日子还长，谁用不着谁啊。我就和我老兄说我在这个项目里入了股，他怎么能不帮。以后您这个项目缺资金，用得着我的话，我还会助您一臂之力。"

老杨得意笑道："任哥，我没给您介绍错朋友吧。"

任总命令我："倒茶啊，别光看着。"他笑道："那是。我最信任你了。"

我入神地听着他们堂而皇之地算计各方，忘记了沏茶。

米总说："我明天一早就去我老兄家里，当面和他谈妥。"

任、杨二人连连说："好好，事不宜迟。"

米总忽然腼腆地笑了笑，语气软软地说："有个事还得麻烦您二位……今天时间太晚了，我一会儿有点别的事情，来不及置办东西了……您看看您这里有什么凑手的东西，别让我明天空着手去拜访我老兄，虽然我们私交极好，但是礼数还是要讲的，我这边确实来不及了。"

任总一拍脑门儿："瞧我这脑子！你帮我办事，哪能让你准备东西。你看什么东西合适？随便拿。"

他杀鸡问客，将皮球踢回给米总。

米总哪能自己挑？他暗示说："最好是实惠点的。就怕送他好东西他不知道欣赏，看低了价值。"

任总的脑筋全用在和人打交道上，怎能不明白他的话。任总对老杨说："你明天一早取现金给米总送去，尽早去，别耽误事。"

老杨愣了："我？"

任总调侃道："项目公司成立后，你是小股东兼法人，总不能一毛不拔吧。"他在最真诚的笑容之下说了最直视人心的话。

连我也听出了任总这话的分量。老杨要是不答应，只怕项目公司成立后，我都有当小股东兼法人的概率。

在公司里，挑战权威的后果就是被权威扫地出门，老杨比我更有觉悟，急忙答应："就这么办！任哥坐镇后方，我冲在前线。舍不得孩子套不……不是……反正任哥让我赴汤蹈火也在所不辞。米总是我介绍给您的，我出个担保费也应该啊。明天您让司机来接我，等银行上班，我第一时间办好。"他挨个儿对每个人虚心笑一下。

米总看看表："时间不早了，借小兄弟开车送我去赴个饭局。今晚我事先联系好我老兄，明天专等老杨消息。"

任、杨送米总出来。

我悄悄对任总说："肖经理说会所里埋猫不吉利，让我铲掉。"

任总正思考他的事，心不在焉说："晦气该来时挡也挡不住。"

谁想走到院子里，猫墓已被铲平。

看来肖经理意识到使唤不动我了。

我有些替此猫遗憾，它因肖经理不知它是领导的裙带关系而惨遭平坟。

我负责送米总。

开上车，米总给我一个高档酒店的地址。

我管丈母娘叫大嫂子——没话搭话说："这酒店吃饭很贵吧？"

他说："我住在这个酒店，朋友来找我说融资的事情，我们顺道吃个便饭，也没考虑贵不贵。"

我羡慕地说："您每天在过天堂里的生活。"

他淡然说："各人有各自的难处，只是别人看不到罢了。"

我挑逗他说："我要有您这么多钱，吃多少苦都愿意。"

他来了精神："又说到这个话题了。我那天不是告诉你了，我并不是天生富有，全是一步一步走出来的。懂得了投资经营的理念，这钱你不想挣都不行。"

我仔细观察他的反应，欲言又止："您说笑了。"

他有些不快："你不相信？不是哥哥说你，外行看热闹，内行看门道。你真是个外行！你以为我在开玩笑？才不是！每次我的投资回报款会直接打入我的账户，我根本什么都不用做！是不是这种钱想拦也拦不住？总不能把账号关闭不让钱进来吧。有一阵杂七杂八的钱太多了，我只好把银行发来的提示短信屏蔽了，没完没了地叮咣乱响，嫌乱！

"兄弟，哥哥倚老卖老奉劝你一句，别错过眼前的机会。咱们这种终将湮没在历史长河中的人，应该珍惜每一秒时光，尽可能多做些有意义的事情，绝不能贪图享乐，好逸恶劳。人生一世草木一秋，活着的时候无益于社会，空来世间走一遭；死了以后默默无闻，不到两年江湖上已没有了你的传说，多空虚落寞。"

他当头棒喝，我悚然动容，忧心忡忡地问他："那您说，我该怎么办？"

他一副无所谓的样子："这还不简单，我帮你理财，增长你的财富，实现你的人生价值。这和跟风股神是一回事，你不用懂股票，跟着厉害的人买就成了。我们公司比股票更稳当，有抵押物，稳赚不赔的。我从前有一阵跟着玩资本的大鳄们混，这帮哥哥们带着我挣钱，教给我经验，我才有了今天。看着现在的你，我就想起过去的我。所以我希望带着你干，就和当初他们带我一样。这是个传承，我不在乎从中获不获利。别看你现在穷困，前途不可限量！我相信你飞黄腾达后一定会回报我的。一般人我不说这种话，真是和你投缘才掏心掏肺。"他目光笃定，满怀期许。

我大为感动，自己何德何能让一个大老板如此看中？想到有朝一日可以像他一样富有，热血沸腾得能把自己从人间蒸发。

他肯提携我，我不能不识抬举。

计算了一下，我原先账上没有余额，现在所有财富仅是受伤得到的那七万块钱，刨去给小钟的房租和修车费，再留些急用的，还能剩五万。我掂量了掂量，分量不足以理直气壮，欲言又止："我手头只有五万块钱闲钱，其他钱存的死期取不出来。不知……"

"五万……"他比我还难为情，踌躇说，"要不你放弃死期存款的利息，把钱取出来一起给我？我这里的利息可比死期高多了，肯定能给你弥补回来。五万真的太少了。或者你和你昨天那位同学一起凑个几百万？我这里也省点事。本着对客户负责的态度，我们公司手续比较复杂完善，一个亿的投资和一万块钱的投资在手续上没有区别。所以钱越多我们越省事。"

实际上我哪有什么死期存款？就是为了给自己找面子。小富也不可能用几百万和我五万块兑一起，他没那么闲得慌。

听米总不允，心凉了半截，担心煮熟的鸭子飞走了，急切希望按住它。

他见我低头不语，叹口气："唉，兄弟！你这可为难我了！算啦，看在当初我一穷二白时老兄们无私帮助我的分上，我见不得你这么为难。如果为难你，不如为难我！五万就五万吧，要不是和你有眼缘，我不可能这点钱也收。不过你得取现金给我，因为如果每笔小额都汇到账上，我的银行流水单早乱套了。哎，还要麻烦会计特地为你做一份完整的投资手续。"他皱眉微笑，叹息五万元的微不足道。

"谢谢！谢谢米总！"天降之喜令我感激得五体投地，忍不住问，"利息高吗？"

他见我喜不自胜，便莞尔一笑，关怀地说："放心吧！我给你是最高的利息，用不了多久就回本。"

他居高临下的态度，就像老子给儿子买了心爱玩具，看到儿子爱不释手时的无奈且怜爱。

我春风得意，只觉自己时来运转。我离奇地从碰瓷人那里挣了钱，又遇到这么个大老板帮我理财，人生的第一桶金已唾手可得。

我得意扬扬的样子让他觉得很好笑，他说："没想到我举手之劳能给予你那么大的帮助。你放心吧，只要你肯努力跟着我干，未来比我更有出息！"

过去未过去，未来还未来。

我不敢妄自奢望将来多么美好。寒酸的五万元本金足以让我冷静下来，这个额度离梦想遥不可及，变本加厉以利滚利也无法挣到米总遗忘在卡里那些数字。

　　我哀叹命运之不公、生而为人之渺小。

　　米总问我在想什么，我说："我再努力也不可能比您更有出息。世界是不公平的，您生来比我有天赋。"

　　他说："世界是公平的，因为它给有天赋的人更多的回报。其实公平很难定论，比方你在旅游旺季去景区上厕所，女厕所永远排长队，男厕所基本不用排队。我问你，是男女厕所坑位一样多公平，还是男女等位时间一样长才算公平？人与人想法不尽相同，但结论是一样的——你等待的时间能够让你满意，你就会感到公平。换言之，世上任何事本没有公平不公平，唯有得到的结果如你所愿，那你就感觉不到不公了。一心做好该做的事，你的世界就会趋于公平。"

　　"做好该做的事？"我希冀他指点迷津。

　　他一语道破天机："你给我公司投资啊，多好的事。哈哈。"

　　我也哈哈一笑，心想这老兄对事业过于痴迷，三句话不离本行。

　　说着聊着，已到终点。

　　几个肥头大耳衣着土气的人在米总下榻酒店门外等候。米总一下车，他们笑脸相迎，点头哈腰十分奉承。

　　从这几人穿搭和气质上看，实在不像大老板，更像小老板的远房亲戚。一向不修边幅的我在他们的映衬下几乎可以引领时尚潮流。

　　我对米总和这种不入流的人厮混在一起感到诧异。他们爱屋及乌，热情招呼我说："前面有地方停车。"

　　米总说："他不和咱们一起。"他对我说："明天和老杨办完事来这里找我。别太晚。"关上车门，他在几人簇拥下离开。

　　他在别人面前对我如此冷落，我怏怏不乐。可能大老板爱端架子吧，不喜欢在别人面前显得和某人亲近，以防别人看透他的爱憎。

为时尚早，我很想气派地开着任总的车去寻欢作乐招摇撞骗一圈。

打开电话簿，从头到尾把上面的人搜索一个遍，没发现任何能满足我虚荣心的人。

独居生活使我失去了和陌生人搭讪的能力，何况有能力也没财力，只得放弃。

在我闷闷不乐，想要回家与孤独相伴时，电话响了，是表姨："马上到家来接我。"

表姨总能让我联想到表妹，我的积极性一下被调动起来，快马加鞭来到表姨家。

表姨身后空空如也，我的心也随之而空。

她跳上车说："不早了不早了，争取今天办完。"她匆匆忙忙给我指路。

如果能想象出纨绔子弟指挥打仗的情形，就能想象出女性指路的情形。她指起路来如同成心捣蛋，不但分不清东南西北，左右竟也不分，指着左边让我往右转。她只顾瞎指挥，完全不具备"打左灯向右转"的政治智慧，我惊出一身冷汗。

简单的路程经她一指，七拐八拐耽误了一倍时间。

最后，她进了一家名为"足金饰品"的首饰店，不叫我跟着。

我在车里闲着没事，猜测起这个首饰店名字如何断句。如果是"足金、饰品"，说明它货真价实。如果是"足、金饰品"，那充其量是个卖金脚链的，不是一个档次。

女性购物的能力和指路的能力成反比，不到十分钟，她提了两个袋子出来。看样子沉甸甸的，不知买的是什么。

我们出门直奔黎行长工作的银行。

目的地离得不远。

到了地方,她拿了其中一个袋子往自己的挎包里一揣,快步走进去。

十分钟后,她春风满面回到车上,得意地说:"甭跟我这装!就没有女人送不出的礼。"

她的包已经瘪了。

我问:"黎行长?"

"还能是谁?刚才你姨父电话里跟他沟通过了才让我来的。亏了我亲自出马,他还假装推辞呢。"

我问她接下来去哪。

她自信满满:"规划局。"

我有些替她担心,开着车问她:"您直接到办公室送礼?"

黎行长半推半就收了礼使她信心倍增,她自负地说:"最危险的地方就是最安全的地方,别人看到了也不会想到有人这么胆大。"

看来是我小人之心了。如果我看到有人进领导办公室,一定武断地认为手中有物的必是送礼的,手中无物的必是送身的。

我满以为余局长比黎行长更容易拿下,在规划局门口等了好久,迟迟不见表姨出来。

我看看表,已到了下班时间,难道表姨想请老余吃饭,故意耗着等他?

又过了一个小时,表姨才怒容满面地回到车上,后面没有余局长。

她拿起电话打给任总,破口大骂:"老余这老东西,让我在办公室门外等了两个小时!天底下数他公务繁忙似的!我好不容易把别人熬走了,两句话没说,他特不耐烦地把我推了出来,死活不收!我还躲着摄像头呢!跟我说什么'吃个饭无伤大雅,收礼违背原则',还说'事情该办照样办,自己人用不着送礼',说得好听,谁信!这事爱办得成办不成,我是不管了!真给他脸了,喂不熟的狗!"

任总安慰她半天,示意自己有办法拉老余下水,让她不必再管。

她一路上气鼓鼓咒骂老余是天下第一白眼狼。

屎有多难吃,人就有多难做。老余收礼则违反纪律,不收礼则伤害送礼人自尊。利动人心,人们为了夺取利益而不顾廉耻是与生俱来的本性,老余压抑了自己的本性还要挨骂,我开始有些怜悯这个精中带憨的糟老头了。

虽然他并不甚老。

我把她送回家,开车回自己家。

我把车停在离家很远的位置。

翌日,我很早起床出门,老杨打电话联系我时我已到了他家门口。

我接上他到了银行,他让我在门口等他。

我说:"我也办业务。"

两人一起进了银行。

我俩办业务的窗口相邻。他鬼鬼祟祟生怕别人知道他在提取贿款,声音小到我努力听都听不见他终究取了多少钱。

我就不同了,仗着自己的钱干净,比穷人乍富还高调,唯恐旁人不知我账上有钱。

老杨早已张开了随身携带的布兜,一接过钱马上塞了进去,手速快过魔术师。

我瞄了眼他的布兜,鼓鼓囊囊,比我的五万只多不少。

回到车上,他问我:"你取钱干吗?"

你管得着吗?我故意反问他:"您取钱干吗?"

果真,他不再问。

来到昨日酒店,等了好大一会儿,米总才出来。

一上车,一股浓烈的酒气扑鼻而来。我真怕吸入他呼出的酒气,警察再查出我酒驾。

他睡眼惺忪,哈欠连篇地说:"昨天喝了一夜,要不是今天答应给你们办事,说什么也起不来。"

老杨双手哆哆嗦嗦把布兜交给他。

米总打开看了一眼:"就这么着吧。"

"还可以吧?难道……少?不少了吧……"老杨难以抑制心疼之情,脸上表情复杂,像亲眼看着从自己身上割下的肉在烧烤架上翻来覆去被人摆弄,还要忍着疼提出最佳火候的意见。

米总随手把钱塞在他带来的背包里:"少?简直太少了!给看门的还差不多。所幸我老兄和我关系好,我拿面子去扛吧。算了你别管了。下次不要这样办事。"

老杨被教训得心不甘情不愿,问:"咱们现在出发?"

米总说:"对啊出发,让小兄弟送我吧,你去忙你的。"

老杨磕磕巴巴地说:"我陪您去吧?路上也能有个人商量。"

想必老杨的贿款太少,米总不好交代,昔日和颜悦色不复存在:"不必了。老杨,你对我这点信任也没有吗?我给你办事,你还要在一旁看着我?你这是犯了大忌!我老兄要是知道我上他的门后面还有人跟着,从此关系就断了。你不会连最基本的规矩也不懂吧?"

老杨的心思被点破,不好再说,道:"瞧您说的。我这不是想陪您一路唠唠嗑儿。司机年纪小不懂事,别陪不好您。"

我身份虽微,他也不该屡次不顾及我的颜面。我火气上撞,面颊发烫。嘴里含口煤油就能喷出愤怒的火焰。

你老杨不拿我当人看,我同样把你当羊、当狗、当猪、当畜生!我是缺了多大的德才有你这种不肖子孙!你给我等着,我一定报复你!

然而任总"说、做、听、想"的理念深入我心。我忍下怒气,不动声色。

但仇恨的种子已经种下。在它发芽之前,我还需要等待时机。

我要细心呵护着它，让它像癌细胞一样在无人知晓的幽暗之中悄然疯狂成长，以忍辱负重的奋发之水灌溉，使它愈长愈坚，最终将它培养成一棵直入云霄的参天大树。他们这些异己分子必将被我的阴霾笼罩，昏天暗地不得逃脱，绝望地吞下我结出的恶果。

米总从后面拍拍坐在副驾上的老杨："快点吧，别耽误正事。"

国王贪恋自己的宝座也比不上老杨留恋自己的副驾驶位，半天他才把屁股挪下去，假装拍拍土，偷着跟我使了个眼色，又瞅瞅我的电话。

我不管他的含义，扭过头，视而不见。

他缓缓地关门。我一探身用力把副驾门关上。一脚油门，开着这辆满载老杨希望的车绝尘而去。

他呆立在原地吃土眺望。

米总笑话老杨："做大事的人不能拘于小节，这点钱他心疼成什么样子。"

我说："老杨光嘴上说得好听，磨磨叽叽地能干什么大事。您怎么认识他的？"

米总听出我的不屑，说："早忘了。"

他一个大老板为什么身边总集聚着形形色色的人？昨晚那几位土里土气的人看起来和他并不匹配，我问他："昨晚您喝了不少吧？"

他笑道："昨晚那几个大老板给我灌多啦。"

"大老板吗？我看他们挺朴实，不像本地人。"

他嗤之以鼻："小兄弟，你骂人不带脏字。别以貌取人，你看看我这个包。"

我早看见他提着个比贪念更肮脏的背包，满是灰尘，与他的西装革履格格不入。一回头，这个黑色背包隐藏在最阴暗的角落里。

他拍了拍包，扬起很多土，说："知道这个包装的是什么吧？

一背包的钱!他们专程送来给我用的。不是投资、佣金、办事费什么的,就是纯粹图我高兴,白白给我花着玩的。"

"为什么?"

"不为什么。哄我高兴。我随便给他们指条明路,挣的钱比这个多得多。"

我喟然叹服,摸了摸自己银行手提袋里的五万块钱。

他看了说:"是你的投资款吗?"

我攥了攥:"对。"

"好,拿来吧。"

人不到特定的时候不会理解特定的心情,忽然之间,老杨的心情映射在我心上。我这是拿鲜血换来的名副其实的"血汗钱"。

我不舍地递给他。

他从中抽出来两千扔给我:"第一个月的利息。"

"这……这……"这钱来得太快,我如痴如醉。

他说:"拿着。"

我急忙收了起来。这钱令我欢欣鼓舞,放下了悬着的心笑道:"我以为怎么也要一个月以后才能收到利息呢。"

"周期短见效快是我做生意的秘诀,别人虽懂,但做起事来前怕狼后怕虎的,不会像我执行力度这么强。小兄弟,我这是免费给你上了人生一大课,你这学费交得不冤。"说罢他哈哈大笑。

我笑逐颜开:"学费是交钱,我这是挣钱,天底下这么好的事让我赶上了,我不知怎么感谢您。"

"拥有一颗平常心是我做生意的基础,施恩不望报是我做生意的信条。帮了你我不需要被感谢,帮不到你也别骂我。"

我心悦诚服:"您的谦虚是您的独到之处。我听说做人有三种人,第一种'没本事有脾气',第二种'有本事有脾气',第三种'有本事没脾气',您属于第三种人,和和气气地把事情全办妥,让别人特别舒坦。任总也夸您做事滴水不漏呢。"

他皱了皱眉问:"任总具体怎么说的?"

我怕惹他不快,没敢说实话:"任总称赞您说话圆满到位,他挺喜欢的。"

他若有所思:"哦,他是不是嫌我过于客气了?"

"谁不喜欢客气人啊。"

"喜欢就好。千万别让任总误以为我很虚,我这人特别真诚的。"

我拍着胸脯打包票:"那当然!有目共睹!"

他笑了笑:"不好说,任总让老杨出钱,自己却不肯出,我怕他是不放心我。等我把这个事给他办得漂漂亮亮的,一定好好取笑取笑他。"

"好好让任总请您!"

他"嘘"了一声:"我打个电话,你别出声。"他拿起电话拨出去。

第一个没打通,第二个……第三个……打了六七个,一直没人接听。

他自言自语:"老哥从没有不接我电话过啊,难道在开会?"

我俩到了地方还是没人接。

我说:"您认识您老兄家吗?直接上门看看?"

他连连摆手:"不行不行!那么大的人物是说上门就上门的吗?他孩子回家也要先通报一声的。"

我吃惊:"这么夸张?"

他笑了笑:"打比方打比方。我再给他秘书打。"

也不通。

他犯了难:"这可怎么办呢……我一会儿坐飞机回老家办事情,要半个月才能回来,这次见不到老兄,不要把任总事情耽误了。"

我有点揪心,不知替他还是替任总。想想自己也挺可笑,任总他们挣了钱也不给我发红包,我管他呢。

他又打了好几个,全无人接听。

他琢磨了一会儿说:"算了,你送我去机场吧,快赶不上飞机了。老家的事情更重要,我必须回去一趟。老兄看见了我的电话一定会回给我,我在电话里说说试试吧,应该差不多。如果说通了,礼也不用送了。"

"那我把钱给老杨带回去?"

"不必了,如果需要送礼,我这两天再折回来一趟。拿来拿去太麻烦。"

"我听您的。咱们去机场吧?"

他答应了一声。

我向机场出发。

一路上我一直盘算着怎么开口向他要个收条,他不提,我也不好意思问,计上心来:"昨天任总给黎行长和余局长送礼,用的不是现金。"

米总半躺的身体坐直起来:"送的什么?收了吗?"

我想既然米总也是拿钱替任总办事,他们便是一条绳上的蚂蚱,所以我没必要隐瞒:"送的什么我可不知道,反正是从一个叫'足金饰品'的地方买的。余局长没收,任总说再想办法。黎行长挺痛快地收了,还是您的朋友靠谱。"

米总点头道:"黎行长说不上是我的朋友。嗯……足金饰品,送的肯定是金条。大家送礼都爱送金条。"

"为什么爱送金条?"

"送现金太直白太刺眼,相当于明摆着告诉收礼人他在自己心目中值多少钱,所以送多送少都不合适。金条婉转点,金灿灿的又喜人又有价值，而且还是硬通货，扛得住货币贬值。"

冰冻三尺非一日之寒，这帮有钱人把什么事都说得头头是道，难怪他们意气风发，我却受穷。

我说："您给您老兄直接送现金没问题吧？"

"我和他关系近，不用搞虚的。"

我笑道："亏了我和老杨早上取了钱给您，您用着方便。"我把自己加上，看他怎么说。

他聪明过人，一听既懂，说："你的钱我不会动，我回去让会计把全套的资料准备齐，盖上章给你。"

我继续套他的话："手续哪有您做担保好使？我只相信您，您给我写个收条顶一千份合同，资料不资料的无所谓。"

他说："这是公司行为，必须公司出手续。我个人给你写东西成什么了？个人借款？我没法付你利息啊，利息要走公司账的，何况车上又没纸笔。其实我真不想收你的钱，这么小的额度还要我亲自去会计那交付，出了手续再亲手给你，太麻烦了。每天我要处理很多事情的。凭我和老杨这层关系，我不能坑你。放心吧。下午到了公司，我即刻把手续做出来给你。你要是实在不相信，哥哥把银行卡给你留一张做抵押，要是我说话不算数，你拿去随便取。"

我俩一起笑了。

他的话有理有据，我安下心来，说："我没别的意思，只是不大懂您公司的规矩，哪能要您的银行卡？里面那么多钱，丢个零头我也赔不起。"

他一张没有存在感的银行卡尚且有两千多万余款，我这五万块他还真看不上眼。别太抠搜，免得惹恼了他再把钱退给我，得不偿失。

他说："你别跟任总说你告诉我黎行长收礼了，怕他多想。另外，等余局长收了礼，你告诉我一声，我好判断怎么对我老兄说这个事情。"

我保证道:"您放心!"他开始信任我、任用我了。

到了机场,他下车。我说:"您别忘了我的事啊,靠它糊口呢。"

他举手在项上一比画,做了个抹脖子的动作:"你挣不到钱,哥哥提头来见!"

我开心地和他道别。

但凡为公家干活,就没有逮着空闲不偷懒的可能性。我跑去逛了逛商场,买了早看在眼里但一直不舍得买的衣服。大手大脚地把两千块钱花了个干干净净,慷慨得好似花的不是自己的钱。

我想到工资之外每个月另有两千块零花钱,心情大好,忍不住手舞足蹈,如果路过一个秧歌队,定要进去扭一扭。

小偷不能手里拿着赃物跟警察说自己无辜,所以我也不能拿着新衣服去上班。我开着车回了家,放下东西又补了会儿觉,实在闲着没事,才慢悠悠回到了会所。

第十五章
少不更事

任总和老杨在办公室里。

老杨猴急地问我:"怎么这么久才回来?事情怎么样?"

我说:"他没联系上他老兄。他有急事坐飞机走了,临走说试试打电话把事情办了。万一说不通再赶回来。"

"什么?!"老杨变颜变色,一把拉住我胳膊,"为什么没打声招呼说走就走了?这事情哪能在电话里说?他那么精明一个人难道不怕电话不安全?他……他……怎么能这么干?钱呢?"

我甩开他的手:"钱他拿走了啊。他说如果电话里说不通,还要返回来送礼,嫌给来给去太麻烦。"

老杨慌了神:"拿走了?你为什么不拦下他?录音保留好了没有?快给我。"

我被问得莫名其妙:"我的工作只是负责接送他,其他的事您应该提前和他沟通好,和我可没关系。我怎么拦他?我是锁上车门不让他走,还是告诉机场他是人肉炸弹?这不可笑吗?他是任总的客人,我做司机的要对他加倍礼貌!我为什么要录音?就算我录了,我敢用吗?拿录音当证据太不道德了,如果别人知道我偷着录音,以后谁还会对我说心里话？谁还敢和我打交道？我不干这么臭不要脸的事。"我一脸嫌弃地瞪着他。

他急得团团转："我不是跟你使眼色让你录音了吗？你怎么那么蠢！这都不懂！没个欠条也没个证据，事情没办成的话，将来拿什么和他对质？"

我知任总内心也不待见老杨，昨天任总埋猫又和我交了心，比起老杨，说不定我和任总更近便，于是不再顾忌老杨："钱是你自己交给他的，你自己没打欠条赖我蠢？蠢货才这么办事吧。我告诉你，我的工作范畴是做一名合格的司机，不是给你当间谍给你擦屁股！米总是你的朋友，你对他没有信心，早就不该把他介绍给任总。米总也看不惯你这副小气样。人家是大老板，为你办事是给你面子，你还这个那个不乐意，小人之心度君子之腹。"我一不留神把心里话说了出来，一阵畅快。畅快之余有些惶恐，不敢看任总的脸。

老杨外强中干色厉内荏，见我强硬，说不出话，连连叹气。

任总责备我："老杨是我的好朋友，即便说话有些不到位，你也要多担待。"

既然任总承认老杨"说话不到位"，我见好就收，见风使舵说："我以为这么重要的事杨总已经考虑周全，杨总来怪我，我可没法承担责任。我替二位着急所以口无遮拦，对不住杨总了。"听起来像给老杨道歉，实际在向任总低头。

任总对老杨说："他说的没错，这事和他没关系。假如小米把事情办好了，你岂不是白着急一场。小米是你的朋友，你对他没个判断？紧张成这样！先等等再说吧。咱们齐头并进，我开始办贷款，同时做老余的工作。小米那边属于锦上添花的双保险，防的是老余不同意。老余要是同意了，小米做不通施局长的工作也无所谓。"

老杨低着头不乐意，嘟嘟囔囔说："花的是我的钱。"

任总十指交叉，将双臂架在桌子上，看着老杨说："拿到新项目后，咱们要成立新的项目公司，你是新公司的法定代表人，我再给你点儿干股，轻轻松松把你的钱挣回来，有什么舍不得的。"

老杨还嘟囔："法人要承担很多责任的，干得不好我就是个替罪羊。"

他的样子好像小学生中的受气包，气得我想乐。

任总笑道："签字权你不要？"他的笑，永远那么真挚爽朗，永远那么童叟无欺，永远那么令人不寒而栗。

老杨叹口气："要。凭咱俩的交情，任哥给我苦，我就吃苦；让我受罪，我就顶罪。"

任总安慰他："你太沉不住气，用不了几天小米那边会见分晓，别急在一时。"

老杨毕竟是场面人，也笑了："要不我管您叫'哥'呢。"

正说话间，有人敲门："任总！"

任总："进。"

一推门，礼宾姑娘领着一个二十多岁的年轻人走进来。

姑娘说："这位客人找任总。"

年轻人看看屋中我们仨，愣头愣脑问："谁是小任？"

谁会承认自己是"小人"？我和老杨齐刷刷望向任总。

任总答应道："敝姓'任'，您哪位？"

年轻人说："我爸让我来找你，让我看看你这里有没有合适的工作。"

"您父亲是……"任总一动念，满脸堆笑，"你是余局长的公子，快请坐快请坐！"

年轻人不坐，东看看西看看："不了，我爸让我来看看，我就来随便看看。"

我想笑，懒猫洗脸也没这么糊弄。

任总和老杨陪他站着，对他嘘寒问暖极是客气。

我给他倒杯茶。

他不接："我不喝茶。"

我又给他倒杯水。

他还是不接："没地方放。"

我很想顺手泼他脸上。

他问："这里是饭店吧？我来这里能干什么？"

任总说："什么都可以啊，我和你爸爸是好朋友，你把这里当成自己家一样，想干什么都成。"

年轻人说："采购……"

我想：肖经理的饭碗要丢。

他想了想说："不行。我起不了那么早。买菜还得去菜市场，脏不拉几的，不爱去。"

任总放下心："你来了怎么也要做行政，哪能干跑腿的工作。原先你做什么行业？找你熟悉的事情干吧。"

"我平时就是打游戏。"

任总为了腐蚀余局长，他儿子哪怕坑蒙拐骗翻江倒海任总也接着，说："打游戏好啊，我也喜欢打游戏。"

年轻人眼睛放光，看看任总的手，说："你也打？打什么？"

任总本是顺口搭音，经他一问，期期艾艾地说："唔，哎呀，我得想想……那是过去的事情了，什么抽汉奸、滚铁环、放风筝、钓鱼之类的。离现在有三四十年了吧。过去我们一边玩，城市一边发展，一次去小河钓鱼，没注意河边新架起了电线，我一个小伙伴的渔线和电线碰撞出火花，把他电死了，从那以后我基本不玩游戏了。如今这些玩意早没人玩了。"

小伙失望地说:"什么呀。你那个不叫打游戏。我指的是电子竞技游戏。"

饶是任总老江湖,也应对不上年轻人的话。

年轻人显得特不耐烦,抱怨说:"早知道不来了。我爸昨晚到家跟我说,给我找了两处不错的工作,让我自己过来挑。他喝多了我也拗不过他,心想看看就看看吧,当遛弯儿。我先去的另外一家公司,没想到冤家路窄,居然是我仇人开的公司。过去他们打过我,按在地上抽我嘴巴,我从小到大没吃过这么大的亏!到现在我气还没消。我一直求我爸把他公司弄倒闭,我爸不但不给我出气,还训我不懂事。不知道这老头哪根筋搭错了,现在想要安排我去他们公司上班!简直老糊涂了。我在家歇着也不能去仇人公司上班啊。那人以为我不认识他了呢,跟我称兄道弟的,我撅了他几句,他也不生气光冲我乐。乐他个头!我才不领情!我是个有烈性的男人,他死了我都不解气,更别说给他打工了。

"结果来到你们这里,还不如他们公司呢!我又不是厨子,来饭店做什么!我追求的是精神食粮,吃再好我也不稀罕,我又不是猪。我爸在单位里当个小领导就不知道自己姓什么了,根本不懂我的志向。以后等我拿了全世界的电竞冠军,看他还有没有脸和我说话。"他气鼓鼓地瞧着我们。

我头一次听到有人骂自己的爸爸"不知自己姓什么了",听起来好像他不跟他爹的姓似的。这孩子喝佛骂祖肆无忌惮,令人齿冷。我到现在还记得当初从内心厌恶他的那种感觉。难怪小富这么文明的人把他按地上抽嘴巴,原来他这张嘴这么贱,换了我一定再补他几脚。

任、杨二人面面相觑,不知如何是好。给他轰出去吧,有违拉拢余局长的初衷,听这个乳臭未干的孩子胡扯吧,颜面扫地。

年轻人讥讽道:"你们别嫌我说话难听,我知道你们对我客气是为了巴结我爸，不然你们理我是谁？咱们谁也不用藏着掖着。我劝你们省省心，小爷不是你们能伺候好的。不要以为我年轻就看不起我，我这是给你们上了一堂课，我们这代人有梦想有追求，不像你们搞虚的假的，我心里明明白白的。你们也劝劝我爸，别老瞎操我的心，他老把他认为好的事强加在我身上，从不问我乐意不乐意。

"我前两天在家看电视，播了这么条新闻：一个人救了只猫头鹰，这猫头鹰为了报答他，天天往他家叼死老鼠送给他。"

"我爸跟这猫头鹰一个样，他觉得好的东西我并不觉得好。他不怪自己不懂我，反怪我不懂事。他自己有病，却往我嘴里塞药，这是什么道理！"

"你们别老拽着他喝酒，一天到晚五迷三道的。喝多了什么事都答应，那是真朋友干的事吗？只有我们游戏圈的朋友才是真朋友，跟一起上战场一样，拼了命也要保护对方。你们差多了，跟你们说你们也不懂。"

老杨听他喋喋不休，担心任总面子上挂不住，笑道："你这小伙子吃枪药了不是！我和你爸是多年的好友了，从没央求他办过事。他信得过我的人品才让你来这里上班，自己人有个照应而已，你想太多了。"

任总说："稍等一下。"他转身回他办公桌。

年轻人叉着腰说："我故意说话难听的。实话实说吧，我一心想把我爸朋友得罪个遍，只有这样，以后他才不会老把我推出来，强迫我干这干那的。你们好自为之，小爷不陪你们了。"说完他转身要走。

任总从办公桌的抽屉里拿出一个破塑料袋递给年轻人："你爸昨天来我这里吃饭，把东西落在我这里了。本想亲自给他送回去，碰巧你来了。"

年轻人不伸手去接:"什么东西?"

任总硬往他怀里一塞:"肯定是你爸爸的东西,我没看。"

年轻人顺势接在怀中,一手屈臂抱着,一手去打袋子。

任总按住他的手:"你自己拿回家给他亲眼看吧。也许是什么机密文件,不要在外人面前打开。"

年轻人不谙世事,见是个破塑料袋子不虞有他,收了起来。

我们把余局长的儿子一直送到公园门口,目送他离开。

他一走,老杨笑容顿失,不忿地说:"这个小兔崽子真不懂事!上来管您叫'小任',我都喊您'哥'呢,一定是老余在小崽子面前这么叫您。"

任总轻描淡写地说:"咱们背后叫余局长'老余',怎么不许他背后叫咱们'小任、小杨'?谁不是当着人一套背着人一套,何必心理不平衡。"

老杨说:"那倒没错。只是这孩子不懂事,莫名其妙被他教训一顿,哪说理去!回头我见了余局长,哪怕不合适全部学给他听,也要旁敲侧击点点他,让他回去骂他儿子,给您出出气。"

任总会心一笑:"是给你自己出气吧!我又不生气。你没听见这孩子说要得罪他爸所有的朋友吗?这孩子回家自己就会跟他爸说。他爸一定骂他,所以根本不用你去向老余告状。你心里再生气他也不能向他爸告状,人家是父子,他爸明面上向着你,心里终归向着自己儿子。还显得你没有气量。"

老杨点头说:"好吧。既然他自己会和他爸说,我不去告状,咱们等着老余回头给咱们道歉吧。"

任总摇摇头:"你和老余做这么多年朋友还没我了解他?咱们是他的朋友吗?顶多是酒肉朋友。他是官,咱是民,他会扯下脸给咱们道歉?他肯定装作什么都不知道。他心里明白得很,嘴上是不会说的。咱俩都不提这事就行了。"

老杨焦躁地说:"还想通过这孩子笼络笼络老余呢,这孩子不懂事是老余理屈。咱们没落到好处,口头上也占不着便宜,太亏了吧?"

任总说:"亏吗?我觉得占着便宜了呢。由于这孩子自身的问题没有得到工作,当然是老余理屈。我还不乐意让这死孩子来我这里搅和呢,你把他照顾得再周到,他也觉得你干什么都是应该的,你所做的一切,只是为了收买他爸而已。如果稍有不周,他天天回家说你坏话。所以弊大于利,还不如不让他来,少了个丧门星。这孩子怎么不懂事?懂事得很!替他爸收了礼,又不来我这上班添乱,简直太懂事了。"

老杨如梦方醒:"您说老余落下的东西,其实是……"

我早已从袋子的形状猜想到里面是昨天余局长没收的那份礼。

任总怎么可能承认?他笑笑不答。

老杨穷追不舍:"是什么?现金吗?"

任总笑而不语。

老杨心领神会地笑了:"这孩子还记恨富总打他,真是欠打!这回结结实实地把亲爹坑了。老余怎么培养出这么一个不成器的儿子。哈哈哈。"

任总若有所思:"也许我们年轻时也是这样,只不过我们至今仍不觉得。"

第十六章
家中现形

　　自从余局长儿子走后的半个月里,我虽没再见过余局长,也没听任总他们提起过,但从任总的表情观察,事情进展应该很顺利。

　　任总的表情从不表达真实想法。他并非喜怒不形于色,而是喜怒相时而动。碰到理论上该生气的事,即使内心不生气他也会表现出生气的样子,比如后厨浪费了材料,他会大发雷霆臭骂一顿,可一扭脸就怒色全无,谈笑风生好像什么事也没有过。该高兴的时候,再不高兴也会笑容满面,比如遇到心中讨厌但需要奉承的人,他笑纹堆砌到僵硬也不懈怠,等人走后需要按摩脸部才能缓解酸痛。

　　这段日子,他总在凝眉深思,深思过后,经常情不自禁地面露微笑,所以我判断他的事情进展顺利。

　　我每天跟着任总东跑西颠儿,一会儿陪他找黎行长办手续,一会儿送他去谈项目,忙得不亦乐乎。

　　然而局外人的忙,累断了腿也是瞎忙。他早出晚归办事赴局,一到关键时刻就命我在外边等着,一切事务我均不得参与。

　　所以我在这段日子里,除了伴随着漫长的等待而增长了耐心,其他本领没有丝毫长进。

到头来，我也搞不清任总贷款后究竟要投资什么项目，具体如何操作。

我唯一惦记的是给米总的五万块，半个月间，我隔两天给他打次电话：

第一次，他不接。

第二次，他接了，不等我说话，他急匆匆地说："兄弟你的事情我知道，我已经签过字了，就缺财务盖章了，他正休年假，你等几天啊。我这几天快回去了，顺道把手续带给你。老余礼物收了没？"我说了老余儿子收礼情景。他说："哈哈，收了！太好了，我这边压力小一些。任总他们先办着，需要我出马时我赶回去。"不等我说话，他已挂了电话。我不太开心，没拿到自己的手续，反而把信息倒赔给了他。

第三次，他说正忙，直接挂断。

第四次，他还忙，答应我晚些回，最后没回。

第五、第六次，不接。

我不敢向米总表露心中不快。

不过老杨比我更着急，给米总打电话比我更频繁。有几次我正好在一旁听到。米总一视同仁，应付两句"快回去了"便挂电话。

我劝老杨理解一下米总公务繁忙。

他不领情，口中怪我不该多事。

我不示弱，心中怪他爹妈不该生他。

我本以为日子会随着任总的成功以及我的平庸这么一直过下去，直到那一天，任总办贷款只差最后一道手续，他没有带文件，着急忙慌让我去家里给他取……

回想起来，从我打开他家门的那一刻，也打开了潘多拉魔盒。所有虚伪和卑鄙都赤裸裸涌现出来，一丝不挂，一丝不剩。后来所发生的一切事情，至今依旧像梦魇一般萦绕于我脑海中，犹有余悸，挥之不去。

那天其实是很普通的一天，普通到回忆不起当天的天气，仿佛那是一生之中最平凡的一天，与如今早已忘记的幼年日子别无二致。

那天一早，我陪着任总在银行办了一上午手续。

黎行长受人之托忠人之事，收礼后的这短短半个来月，已经协助任总将一系列手续办完，他得意地对任总炫耀："上次我亲戚找我办贷款都没这么快！"

临到最后放款，任总发现有一份相关手续放在家里没有带来。

时值中午，任总低声吩咐我："我得紧盯着老黎，手续马上齐全了，一定要一鼓作气办下来，以防夜长梦多。我拉他去吃饭，你回家给我取手续，快去快回不要耽搁。给，我家门钥匙。"

本来老黎有别的事情不肯和任总吃饭，任总死乞白赖把他拽走。

我风驰电掣来到他家中，急急忙忙插钥匙推开了门。

一只脚刚踏进门，就听到一阵声音。

而这声音，只有恋人之间颠鸾倒凤时才会发出。

说不清的浓浓情欲，道不明的男欢女爱。

光天化日之下，卧室之内，净是巫山云雨的贪爱之声。

这种声音，伦理上不允许有第三人听到。

傻子都知道里面正在进行什么不可告人的事。

我吓得心脏几乎停止跳动，面红耳赤羞愧难当，僵立在当地。

迎面是一副任总和表姨的结婚照，他俩比如今年轻不少，照片稍微有点发黄。里面任总笑容灿烂地看着眼前的我。

我被他看得心里发毛。

屋内人听到门口有动静，声音骤停，慌张而警觉地喝问："谁？！"

我的窘迫不亚于屋内二人，紧张到说不出话。我顾不得取东西，只想逃离。

如果不取文件直接逃跑,怎么向任总交代?

正在我惶遽失措、进退维谷之际,屋内一阵骚动,一个赤裸着上身的男人慌慌张张跑出来。我俩一照面,都大惊失色。

出来的人,正是整日标榜自己对任总忠心耿耿的肖经理。

他定定神,气急败坏地问我:"你……你……你怎么来了?"

我惊魂未定,不知如何是好。

他凶狠地说:"我问你话呢!"那副模样简直要吃了我。

我想起我是来取文件的。

欸?对!我明明是来公干的,任总亲手交给我的钥匙!做亏心事的又不是我,怎么这人比我还有理?

我理直气壮地说:"任总派我来拿文件的!我还想问你呢,你在这里干什么?!"

他被我问住,瞠目结舌。

我见他这副模样,有了底气,喝问:"你到底在这干什么呢?!怎么大白天偷偷摸摸跑到任总家里?!任总对你那么好,你对得起他吗?"

"好?"他也来了气,"好什么好?你刚上班第一天,他还不了解你就派你监督我采购,这是对我好吗?这是信任我吗?要不是我死说活说,告诉他每天我亲自去挑的菜比较新鲜,他早就让供应商送货上门了,哪里轮得到我?这点油水也不让沾,够冷落我的了。别人贪他点东西,他其实心里跟明镜一样,却完全装作看不见!哪能看出对我好?!"他无理搅三分,气势逼人,向前迈了一步。

吃不到公司的回扣却赖老板小气?这孙子真孙子。

他站得离我太近,唾沫星快溅到我脸上,我推了他一把:"你别跟我说这个。就凭你现在干的好事,你值得任总信任吗!"

轮到他没话说,他嘴硬道:"拿完快走!"

"东西在卧室里。"我一指卧室。

肖经理神色慌乱地看了卧室一眼,身子又向前跨了一步挡住我,说:"我去拿。"

没等他回屋,一人拿着文件从屋里款款走出来。

这个人是最应该出现在任总家中的女性,也是我最不希望在这种情况下见到的人——我的表姨。

她让肖经理先进屋。

肖经理瞪视着我,充满怨毒,不情愿地走了进去。

表姨把文件递给我:"喏。"

她镇定自若,举止动静宛如平常,要不是身上仅披了一件睡袍,我绝不会想到她与肖经理有染。

我突然明白为什么她总是故意在任总面前说肖经理的坏话了。

难怪今天上午表姨给任总打了两次电话,一次关心贷款进度,一次关心任总午饭吃什么,并说自己一会儿出去和朋友吃饭,看来她是在打探任总的行踪。

当时我在旁边听到他俩对答,脑子还一闪念,奇怪她为什么关心一个饭店老板的吃喝问题。但由于任总正忙无暇多想,她又表现得极其自然,我们并没有起疑心。

任总最近一直住在会所里,大把不在家的时光让这对野鸳鸯钻了空子。

我俩对视了一会儿,互相揣测对方的想法。

她先开口:"当什么都没发生吧。"

她高挺的鼻尖渗出汗来,说话时声音微微发颤。看得出她在极力控制自己,努力装得从容。

我不知怎么回答。虽然我来会所上班还不足一月,工资也没领过,但是在我内心深处,是有些喜欢任总这个毛病不多也不少、人品不好也不坏、距离说远也不远的人了。我该对他俩谁忠诚呢？

她看出我的挣扎，坚定地说："我是你姨！你对别人讲了这个事情，你有什么好处？我的家散了，你的工作也没了！"

她拿工作威胁我，我心中气恼，可确实也有所顾忌。

我静心思考，如果依她所说，我不告诉任总呢？那么我所冒的最大风险就是会不会被任总知道我没告诉他。

所以这个问题的关键点在于任总会不会知道这件事。

表姨和肖经理神经没有错乱到说出去的地步。

剩下只看我了。

表姨给了我不说的理由："如果你告诉你姨父这件事，他不但不会重用你，他第一反应肯定是找个理由开除你。因为家丑不可外扬，不管他在家里怎么和我闹，为了维持他的颜面，绝不会和我离婚。知道他会怎么做吗？他会开除你灭口。你被开除了，再对其他任何人讲这个事，别人都会当你是衔恨报复。只要你姨父不开除小肖，再给小肖涨点工资，别人更不会相信你了。我和你姨父本来就是半路夫妻，身体原因又要不上孩子，其中痛苦不是别人能够轻易理解的。你以为我不知道他每天花天酒地那些龌龊事？说什么工作需要？放屁吧，男人就好这一口儿，别把别人全当傻子。大家睁一只眼闭一只眼吧。你要是个可靠的人，最好甭吭声，我不会亏待你。不就是玩玩嘛，什么年代了，算什么大事？生活中保持新鲜感，还有利于婚姻稳定呢。"她抱着肩，靠在墙上斜视着我。

我暗骂：您老人家红杏出墙，任总不但不和你离婚，还要把我这个检举人开除，并且善待奸夫？这什么逻辑啊！我怎么觉得他应该先买凶杀了你俩，然后再和我拜个把子才是正路？

不过任总这个人不好测度，从任总个人的性格来看，表姨预言成真的可能性较大。

告诉任总,没有我好果子吃;不告诉任总,我可以借此要挟表姨。利益面前,我唯一的选择只有做小人。

下定决心,我点点头:"您是我姨,我肯定向着您。我知道您有您的难处,所以我不会告诉我姨父。而且他事业正在上升期不能分心,我得为他着想,别给您一家添乱。"

她对我的回答十分满意,笑道:"好外甥。"

她转身回屋和肖经理嘀嘀私语几句,他俩并肩走了出来。

肖经理又恢复了他伪君子的模样,赔笑道:"兄弟,刚才一时着急,说话多有不周,你别往心里去。"

我笑道:"哪里,自己弟兄。"

表姨拿了个购物卡给我:"收着吧。"她盯着我的脸。

要是在平日,我无论如何不能收。这时我却需要用收礼的方式来使她放心,接过来揣在兜里,例行公事地假意推辞:"真不用。您太见外了。"

一场危机化于无形。

返回银行,任总嫌我慢,哪壶不开提哪壶:"怎么这么久,你姨在家呢?"

我做贼心虚,慌张得喝水找不到嘴,支支吾吾:"哦……是……"

他正专注于办事,没注意到我阴晴不定的脸,没追问我,继续办手续去了。

在黎行长的大力支持下,手续很快全部办完。

任总乐得合不拢嘴,对黎行长千恩万谢的。

回去的路上,任总在车里望着远处微笑,还哼起了歌,实在憋不住了,竟然和我分享起他的快乐:"这回事情办得漂亮,我用会所抵押得来的贷款,比会所实际价值还高!卖给别人都没这么合适,何况我还在继续使用。只要和黎行长搞好关系,一直帮我展期,或者让我借新还旧，这本金还不还都再说着呢。我贷款一到手，立即去交新项目的竞拍保证金。老余那边也说妥了，项目拿到后，他帮着操作变更规划，等规划一变，利润能翻好几倍！哈哈哈哈哈哈。我这一辈子只有一件事比这次办得更好。"

抛开利益来讲，我真不忍心告诉他家里出了大事。我从没见过他这么开心，他仿佛每一个毛孔都散发着快乐的气息。

我问他："您坐过过山车吗？"

他不解，回答："问这个干什么？我这么大岁数怎么会坐那个？"

我说："没事没事。刚刚路上有个坎，我怕过的时候颠着您。被颠一下的感觉和坐过山车差不多，有点失重感，怕您不舒服，所以问问。"

他说："我没坐过。但是人生和坐过山车一样，大起大落的。"

他眺望远方追忆回去，叹口气："想起我年轻时候，总是在低谷，有一阵低到没有再低的余地了，死的心都有。那时因为贫困，我做了不少不道德的事情，甚至坑蒙拐骗的事也不得不做。比起被饿死，我宁愿做亏心事，回想起来，是有些惭愧，但是并不后悔。谁让造物弄人，我也没办法。比如看门那个老王，我过去就有些对不起他，所以他说什么难听话，我全当作没听见。唉，他这个老头儿年轻时太倔，自以为对我很好。那些年他仗着自己年龄大，总是不给我留面子。我这个人最爱面子，当时我不好说什么，可在心里是时时记恨的，后来做了对不住他的事情，算是扯平了。回头这件事忙完了，我给他点钱打发他回老家吧。

"人跟蒲公英一个样，风往哪吹你，你就飞向哪，而不是你想往哪飞就往哪飞。我也希望出生在名门望族，从小高人一等，从小做好人，不受人欺负不看人眼色。但我没有那么好的命，唯有凭自己双手的努力去获取报酬。命运安排我受苦，即便我一心向善，也逃脱不掉厄运。"

他沉默了一会儿，又开心起来："然而人生有意思的地方就在这儿，既然没了低洼处可走，自然只剩上坡一条路了。熬了几十年，看样子快到巅峰喽。"他说罢笑了。

他看清楚人生，看不清自己。

我不知他是否听懂我的隐喻，说："那您一定要永远保持在巅峰期啊。"

他脸一沉："废话，你这是咒我呢？谁也不可能永远保持在巅峰！做人要审时度势，该努力攀爬时一刻也不能放松，一旦自身能力到极限爬不上去了，绝不留恋，见好便收。多少自命不凡的人坚信自己一定是被命运眷顾的那一个，死到临头还以为是上天考验他，转眼掉深渊里摔得粉身碎骨还不醒悟呢。我每天把提醒自己不要做这种人当成功课。你是不是觉得我连这个都不懂，怕我不知进退？你不要自作聪明。败兴。"

虽然我指的是他的感情，他说的是他的事业，但我更不能把实话告诉他了。

他把所有心思投入在生意上，没有察觉到我的异样，霸气地说："金丹一粒吞下腹，我命由我不由天。谁也对抗不了天命，但我们可以通过自身的手段使自己越来越接近自己想要得到的结果。成功的可能性再小，也要抱着试一试的态度努把力，不然不会甘心。"

"可不是嘛。"我敷衍的回答，脑中盘旋的全是在他家看见的那一幕。

我把任总送回了家。看着他往家走的背影，我心里不安，唯恐他到家发现蛛丝马迹。

正在胡思乱想，米总罕见地给我打来电话："小兄弟，任总那边事情进展怎么样了？"

我心想：我现在最迫切的要求是你把投资手续给我，你不说我的钱的事，反把我当卧底套任总的消息，不太合适吧？你问也该问任总才对。

于是我留了个心眼："您快回来了吗？见面和您详谈吧，电话里说话不方便。"

他咄咄逼人："你直接告诉我吧。我需要了解一下情况，然后我才知道我跟我老兄怎么说。余局长现在怎么样了？"

我被逼无奈："这么长时间了，您还没和您老兄说这个事呢？任总没告诉我，等您回来自己问他吧。"我紧接着问："您快回来了吧？"

他说："就这几天了。你见余局长了吗？"

我回答说："我没见过，但任总说他挺配合的。您有他电话，直接问他也好。"

他说："余局长还挺好的……嗯……你别告诉任总我问你了啊，怕他误会。"他便挂了电话。

他连句结束语也没说。

我想：既然就这几天了，再等等吧。

不承想，这一等……

第十七章
精心骗局

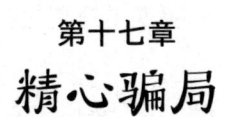

没一周，贷款放了下来。

我开车载着任总和老杨，第一时间去新项目付了竞拍保证金。

顺利交了钱，两个人回到车上弹冠相庆："紧赶慢赶终于赶上了！"

看任总兴奋喜悦的神情，应该对家里的事一无所知。

我渐渐安心，问任总："咱们公司的新项目是做什么的？"

他不悦地反问我："你跟着我跑了多长时间了还弄不清？今天保证金一交，等再过几天缴纳了全款，项目立刻正式启动了，到时需要大量人手，我也得安排你做个经理，你怎么还稀里糊涂的？你要多上心才行！"

我说："肖经理比我能力强，您安排他做吧。"我探听他的态度。

"你能力是差些，但比他可靠。我自有安排。"

我的的确确比肖经理可靠，然而肖经理可靠程度太低，会所里除了后厨那些海鲜，是个会喘气的都比他可靠，赢了他也不光彩。

想想隐瞒任总的事，我颇感愧疚。

任总说："这件事黎行长厥功至伟，要好好感谢感谢他。一起拉上余局长开个庆功宴,顺便说说下面的事情。"

老杨说:"对!以请黎行长为名把余局长拉上,贷款的事说着说着,自然而然就到了下一步变更规划的事情,借机和余局长敲定一下。"

任总说:"是这样。走,咱们亲自去请他们两个。"

我开着车,带他俩来到黎行长的银行。

到了银行门口,黎行长正跟着几个人从银行里走出来。

往日黎行长总是神气活现的,今天他一改常态,愁眉苦脸。身边的几个人表情严肃地围着他走,互相并不交谈。

老杨刚要下车打招呼,任总赶忙拉住:"等等!"

老杨愕然问:"怎么了?"

任总神情凝重:"看着不对劲!"

黎行长被几个人塞进车里,扬长而去。

老杨也看出了其中古怪,彷徨说:"不会是……"

任总紧张地说:"有些可疑。我问问小季。"

老杨说:"您直接给黎行长打电话不成?小季这个信贷员笨头笨脑的,能知道什么。"

任总一摆手:"你不懂。"他拨了过去:"小季,黎行长呢?怎么我给他打电话打不通。"

我和老杨屏住呼吸,仔细听着任总和电话中间缝隙里漏出的声音。

每次他们办事,我从来是在外面等着,并未见过小季,听声音是个年轻人:"你这么快得到消息了?"

任总脸上微微变色:"什么消息?"

小季压低声音:"头儿刚刚被带走了。"

任总预感不妙,慌张地问:"被谁?"

小季有些避讳:"能被谁啊,这还用问?头儿办公室被抄了,搜出不少东西，给他直接带走了，刚出门。你的消息也太灵通了。"

任总内心慌乱了，手在微微发抖，颤声问："因为什么事情？"

小季说："那我可不知道，办案的人又不会说。恐怕领导自己也不清楚因为哪一件事。"

任总"嗯、嗯"两声挂断电话。

老杨耳力不如我，问道："怎么样？"

任总茫然回答："黎行长被抓走了。"

老杨一听，摩挲着胸脯庆幸说："谢天谢地啊，谢天谢地！要是再早两天，钱还没到咱们账时他被抓走了，项目也就黄了。既然已经贷着款了，他被抓也不耽误咱们正事。"

任总面色苍白，缄默无言。

我听老杨的态度，任总肯定没有告诉他黎行长收礼的事。刚才小季说黎行长办公室里被搜出不少东西，不知有没有表姨送的黄金，我替任总捏着一把冷汗，问："现在去哪？"

"先回会所吧。"任总方寸已乱，没有心思再请余局长。

老杨憧憬着新项目，筹划了一路，完全没有注意到任总魂不守舍。

回到会所，任总坐在办公桌前，一个接一个不停打电话，四处找人询问黎行长的情况，午饭也没心情吃。

老杨宽慰他："黎行长刚被带走，哪那么快有消息。您也是忒好心，不就是给咱们帮了点忙吗，饭也吃过了，谢也道过了，不欠他什么了。别想了。"

任总摇摇头："你别多嘴。"他继续打电话。

任总打了一下午电话，我沏了一下午茶，老杨上了七八次厕所。

解铃还须系铃人，快到晚饭的时间，终于从小季那里得到信息："黎行长在车上就把所有事情交代了。"

任总黯然坐在椅子上。

老杨不知其中奥妙，不在乎地说："您这是担心什么呢？瞧老黎那倒霉德行，要不是个行长，谁会尊重他？枪毙了还给国家省点口粮呢。咱们该吃吃，该喝喝。我给老余打电话，请他晚上过来。咱们喝点酒，您心里就没那么烦了。"

任总想制止他，他的电话已经拨出去。

在电话接通前，老杨低声嘱咐道："咱们不要在余局长面前提老黎被抓走了。以防他害怕，该不给咱们办事了。"

余局长电话关机。

老杨笑了："老余敢关机？前几天还告诉我他要二十四小时待命。我给小于打一个问问。"他又给于科长拨过去，打开了免提。

于科长声音比平日低沉很多："喂。"

老杨笑道："吗呢于科长，我老杨。"

于科长："知道。说。"他态度极其冷淡。

老杨热脸贴了冷屁股，不好意思地看了看任总，讪讪地说："你领导呢？怎么联系不上？"

"谁？"

老杨提高声音："装什么糊涂？！你领导，余局长！我也没见过你别的领导啊。我找他有事，你让他给我回个电话。"

于科长冰冰冷冷地说："他回不了了。"

"回不了了？什么意思？"

于科长不耐烦地低声说："昨天纪委把他带走了，今天已经把他家给抄了。"

老杨本来站在任总办公桌前，闻听此言腿一软，一屁股栽在了座子上，声音发颤地问："你说什么？怎么回事？"

于科长义正词严："他现在是涉案人员，我不方便多说。反正跟我没关系，别问我了。"他挂掉电话。

屋内一片死寂，只有于科长挂电话的"嘟、嘟"声刺耳地响着，直至响完，他二人如泥塑木雕，一动不动。

我不好意思乱动，尴尬地陪着他俩愣住。

乍一看，我们成了蜡像，纹丝不动。

空气凝结成了寒冷的冰棺，将这一瞬间像琥珀一样封固住，我们牢牢困在其中，虽生犹死，阴森而诡异。

沉静了好半天，为了打破这僵硬的局面，我嗽了嗽嗓子说："喝水吗？"

任总沉吟良久，说了四个字："大势已去。"沮丧之情无以复加。

老杨突然站起，点起根烟，烦躁地走来走去，反复念叨："这可怎么办？这可怎么办？"他倏忽停下，问任总："我给小米的钱怎么办？"他气势汹汹面色不善，只要任总答复稍有不对，他很可能恶语相加。

任总灵光乍现，一拍大腿："还有小米！哈哈，我差点忘了，还有小米！"

他情绪转换太快，老杨吓一大跳以为他疯了，疑惑地看着他。

任总从座位上站起，说："你那几万块损失算什么？！老余被抓走了，规划就变更不了了，对吧？变不了规划，咱们的新项目就不值得做了，对吧？今天咱们交的钱，用的是我这会所抵押给银行的钱，新项目做不了了，生意没有成交，保证金就会被扣掉。失去了这笔钱，新项目打了水漂，我的会所也会受牵连，对不对？"

任总语速颇快，激动之下又有些语无伦次，我很勉强地听懂了他的意思。

老杨磕巴地说："对……对啊……你兴奋什么？"

"你傻啊？！小米的老兄是施局长的老领导，施局长又是老余的顶头上司。无论老余被不被抓，接任的领导终究还是施局长的部下，只要拿下施局长，管他老余死不死！"

任总一语点醒梦中人，老杨用力拍了下脑门："是是是！我急糊涂了。我现在给小米打电话！"

接通电话，老杨忙不迭问米总："你什么时候回来？"

米总说："快了，我正忙。"他要挂。

生死关头，老杨哪能轻易让他挂电话？他大喝："等等！事情紧迫，必须耽误你几分钟。施局长那边到底说好了没有？你一直含含糊糊，今天无论如何都要说清楚。"

米总说："你急什么？那么大领导又不是你的仆人，你想让他干什么他就干什么。他没空我也没办法。余局长怎么样了？"

"说到点子上了！"老杨说，"余局长被抓了！"

米总毫不惊讶，平静地问："今天吗？"

"昨天。所以说现在全部希望都集中在你身上了，你必须请你老兄帮忙做通施局长工作，否则项目没法做了。"

米总撇清关系："做不通关系，我谁也不认识。你们项目爱做不做，跟我没关系。"

老杨不相信自己的耳朵，登时急了："你说什么呢米总？身家性命啊，可不是闹着玩的。你去送礼的钱是我出的，你到底送了没有？对方怎么说？"他气急败坏，恨不得要把米总从电话里薅出来问个明白。

米总说："什么钱？我不知道。"

老杨以为米总没听明白："那天我给你的钱啊，在你住的酒店门口，当着任总司机给你的。"

米总说："哦，我差点忘了。我那天有事坐飞机走了，临走把钱交给任总司机了，他没还给你吗？"

老杨和任总呆呆地看着我。

我往左右看了看，没别人。

说的是我……说的是我？说的是我！

我脑袋一下子蒙了，惶恐地说："不是说我吧……"

老杨问我："钱呢？"

由于开着扩音器，米总以为老杨在问自己，说："你去问任总司机吧，那天你和他一起来找的我，傻头傻脑那个。他送我去的机场，我把钱给他了，让他还给你。"

他语调真诚得能把测谎仪感动到落泪。

我目瞪口呆，全然不知米总说的是什么。我甚至产生幻觉，开始怀疑自己是不是穿越到了一个发生了我没经历过的事情的平行世界。

老杨急问我："钱呢！"

我傻了，傻到只会摇头。

老杨把电话给我："你俩当面对质。"

我："米总，您没有把钱给我啊……"

米总说："喂？喂？信号不好。"他直接挂断。

我和任总、老杨全慌了神，不知道他搞什么鬼。

老杨将信将疑地问我："他把钱给你了没有？"

"对天发誓绝对没有！"我说，"那天我和你一起取的钱，我把我的钱也交给他了，他说帮我理财。对，还有我的钱！他还拿走我五万块！"我心急如焚，赶紧又拨过去。

米总不是占线就是不接，我不停地打，他接起来就说信号不好，"喂"了几声又挂断。

老杨说："到院子里去打。"

我们下楼来到会所院子空旷处,给他拨过去。他还想装作没信号，我说："我到院子里了，不可能没信号。米总你是不是有什么难言之隐？别让我们干着急啊。"我仍对他抱有幻想。

他被我打电话打烦了，不再挂掉，说："我把钱给你了啊，你小子怎么不承认了？想骗我的钱是不是？"

我努力镇定下来，耐心解释道："米哥，是我啊！你哪能这么快就忘掉我了？您这是怎么了？这玩笑可开不起！我，我……那天杨总把钱交给您，您中途有急事要回老家。我还问您要不要把钱还给杨总，您说过两天就回来，担心给来给去太麻烦，您难道不记得了？我还把我的五万块钱给了您，您这是怎么了……"我内心感到深深的恐惧，我抵触即将揭穿的现实，而我又拿什么来欺骗自己？这个让我敬佩得五体投地的好大哥，难道……

米总干笑几声："我开什么玩笑？我开你的头！你们这些人怎么这么赖皮？我哪里收到你的五万块钱？你想钱想疯了吧。你有录音录像吗？我把老杨的钱交给你了，你是不是想贪污？怎么反咬我一口？"

我确实没有录音录像，跳进黄河也洗不清了。

老杨怒目圆睁盯着我，显然选择相信了他的话。

米总说："你年纪轻轻怎么不学好呢？我第一次见你时让你开车带我去取钱，有这回事吧？"

"有……"

"钱在哪呢？你回到车上说你没取成，但我查了我的账户少了两万块。银行摄像头清清楚楚拍到你拿我的卡取了两万！我这个人心软，也不把两万块钱放在眼里，所以不报警抓你了，不然你前程都毁了，知道吗你？"

他一说这话，我才完完全全缓过神来，这人彻头彻尾是个骗子！我一心想成为和他一样的人，他却是我最不想成为的那种人。以前我以为这种骗子只会出现在遥不可及的新闻里，这时竟然活生生出现在我身边，我听之信之，浑然不觉！

我怒不可遏："你还反咬一口！老杨的钱给你了，我的钱也给你了,你让我取的两万块钱当晚你打点小姐用了,大家都是证见!你要是再胡说八道,我要去报警了!"

他坚定地说:"胡说!我打点小妹只用了一万块,那是我本身带着的。我还要去报警呢!你贪污了老杨的钱,又从我卡里偷了两万,还想诽谤我收了你五万?你这叫诬告陷害。这是多大的罪名你懂不懂?警察要抓你去坐牢的!"

我急得眼泪都快掉下来:"你这人怎么能这样啊?!你说不让我挣钱就提头来见,你发誓也不算数?"

"我没说过。就算我说过,那我提龟头来见,你要不要?"

我气昏了头,口不择言:"我我我……我×你妈!"

他耍无赖说:"欧呦,那可谢谢你喽。我是个遗腹子,前些年我娘去世的时候,我特后悔没在晚年给她找个老伴儿,既然你愿意,你赶快下去陪她吧,我会在逢年过节时多给你们烧些纸的,后爹!"

他用力哼了一声,"可笑!"他挂了电话。

我气得身体似筛糠,恼怒得说不出话。

老杨揣着明白装糊涂,对我说:"这回明白了,你把钱交出来吧。"

任总怒气蓬勃,推了他一把:"老杨!姓米的耍赖,难道你听不出来?你不能为了那点钱去诬赖别人!"

老杨见米总这条路断了,不但要不回自己的钱,新项目也没法再做了,原形毕露翻了脸:"姓任的,小米明明白白地说你司机把钱贪了,要是拿不出证据,他必须乖乖吐出来!要不然你自己把钱还我!"

任总指着大门骂道:"放屁!一起合伙做生意,你出点钱也应该!谁能保证稳赚不赔?再说这姓米的是你介绍来的,给他的钱当然你出!我跟你说,老黎、老余被抓了,我也逃脱不了干系,我还得想对策,没空跟你闲扯。你赶紧给我滚!"

我恨老杨颠倒黑白，拽着他往外走。

推推搡搡来到大门口，他双手撑住大门不松手。

我使劲推他："松手！"

他急赤白脸："兔崽子，你们还我钱我就松手。"

他屡次冒犯我，我早已怀恨在心，姓米的是他的朋友，要是没有他，我怎么会受骗？还想诬陷我！新仇旧恨一齐涌了上来，脑子一热，我抬手给他一个大嘴巴。

我用力过猛，一巴掌把他打倒在地。

他蒙了，万万想不到我如此大胆。

我也蒙了，有生以来头一次主动打人。

我从小受到的教育都是打人不对，君子动口不动手。可是有的人实在欠打，你不打他，完全对不住自己胸中汹涌澎湃的正义感。

一巴掌下去，特别解气。

老杨捂着脸说："好好好，你们骗了我钱还敢打我！我死在你们这儿！"

往日谦和有礼的老杨摇身变成泼皮无赖，往地上一躺，撒泼打滚地乱叫。

正闹得不可开交，胡哥走了进来。

老杨躺在大门当中，挡住了出入会所的必经之路。而胡哥像没看见一样，直接抬腿从老杨身上迈了过去。

胡哥这个失礼的举动令老杨更加愤怒："你瞎啊，看不见地上有人？！"

胡哥回过头，漠然看了老杨一眼，低沉着嗓子询问："你是说我吗？"

老杨不依不饶："瞎了吧你！你……"

胡哥二话不说，猛地一脚踢在老杨的下巴上。

老杨被胡哥的脚劲踢得转了半个圈，血从嘴中迸溅出来。

胡哥淡淡地说："看来是说我。"

老杨旋转那半圈正巧腾出了间隙。

后面到了一拨客人，躲着老杨侧身走进来，纷纷议论："怎么打人了呢？"

胡哥说："小偷。"

客人恍然："该打！"他们快步走了进去。

老杨嘴疼没法分辩，又惊又怒："你干什么？！"

胡哥："×你奶奶。"

老杨疑惑不定地看着他："你……你是谁？"

胡哥云淡风轻地说："我是你爷爷。"

占便宜的话被胡哥说得十分有条理有逻辑，要不是情况紧急，简直能当笑话听。

老杨不知胡哥的来路，不敢造次招惹他，说："你们打我！我报警，我报警。"

四周已经聚集了几个会所员工。

胡哥问大家："我打他了吗？"

大家认识胡哥，起哄说："没看见，没打。"

胡哥挑衅地看着老杨："你怎么自己摔流血了？"

老杨寡不敌众，急着报警。

胡哥又抬起脚，作势要踹老杨。

老杨一骨碌身子爬起来"姓任的欠我钱，你在这里掺和什么？！"

胡哥说："谁欠你钱我不管，你们自己去商量。你不能在这里捣乱。"他回头问任总："你有这人的家庭住址和身份证号没有？"

任总说："有。"

胡哥又问："他有孩子没有？"

"孙子都上学了。"

胡哥冲着老杨说:"你赶紧给我滚。你要是再来捣乱,我明天派人去接你孙子放学。胡某人一向说到做到。"

老杨当着这么多人,有些下不来台,微微迟疑。

胡哥一抬手假装打他。

老杨往后一退,屁滚尿流跑了,边跑边嚷嚷:"姓任的,你坑了我,咱俩没完!"他隐没在公园深处。

我心惊肉跳地问胡哥:"您要绑架他孙子?"

胡哥看着我:"说什么呢?最多派俩小兄弟去学校门口逛荡一圈,吓唬吓唬他得了,让他自己嘀咕去。法治社会,哪能绑架?"

任总让旁人散去,三言两语告诉了胡哥缘由。

胡哥皱眉听着,不发一言。

胡哥镇住了场子,同时把我也镇住了。

等任总讲述了经过,我拉着他恳求:"胡哥,这个米总骗走我的五万块,是上回碰瓷的赔偿款,我靠着它生活呢!不管怎么样,求您帮我这一次,想办法给我追回来。追回来我跟您平分!"

胡哥说:"我不要你的钱。五万块钱也不值得我替你去追。你拿好你的证据和对方个人信息,带个证人去报警,准比我好使。"

证人刚被他打跑了,我说:"证据我没有,对方信息我也不清楚。"

胡哥挣脱我的手:"胡闹!你把我当流氓了?我住了大半辈子监狱,就明白了一件事:永远不做违法乱纪的事情。我顶多打打擦边球,真违法的事我可不干。你没有证据,怎么证明他欠你钱?别说我,警察也管不了。"

我不服:"警察应该保护个人合法财产啊!我被骗是个事实,凭什么不管?"

他说:"警察也是人!每天比你这事严重得多的警情都处理不

过来。公安机关要是连这种没有证据的破事也管，每天要浪费多少资源。对方之所以敢明目张胆的骗你，就是发现你没有搜集证据。算了吧，吃一堑长一智，五万块钱买个教训不亏。"

我想起米总收我钱的时候说过"我在给你上人生大课，钱花得不冤"，原来他步步都在算计我！

任总问："你怎么那么轻易相信了他？不跟我说一声也不要个凭证，就把钱给他了？"

我垂头丧气地说："第一次见他那天晚上，他让我给他取钱。我看他账上有两千多万，觉得他不会因为我这几万块骗我，谁知……唉……"

他沉吟地说："小米让你无意间看到他的余额，应该是为了通过你来骗我。如果你早告诉我这个细节，我也该有所防范。"

我一直以来不告诉任总任何米总与我私下的事，是因为我在替米总防范任总。没想到聪明反被聪明误。我万分懊恼，悔不当初。

"他告诉你密码了？账户是他的名字吗？"

我仔细回想了一下："对，告诉我密码让我去取的。我不记得账户名了，但肯定不是他。不姓米。"

任总叹口气："不用说了，小米必然是个骗子。不用自己的名字办银行卡是骗子的一贯伎俩。他存账上的钱专门为了骗人用，不经意地透露给你，让你觉得他很有钱，误导你相信他。有的骗子显摆名车、名表，有的骗子故意把银行流水单落在你看得到的地方，全是为了骗人。归根结底还是你没早告诉我，否则我不会轻易进他的套。我让老杨出钱给他，也是不放心他。"

他想了想说："我不理解，你的五万块，再加上老杨那些钱，不值得小米逃跑啊。他账上有两千多万，无论这钱是他自己的或是他骗的，能反映出他是有点手段的，不该为这么点钱跑了。"

我想起了米总那个肮脏的背包:"我送他时看到他拿了个包,他说里面装的钱。看样子至少有几十万。"

任总道:"那就能解释通了。他除了和咱们说事以外,这几天也接触了别的人,说不定他是因为骗了别人的一大笔钱才跑的。"

任总情绪极其低落。

我和老杨只不过被骗了些钱,而任总的生意恐怕要毁于一旦。

相对无语了一会儿,任总和胡哥回办公室了。

我也回了家。

每个人感知痛苦的程度在于他自身的承受能力,不是一个人有钱有势他就不痛苦,也不是一个人无权无势他就不开心。

自己经历的事,只有自己才能真切感受到它所带来的影响。好比女人生孩子,男人都事不关己地说:怕什么疼啊,是女人都要生孩子的。你让他生一个试试?输个液都如临大敌,做个痔疮手术就哭爹喊娘了。

我后悔透了没有多给小钟一些房租,至少不会被米总骗得这么彻底。

我躺在床上越想越窝心,辗转反侧彻夜难眠。

我翻来覆去跟烙馅饼似的在床上折腾到大半夜,一会儿悔恨、一会儿懊恼,一会儿喃喃咒骂米总,一会儿心浮气躁地幻想各种可能发生的事。

米总不但骗了我的钱,还要诬陷我偷了他两万块,虽然我知道假的变不成真的,仍旧不免提心吊胆,顾不得时间已晚,给二子打了电话。

二子半天才接:"大半夜打电话干什么?"他打着哈欠,似乎被我吵醒了。

我说:"我以为这个时间你还在等你女朋友呢。我问你个事,前一阵我去歌厅那天,你女朋友工作的包间里是不是有个客人小费给了一两万块?能不能让歌厅把监控调出来,再让你女朋友给我做个证?"

他清醒了清醒,糊涂地问:"说什么呢。你不是不知道哪个是我女朋友?"

我无心纠缠她女友的事,说:"你别管我怎么知道的了。那天监控还有吧?那个客人偏说我偷了他的钱,我要证明他把钱给小姐了才行。"

他说:"那种地方怎么可能有监控呢?警察一来查,不相当于不打自招了?而且歌厅已经被查抄了,现在闹不好都改成洗脚城了。"

"啊?刚多久……"

"现在监管越来越严,这个歌厅总共没开半年,还经常东躲西藏,今天营业明天不营业的。你去了没两天就被一锅端了,把我前女友还逮走问了一晚上呢。"

"前女友?"

他坦然道:"对啊,分了。歌厅一倒闭她就失业了。她嫌别处工资低,自己又什么都不会干,找不到工作只能回老家找老实人结婚去了。"

我没想到人情淡薄到如此地步:"你不是对她挺好的吗?天天接她下班。她怎么那么绝情,抛弃你找别人结婚去了?"

他无所谓地说:"什么啊,我甩的她。我一心指着她挣钱填补家用,那种场所挣钱又多又快,所以我才事事忍着她。她没了工作,花钱大手大脚的也没个存款,我还要她干吗?我一天也没让她来我家蹭住,直接给她撵走了。她长得虽然可以,但我这个年纪了,总要想些现实的。"

我默然无语。

"没事的话我睡了。"他挂断。

二子帮不上我的忙,我该怎么办?继续找任总?可任总和我一样前途未卜。

任总一完蛋，必然殃及池鱼。会所黄了，我们跟着倒霉。

想想这也太巧了，黎行长和余局长先后出事，时间正赶上任总交完保证金。他俩早一点出事，任总就不必交保证金了，起码可以把钱攥在手里静观其变。他俩晚一点出事，任总付完全款变完规划，新项目用不着他俩也能走上正轨。

这两个时间点像两堵正在靠拢的墙，将任总卡在中间，越收越紧，挤得他呼吸苦难，肝胆俱裂。

我预感这不是巧合。

事情的真相有如一道模糊的屏障遮在我眼前。它近在咫尺，近到能阻挡我的呼吸。想要掀起它看个究竟，又隐隐约约不可触及。

我胡思乱想一夜，莫名烦躁，叹气连连。

据说人在心情不好时呼出的气能毒死小白鼠，我恐怕这样下去要把自己毒死了。可是又不敢开窗通风，以防外面的雾霾更毒。

然而雾霾没有人心毒，人们明明通过拼命破坏环境来换取利益，钱到手了却反过来责怪环境不好，不赖自己欲壑难填。

精神压力大得让我觉得自己得了抑郁症或者心脏病。

如果去医院检查，我一定得了抑郁症而没有得心脏病。因为新闻上说医院都在滥用抗抑郁药物，所以医生无须检查就会给我开上几瓶药，以防同行骂他假清高。心脏病则不同，它就如同人的龌龊念头，平时看着跟好人似的，不犯的时候根本检查不出来。

我心中烦闷，实在睡不着了，不等天亮，爬起来出了门。

除了会所我无处可去，但首班公共汽车还没发车。

我朝着会所的方向踽踽独行。

漆黑的路上，唯有我一人。

好久没有融入夜色里。

长久以来，我总是以旁观者的角度看待夜晚——虚无、昏暗、无趣、沉沦，令人望而生畏，甚至生厌。

　　每当深夜走在街头，我总是喜欢追逐路灯的灯光。我走出了光圈，便紧赶几步进入下一个光圈，不愿被深夜淹没。

　　黑夜是未知的、不由人的。它寂静阴沉，深不可测。它是造物主的化身，在幽冥之地窥视着世间的一草一木、一举一动。人们不曾察觉它的存在，因此无从知晓如何逃脱，一切尽在它的掌握。

　　我敬畏它、憎恶它、思考它。

　　它与生俱来的孤独气质压抑了人性。

　　如果有一种事物，它与世间万物皆有不共戴天之仇，那它一定是夜。

　　它来到时，残日避而不见，人们昏昏欲睡；它离开时，天明接踵而来，万物生机勃勃。

　　而一夜中，最可爱的时刻是黎明，它是光明到来前的最后黑暗。

　　于一生中，最可怕的时刻也是黎明，因为谁也不知下一刻即将破晓。它至黑至暗，人们只会把它当作进入永夜的前兆，每一秒都要比之前更加绝望。

　　然而此时此刻，黎明时分走在大街上的我，只希望黑夜漫长。

　　漫漫长夜虽然寂寞，却能与我和谐相处，互不打扰。

　　我享受着白天所给不了的静谧，不为人心所累。

　　黎明短暂，我倍加珍惜。

　　如果我是胎儿，那么夜则是羊水。它包裹着我，将我与世隔绝，使我不受外界侵害。我害怕日光来临将它刺透，我又要忍受着这世界的折磨。

　　人人不喜欢现实，可人人逃避不了它。

现实是什么？我觉得，假设现实是个人，那他必定是《西游记》里的黄袍怪。

黄袍怪跑去宝象国认亲，国王不敢见他，问唐僧要不要传旨宣他进来。唐僧说：妖精这玩意会飞，你让他进来他也进来，你不让他进来他还是会进来，不如假客套一下好好请他进来，大家还少废些话。

所以，想逃，是逃不掉的。

逃避现实的结果可以预见：你跑到海角天涯，现实照样一把给你揪过来，命令你立正站好，"啪啪"给你两个耳光，指着你鼻子教训："孙子！看你下次还敢不敢跑。"

本人没有孙悟空打败现实的神力，只能认命。

第十八章
三大不幸

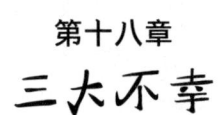

假如漫无目的地走就能断绝所有真挚情意，则希望从黄昏穿过破晓。

我越陌度阡，徒步走到了会所。

东方泛白,偌大一个会所美轮美奂地矗立在院落中,幽静而雄壮。它每天看着人来人往，不知作何感想？

也许它一无所知，也许它根本不放在心上。

它宁静而闲适。

并未大亮的天，有一层蒙蒙阴雾笼罩着会所。这份平静，是回光返照，是狂风骤雨前惑人的平静假象，暗藏杀机。

在楼下，我看到任总办公室的灯刺眼地亮着。

看样子他和我一样整夜未眠。

我走了进去。

他伏案睡着。

我找了件衣服轻轻给他盖上。

他身子一抖："谁！"他抬头一看是我："我以为是谁呢。"他放下心，打哈欠揉揉眼。

一夜未见，他憔悴了好多。往日他头发梳得油光锃亮，现在却凌乱发白，面色不佳，颇有沧桑之感。

我不知怎么宽慰他。

他见我欲言又止十分关切，笑道："昨天忙太晚了，没回家。"

他的笑很勉强，更加令人担忧。

我看出这个男人又在逞强。

在乱世，这人会是个天下闻名的好汉子。

在治世，这人只是法治社会下的可怜虫。

我想和他说些什么，又不知从何说起。

他反安慰我说："没事。生意嘛，有赚有赔。余局长一出事，我这个项目挣钱是没戏了。不过等付了全款以后，东西还能落在手里。要么再募集点资金把它盘活，要不索性给它卖了套现，只要把银行的贷款赎回来，会所还是我的，虽然多少会赔一些，但不至于伤筋动骨，最后只当什么都没发生就好了。你也别太担心你那五万块，老杨是个蠢货，昨天事情没有理清楚就急眼了，沾点钱脸都不要了。我平时就比较防范他，所以送礼的事情也不告诉他。幸好这个人露馅儿比我预期的早，以后真把事情交到他手里，指不定捣多大的乱呢。他要是好好静下心来和我捋一捋来龙去脉，他的钱也不是完全没有要回来的希望。"

我忙问："您觉得我的五万块钱有希望？"

他站起来活动活动身体，倒了杯水喝下去，慢条斯理地说："我没有百分之百的把握。但是按道理分析，应该有机会。从小米骗你的角度来说，漏洞不太大。他肯定次次留心，在骗你的时候没有给你留任何证人、证据。即便核实清楚，应该也算是做生意，构不成诈骗。我估摸着他说他的老兄是施局长的领导也是杜撰的，压根儿没这回事。或者只是他凑巧和人家打过照面，吃过一次饭什么的，人家根本不认识他，他就搬出来招摇撞骗了。我从来不见兔子不撒鹰，他空口无凭，我也有些疑心，所以我自己不出钱，让老杨出。他这一跑，他所谓的老兄咱们不知道是谁，施局长也不可能和咱们核实这件事，给咱们来了个死无对证。虽然骗钱的手段不高明，甚至有些低劣，但给咱们留下的把柄真不太多。"

我没听出关键点："那您的意思是？"

"他骗咱们这件事不好找毛病，可他骗人的行为有很大漏洞。你想，他千里迢迢跑到我们这里行骗，说得洋洋洒洒，没几十个亿的项目不干，结果骗了你们这么一点点钱就跑了，说明什么问题呢？说明他肯定是个惯犯。他在当地混不下去了，只能跑到别处行骗。换句话说，他即使没有案底，也会有不少人找他。他卡里有两千多万，得骗了多少人！其中肯定有几笔大的，人家绝不会饶了他。报警的人多了，即便你没有证据，警察也能顺藤摸瓜把他查清楚。等我忙过眼前的事，找个警察朋友给你分析分析。"他顿了顿说，"在我姓任的眼皮底下出这种事，小米也太瞧不起我了，让我以后怎么在社会上混？自古以来邪不胜正，我真不信这钱说没就没了。真没了也不要紧，跟着我好好干，五万块钱算个什么！"他用拳头捶了下桌子，眉色之间透出一股豪气。

我紧绷的心松弛了不少，连连称是。

任总成了我救命的稻草。

在危难时刻有人相助，哪怕杯水车薪也甘之如饴。冲他这一针镇静剂，我一辈子忘不了他的好。

表姨那件事，我如鲠在喉，越隐瞒越感到对不起任总。我心想：他生意刚出了岔子，绝不能让他分神，暂且不告诉他。等这一阵过去了，我再想办法跟他说。虽然工作丢了，至少我还能做一个忠诚正直的人。至于表姨，是她自己行为不检点，可不是我对不住她。

计议已定，我发现自己良心未泯，轻松很多。

我正想和他表表忠心，说点感激的话，办公室的门被推开。

看门的老王探头往里看。

任总素来不喜欢老王，不快地说："怎么不敲门？"

老王回头对身后说："在呢。"

两个人从老王身后闪出，走进办公室。

老王指着任总对二人说："就是他。"

没等任总问，老王转身离开。

我从未见过老王踏进会所楼里一步。我想，此刻时间尚早，会所的其他员工还没上班，才由他带领客人进来。

任总不认识二人，请二人坐，客气地问："二位是来订餐的吗？朋友介绍来的？我们这里熟人办卡有优惠。现在时间太早，负责的经理还没上班。我亲自接待二位吧。"

两个人看上去精明干练，不苟言笑的神情仿佛把"不速之客"写在了脸上。

他们简单地核实了任总的身份，对我说："请你回避一下。"

我搞不清状况，但他们的威严足以让我知道事情不简单。

任总心里仿佛知道了什么，向我点点头。我走出了任总办公室，带好门。

得益于任总喜欢办公室内敞亮，所以他的办公室是两扇玻璃门。我放心不下任总，躲在角落里远远张望。

他们二人背对着我，我只能从动作判断他们向任总出示了什么文件或者证件。

只见任总全身一震，显然内心受到了极大震荡，害怕之情已然掩饰不住，浑身发抖。

我虽然听不到他们交谈的内容，但联想起余局长的事，心里也猜到了大概。

我心乱如麻，紧张到心"怦怦怦"快要从胸腔里蹦出来。毕竟那两次送礼，我全参与了：一次是我开车载表姨去的，一次是当着我的面送的。要是问起我，我该怎么办？

我生怕二人回头找我，大气不敢出地下了楼。心里不住地求神拜仙，只盼自己变成一只变色龙，融入大自然的背景中。

如果他们让我配合调查，我该怎么办？不用说，我肯定不是电视剧里临危不惧、视死如归的英雄好汉。只要别把我抓走，我全坦白！

我一转念：做错事的是任总，我检举揭发他们还算是坚持正义呢！对！我坚持正义！我坚决向人民投诚！坚决和阶级敌人划清界限！坚决打倒这些贪污腐败分子！

只要能让我逃离这是非之地，五万块我也可以不要了！什么好事坏事都与我无关，我宁可扫厕所，宁可去工地搬砖，一辈子受穷挨饿也不再 这浑水！我对天赌咒绝不干违法乱纪的事了！我一定踏实做人正经做事，凭真本事挣干净钱！我一定做一个脱离低级趣味的人！

历来任总给我灌输的那些扭曲的价值观，在这一瞬被办公室里那两个人的气场给震慑端正了！

我心乱如麻，胡思乱想着。

不一会儿，二人带着任总从办公室里走了出来。

任总并不反抗，一直垂着头。

我怕靠太近把自己搭进去，本不想跟着，可是双腿不由自主地走在了后面。

任总跟着二人上了他们的车。

任总忽然想起了什么,脑袋又伸了出来,对我叫道:"跟你姨说,我去配合调查很快回来,不要为我担心。"

那二人将他拉回车里,驱车离去。

他的话好似临终托孤,我心中难受。刚刚燃起的追回五万块钱的希望,又破灭了。我怅惘地站在大门口,不知何去何从。

老王从传达室走出来,同我肩并肩,一起望着汽车消失的方向。他得意地说:"终于等到这一天啦!"

老王笑容满面,大仇得报的样子。

老王到底和任总有什么深仇大恨?这在我心中始终是个疑团。我问他:"老王,你怎么这么幸灾乐祸?!你知道任总被谁带走了吗?"

我指望卖个关子,不想老王比我清楚:"纪检委啊。要不我高兴什么?!"

他胸有成竹的模样,让我心生疑窦,问道:"你……你……你知道些什么?"

轮到他卖关子了:"我全知道。哈哈。"

我火急火燎地说:"老王,别逗闷子了,人命关天。你把知道的赶紧说说,看看有没有办法把任总救回来。"

"救回来?"他嘲讽地说,"我撑得慌啊?好不容易才把他送进去!"他的话语中含着深深的恶意。

我目瞪口呆,脑子转过了无数片段。只觉事事可疑,但又捋不清关系。我惊疑不定地看着他:"这样做对你有什么好处?"

他笑了,深邃的笑,说道:"当然有好处!我高兴!让我高兴就是最大的好处。"

他的阴险笑容,令人遍体生寒。

他悠悠望天思索了一会儿,缓缓地说:"一切都结束啦,都结束啦……这么多年发生的乱七八糟的事情，从此一笔勾销。小任呐，咱爷儿俩，哼哼，今生往后各不相欠。"

任总被带走的时间越长，回来的希望越渺茫。我迫切想知道发生了什么："到底怎么回事？您老人家能不能别装腔作势的了！"

他琢磨了琢磨，说："算了，我全告诉你吧，如今事情结束了，说出来也没关系了。不然小任跟个傻子似的，死都不知怎么死的。我忍了那么多年了，憋在心里容易生病，也该发泄发泄了。"

他坐在一旁的台阶上，拍了拍旁边的台阶示意我坐下。

我还没弄清来龙去脉，不愿和他并肩坐。

他见我迟疑，也没在意，目视前方，吐了口痰，清清嗓子，讲述起了他的故事：

"小任的爹，其实是我的把兄。我们小时候住在农村，我爹死得早，家里穷，又没什么别的亲戚，只和把兄来往最多。我结婚也是把兄帮我操持的。小任比我儿子大几岁，两个人经常一起玩耍，两个小孩子的感情和我与他爸的感情差不多，一起长大的。这日子啊，平凡得不能再平凡，也不充实，也不空虚，每天起早贪黑只有家长里短那点事情，撑不死也饿不着。有了闲钱，我就和把兄在村口一坐，嗑着钉子喝点小酒。喝多后发发牢骚，说说别人家的闲话。如今回想起来，最幸福快乐的就属那段日子了，晕乎乎地看着孩子们满地跑，叫啊，跳啊的。现在还跟画一样经常在我眼前晃来晃去的。直到有一天发生了一件事，把我这一生都毁了。"

他平静得好像在叙述别人的事情。我想，这件事应该每日都萦绕在他心头，以至于这事成了他的日常，他早已习惯。

他说："小任和我儿子去钓鱼，渔线触了电，把我儿子电死了。我和我媳妇心疼得死去活来，可是那能有什么法子？我原想再生一个，看媳妇太难受，又张不开口，心想等她缓过这个劲儿再说吧。

谁知道她没缓过来，半夜自己爬电线上自杀了。我知道，她是想体验儿子的痛苦，陪着儿子。唉……"他提及伤心处，眼圈发红。

我还未婚育，父母健在，体会不到丧父丧偶丧子这人生三大不幸带来的巨大痛苦。但我见他难过的神情，心里也觉得酸楚，不禁有些同情他。

他吸了吸鼻子说："人死时只是受那么一下子的痛苦，活着的人还要痛苦地活到死。那段日子，我明白了什么是行尸走肉，我就是。我的灵魂已经没了，所做的每一件事情，只是条件反射似的被动反应，根本不记得自己吃没吃过饭，去过哪里。我只要躺在床上，就盯着房顶看，希望把它看裂了，最好掉下来砸死我。

"把兄怕我出什么意外，天天照顾着我。想给我再说个媳妇，我哪有这个心情？况且人家大闺女也看不上我这窝囊样。"

"后来我把兄为了让我离开老家那片伤心地，强拉着我出来打工。我中间找了好多地方，都吃了闭门羹，最后找到一家公司给人家看大门，才在这个城市落下脚来。"

他指着脚下的地："那家公司，就是这里的前身。"他指了指他的传达室："我和把兄在这里看大门，他住下铺，我住上铺。"

我俯身坐在了他身旁，看着他饱经风霜的脸庞，与他一起回到了过去。

他继续回忆说："我们看了十年大门，后来小任也被接来一起跟着我们看大门。我没了儿子，对待他就像亲生儿子一样。没两年他爸得病死了，我搬到了下铺，小任住在上铺和我相依为命。当时我和小任情同父子，他娶了老婆，我把我所有积蓄都拿出来给了他，他才成的婚。生了女儿也是我帮着他带大的。

"再后来公司要处置资产，把这里卖掉，小任这小子动了心眼，想把这院子买下来。那时候他偷偷告诉我，为了避免他老婆分财产，要把所有东西都落在我名下，说什么王叔最可靠，甜言蜜语地哄着我。我没文化，只能听他的。签字的东西一律我签，画押的东西一律我按手印。他东拼西凑弄的钱给银行的人行贿也让我去。凭着这些偷鸡摸狗的手段，他和银行的人勾搭上了。当初银行管理也不严，银行的人和他串通，用假手续违规从银行贷了不少钱，空手套白狼把这个院子买了下来。

"按理说他拿到东西以后，该想办法把银行的贷款还了才对，或者把院子抵押给银行，至少能完善完善手续。可他好不容易弄来这个产业，哪舍得撒手？他起了贪念，推脱不还。银行的人怕出事，三天两头催要欠款，小任昧了良心把给他办事的银行领导举报了，领导被逮了起来。纪检部门经过调查，把我也牵扯了进来。因为签字送礼的都是我，小任用我去顶缸！"

我想：难怪任总找黎行长贷款那么轻车熟路，原来是故技重施。

他又说："我本以为小任是无心的，在里面把所有事情自己扛了下来。满心以为他会想办法救我，可到我被判刑的那一天，他律师也没有给我找一个，一次面也没露过！不仅如此，我在监狱里天天盼望着他来看我，他却跟消失了一样，那么多年没有看过我一次，没有给我账上存一分钱！任由我牢底坐穿，连我出狱时他都不来接我。我特别绝望，心想他也许希望我死在牢里才踏实。

"出狱后我自己找回这里，过去的旧楼已经拆了，原地建了眼前的会所。只剩下这个传达室正要拆。他见了我，没有父子重逢的热情，甚至透露出我不该来这里的意思。他的新老婆也不是东西，跟他一个鼻子孔出气。我气得半死，终于看清楚了他的真面目，我俩越说越僵，最后反目成仇。

"这传达室是我的老窝，我死在这里也不让他拆。他千方百计想赶我走，我一天也不离开这里，于是这些年我们俩就这么耗上了。

他没办法，只好每个月给我发工资。发的钱令我满意了，我就不刁难进出的人。给我少了，或者迟了些，我就不给他好好看大门。你第一天来的时候我态度不好，那是由于他没按时给我钱。"

原来如此！老王有悖常理的举动有了合理的解释。

他接着说："还没说到正点上。之前被小任举报的银行季行长，前一阵也出狱了，出来后一心要报复我和小任。他先找到了我，了解事情经过后觉得我也是受害者，便跟我商量一起对付小任，只要我给他搜集小任的违法证据，事成之后给我一笔钱养老。

"平心而论，小任嘴上虽然不肯认错，近些年对我还是可以的，他应该是有悔过心的。他这个孩子本质不坏，但年轻时候穷怕了，才会做事不讲良心。这些年富裕起来后，做事也开始讲究了。

"其实人都是这样，人的本性并没有绝对的好坏，也不是有钱会使人变坏，而是有了钱才有做坏事的机会，人还是那个人。站在什么位置说什么话吧……唉，这个道理还是小任讲给我听的……

"所以季行长来找我时，我本不想答应他害小任。可最近小任拿会所去贷款，相当于断了我的后路。会所属于他，我还可以跟他赖到底。会所抵押出去，我和谁去赖？人家给我轰出来我一点脾气都没有。虽说现在只是抵押，并没有把会所交出去，但我每天都提心吊胆。想起那些年在监狱里吃的苦，我……我答应了季行长。"

我问："你很少参与会所的事，怎么知道谁是黎行长？又怎么知道贷款的事？"

他说："都是季行长告诉我的啊。小任觉得自己明察秋毫厉害得不能行，其实在他眼皮底下的事他反而发现不了。黎行长手下信贷科的小季，是小任告发的季行长的亲侄子！真是报应不爽！该着小任倒霉，该着季行长报仇！

"季行长和黎行长在同一家银行当行长，只不过季行长是黎行长的前好几任,黎行长根本不知过去的恩怨。当小任到银行办贷款时,小季一眼就认出了他,不动声色地把所有违规事情记录在案,作为证据。"

我无法相信:"怎么可能这么巧?"

他不屑地说:"巧吗?不巧吧。这家银行是离咱们会所最近的银行,要是想贷款,首选当然是它。你不去找它,它还来找你呢。季行长是前任行长,过去不像现在,那时管理不大严格,把子弟送到自己银行里上班,也不稀奇吧。黎行长是个什么东西?他调过来没多久,还是个没心没肺的人,从来没有打听过原先的事情。"

这关系真绕!看似风平浪静的日子,私底下暗流涌动,藏着不为人知的玄机。想想任总阴沟里翻船,居然被一个无名小卒暗算了,我脊背有些发冷。

"这也有你的功劳。"

"我?"我大感不解。

"你被米总骗得很惨吧?"

一提到米总,我怒火中烧:"你怎么知道?"

"我怎么知道?哼哼,我知道的多了。"他轻蔑地看着我,"年轻人啊年轻人,多历练吧,差远了!你们晚上在这里吃过饭,临走时在门口告别,有这回事吧?你们喝多了没注意,我却在传达室里看了个真真切切。这个米总偷着四处拍了不少照片,把你们所有人都拍了进去。我当时很奇怪,他是一起吃饭的客人,哪怕明目张胆地拍你们,你们也不会介意,干吗偷偷摸摸地到处拍?跟取证似的。我当时没吭声,心里却一直惦记着这件事。

"第二天他又来,趁着我上厕所的工夫,竟跑到我的传达室来调监控。我回来时正看到他对着监控录像。他被我撞破,说是任总让他来的。这不是开玩笑吗?别看会所是小任的,这传达室可是我的一亩三分地,小任和我闹得这么僵,根本不可能主动招惹我来。

"我问米总是不是要搞小任的事,他开始不承认。我说我看到他鬼鬼祟祟偷拍了,肯定有什么不可告人的秘密。我告诉他,小任对不住我,我也想搞小任的事,咱们合伙。并把所有监控录像都给了他。

"他相信了我的话,便和我一起商议怎么搞垮小任。米总从你那里把黎行长和余局长受贿的事问了出来,小季收集违规贷款的材料,我负责盯着你们在会所的一举一动,并且给双方传递消息。汇总到一起,小任还有活路吗?你说说,小任一天到晚自作聪明,到底是谁聪明?他每日高谈阔论以为自己又做了一笔大生意,在我们看来,他离悬崖越来越近却一点没察觉,像傻子一样被蒙在鼓里!哈哈哈。我儿子替他死了,我还把他当儿子看待,他反过来对我恩将仇报,现在我送他去坐几年牢,不亏吧?以后我们谁也不欠谁啦。

"然而米总的嘴很紧,并不告诉我他想搞垮小任的原因,他更关心你和老杨的动静。我一直不明所以,不过我一心只想整小任,其他事也没往心里去。

"直到昨天我听到你们在门口和姓杨的吵架,才想通了前因后果。我想是因为米总骗了你们的钱,他怕你们找后账,所以要害你和老杨。但是你俩和臭虫蚂蚁一样,目标太小了,他无处下手。只好使个绝后计,去你们后院放把火。只要会所这只大象一出事,捎带着就把你们这些小生灵压死了,于是谁也顾不上管他要钱了。"

我愤懑欲死,姓米的狠毒到这种地步!我已经被他骗了,他居然还想通过害死债主来躲避债务!谋了财不收手,不害命不罢休!

老王拍拍我的肩膀说:"是不是恨死他了?"

我心里唯有歹毒的想法,恨恨地点头。

老王望着天,叹口气:"看着小任被抓走的表情,我算是出气啦。可我并不是坏人。那天晚上看到猫坟,我本想随手给你毁了,但是看到你在上面写着'猫死有人忆，我生无人怜'，我就下不去手了。我心里失去妻儿的难过、坐牢时候的绝望，全涌了上来……唉……这和我当年的心情简直一模一样，仿佛全世界都把我忘了，我却死都不能死。那种感觉就像已经埋在坟墓里又复活的人，任你叫破喉咙，急得你发疯发癫，世界上的人也只当你死了。所以我感觉咱俩同病相怜，莫名其妙对你有些好感。

"昨天我给米总打电话说了你和老杨吵架的事，他乐得合不上嘴。我趁着他放松戒备，把所有他骗你们的经过都套出来了。他以为我是自己人，原原本本地给我讲了骗人的过程，我全录了音。你拿去报警吧。"

我正强烈地憎恨他与米总一伙儿，闻言惊诧地望着他："王大爷……"

他说："录音未必有用，比没有强吧。"

他将录音传给我。

如若不是现实发生，打死我也想不到事情如此跌宕起伏。

我脑子一片混乱："您把录音给了我，不怕米总报复？"

他无所谓地说："报复？他一个小骗子，我怕他？我老婆孩子死的时候，我早就死了。小任坑我进监狱，我死了第二次。我一个土埋半截的老光棍，怕谁报复？！我巴不得他报复我，好赖讹他一口棺材。"

他眺望远方，长叹了口气："我的人生使命完成啦，该离开这里了。他找我也没地方找去。"

"您去哪？"我情不自禁关心起他。

他挥挥手："少问，少问。问多了存在心里是累赘。上班的人快来了，我要在他们来之前离开，免得再生是非。"他回屋收拾东西去了。

不一会儿，这个矍铄的老汉背着破布包踏歌而去，极其洒脱。

我久久不能回神。

第十九章
自欺欺人

坏消息的传播态势比疾风骤雨更加迅猛，更加无孔不入。

任总被带走的第一天，会所上下就已惶惶不可终日，谁也没心思好好工作。

我详细地对表姨说了任总被带走的经过，但闭口不提老王离开的原因，好在她并不关心老王。

表姨强颜欢笑稳定人心，提前发了工资。

我有些庆幸这不幸中的万幸，我本以为等不到领取第一个月的工资这里就会倒闭了。

大家反将此举当作遣散的征兆，人人自危，仿佛会所的丧钟已经敲响。

没过几天，原先办卡的老客户听到风声，陆续来到会所要求退款。

办卡是商业行为中一种快速回笼资金的方式，会所并没有相应的实物作为担保物。客人一退卡，形成了挤兑，很快，会所现金流枯竭。

会所拿不出钱，人心大乱。

祸不单行，失去任总的运作，新项目打了水漂。银行贷款的利息也违了约，银行下达了催收通知书。

表姨焦头烂额。

大家都知道不还银行贷款的结局就是会所被银行拍卖处置，员工们私下议论纷纷，传言会所即将倒闭。

人言可畏，大家以讹传讹，加速了会所的灭亡。

表姨担心任总出卖自己，根本无心管理会所，终日惶恐不安，寝食俱废。

任总被抓后不到一个月间，花草无人打理，破损无人修缮，卫生无人打扫，朝气蓬勃的会所变得死气沉沉，凌乱且破败。

果然，第二个月的工资发不下来了。

曾经经过培训不笑不说话的员工们哭丧着脸索要工资。

会所工艺品虽多，但变不了现。员工们干脆偷的偷、拿的拿、抢的抢，人情汹汹，将会所的小物件搬了个干净。表姨报警才制止住。没等警察调查，大家作鸟兽散，毫无留恋之情，各奔前程去了。

没了员工，会所名存实亡。

我从领到第一个月的工资后，就不正儿八经地去会所上班了，只是时不时去探望一下表姨。她总是神情恍惚，答非所问。肖经理经常在她身边，我显得十分碍眼，便不怎么去了。

我拿着老王给我的录音报过几次警，由于没有米总的身份证号和联系方式，进展极微，我又不能厚着脸皮去找老杨。渐渐的，我心也淡了。

我最后一次去会所，是去取猫。那是因为我在家中太孤独，才猛然想起了会所那窝猫。

我找了个纸箱子糊严实，上面戳了几个孔，来到会所。

会所失去了往日的繁华，空荡荡的。我感叹这里的变化犹如人生一般，起起落落，时而繁荣时而衰败。

一进门，表妹正在院子里喂猫。

我从上次吃过饭后一直没见过她。

虽然我一直挺惦记她，但是找不到联系她的借口，所以不好意思找她。

正好今天她在这里。

她没有我想象中的憔悴。相反，她气色不错。

我和她打了招呼，她爱答不理的，只顾蹲着喂猫。

我见附近没人，靠近她身边蹲了下来，关心地说："妹妹，姨父的事你别难过。他的罪名应该不很重，别太担心。"

她冷漠地说："不用你告诉我。"她往旁边躲了躲，似乎有些敌视我。

我不知自己哪里得罪了她，问道："哥哥什么时候惹你了吗？"

她面带愠色："别烦我。"

我丈二和尚摸不着头脑，追问："是不是因为姨父的事烦躁？小富人脉比较广，我可以托他打听打听。"

她轻蔑地说："不用你托他，我需要托他办事自己会托他。"

这轻蔑的阴险神情，不似一个年轻貌美的小姑娘所能做出，倒像一个狡诈的老狐狸所发。或者说，她的这个表情很像她爸爸。

她和过去判若两人。

为了引出她的话，我扯谎说："你……你到底怎么了？你爸爸被带走时最后一句话是'别让你姨担心，照顾好你妹'，我是你哥，有责任关心你，尤其你爸爸特地交代我关照你。"

提到她爸，她眼圈微红，倔强地说："我爸爸触犯法律，说句不该说的……那是罪有应得。他托你照顾我？他先照顾好自己吧！我用不着你照顾。"

"我是你哥……"

没等我说完,她霍然站起,眉头紧蹙,疾言厉色地说:"你是我什么哥哥?我和你没有任何血缘关系!看在我爸爸的份上,我叫你声'哥',我爸爸不在,谁还认你这'哥'?别恶心人了!你和你姨那个狐狸精一样,都不是好人。我爸爸还没判刑呢她就想把我赶出来,想得美!大不了和她打官司,谁也别好好过!你是她外甥,跟她一个德行!你老偷看我,以为我不知道?不爱理你而已,癞蛤蟆想吃天鹅肉!我对你态度好,你就以为我对你有好感?别天真了!我是做给我爸爸看的。他总是不喜欢我交往的男朋友,所以我假装跟你亲近,仅仅是想让他看到我有可能找个像你这种特别差劲的,让他自己去比较,让他发现我男朋友其实也很好的。可我爸爸是个老顽固,让我离你远点,也不让我和我男朋友在一起。"

她居高临下地看着我,盛气凌人。

我也站了起来。

她以为我要伤害她,退了一步。

我一个中年男性,被这么个小姑娘鄙视、训斥、误会,真不知如何形容自己的心情。

我以为她原先和我的亲密之举,只是缘于天真烂漫的小姑娘对大哥哥的信任,感情她是在利用我敲打她爸!多么幼稚的行为?多么不成熟的举动?我呢?竟然沾沾自喜,觉得自己占了便宜似的!

原来在她眼里看到的不是我,而是一个瓜,一个成了精、变成人的傻瓜!

我承认我挺喜欢和她待在一起的,可是我也喜欢和其他漂亮女性待在一起,那是爱美,不是爱人。

我确实多看过她几眼,可是爱美女之心男人皆有之,我又不光看她!哪个男人不是冬天看脸、夏天看腿、海边看胸、瑜伽馆看屁股的,看几眼怎么就成耍流氓了呢?人家多看你几眼,那是对你容貌的认可,难道偏得人家看到你就吐,远远地躲着你走才算尊重你?

她把我想到哪里去了?我虽不是君子,但也不至于道德沦丧。我从来只把她当妹妹看待,真没有过非分之想。

我想辩解:"妹妹……"

她打住我:"别叫我妹妹,以后咱们谁也不认识谁。要不是看在富哥面子上,我今后永远都不想看到你。"她将头扭过去。

我不可思议地问:"富哥?谁?小富?"

她说:"你们俩是同学,你去问他。还好现在有了富哥,以后我爸再也不用没完没了地劝我和前男友分手了。"

这是什么情况?我脑子乱了。你爸现在这个样子管你结婚都难,更管不了你交男朋友了。可是小富……

我不想和她纠缠,说:"妹妹,不,小姑娘,小女孩,我是来拿猫的。我现在拿了猫马上离开。别说你,小富这辈子我不见了也无所谓,随你怎么想。我只是这个世界上最普通的人,生活让我干什么,我就干什么。真没那么多花花肠子。你不用误会我,我觉得你完全没必要理会我。我在你生命中留不下一丁点痕迹,你犯不上对我动肝火。"我说着去拿猫。

她推开我的手:"不用你假慈悲,谁知道这猫你拿去卖了还是吃了,我会照顾它们。"

这猫跟着她肯定比跟着我生活更好,我放下心。

看来表姨伤了她的心,她恨屋及乌,对我也产生了无法消除的成见。我有些同情这个多疑的小孩子。命运使她成了这样的人,我无法改变。

我说:"这些猫就麻烦你了,祝你一切顺利,再见!"我看了看会所楼,将这个让我又爱又恨的地方最后一次印在脑海里。我点点头,转身离去。

她在我身后冷笑。

我不怪她。因为谁也保证不了自己不去感情用事。

我黯然神伤。

每个人都欠所恨的人一记老拳，欠所爱的人一句抱歉。

回家路上，我越想越不对劲，小富只见过她一面，怎么勾搭上的？

我不好直接问小富，打电话给滑头。

滑头接起电话，也阴阳怪气的："干什么？"

"小富和我表妹怎么回事？"

他听到"小富"像打了鸡血："别跟我提他，有他没我，有我没他！你去当他的走狗吧，别来烦我！"他摔了电话。

我被他吼得头蒙，天底下的人是怎么了？为什么人人针对我？为什么人人这么浮躁？为什么人人有着不能平息的怒气？难道是我自身有问题？是我不适应这个社会了吗？还是这个社会病了？

在我看来是别人的问题，而在别人看来似乎全是我的问题。

我觉得自己是正常的，别人何尝不觉得他自己正常？

我抱着寻求答案的态度，打电话给小富。

还好他的态度依旧谦和平缓："怎么了兄弟？"

我投石问路："咱俩是兄弟吗？"

他笑道："怎么了兄弟？有屁快放。"

我开玩笑说："我怎么觉得你快要成我妹夫了呢？"

他不假思索说："哦，她又不是你亲表妹，我没什么道德包袱。如果她是你亲表妹，我一定会告诉你一声。"

"你怎么知道她不是我亲表妹？她说的？你俩……你俩……"

他倒是坦诚："她说这个干吗，她管你表姨叫阿姨啊。那天吃完饭送走你，她没回学校。"

没回学校？我已有了他俩相好的心理准备，却万万想不到他们第一次见面就越了界。我心下愤愤不平：怎么没有姑娘对我这么好呢！

我责备道："你这也太过分了吧，无论有没有血缘关系，那也是我表妹，你真下得了手？你和他年龄差距这么大，难道没有代沟吗？互相还不了解就……就……你能对她负责吗？"

他说："你先等等吧。我是无辜的。那天送走你后，我当时要送她回学校。滑头路上计划着把她送到学校后和我去夜店喝酒。我那天晚上已经喝了很多，本来不想去，可你妹却嚷嚷着她也要去，我抹不开面子，就带她直奔夜店了。喝到半夜，你妹也喝多了，一会儿说学校门锁了，一会儿说一身烟味，回学校洗澡不方便，反正对我各种暗示。你说说，我该怎么办？只能带她回家了。"

我不甘心："你不知道君子坐怀不乱？你给她开个酒店让她自己住就好了，带回家干什么？你别矫揉造作的了，你绝对想睡她。"

他不认同："更正一下，确切地说，是她想睡我。"他顿了顿，解释道："首先，我不是君子，没那么高的觉悟。其次，你怎么知道坐怀不乱的就是君子？大家都是人，就他品德高尚？万一是他那方面有毛病呢？如果换成你，我觉得大姑娘不坐你怀里你还要硬往怀里拉呢。而且你表妹意图太明显了，她主动送上门，我如果不要，是不是会让她觉得我瞧不起她？那不是有点伤人自尊嘛。所以我只好……嘿嘿，你肯定懂的……要是你不喜欢我和她交往，我和她断了联系就得了。反正我只是玩玩而已，没往心里去过。为了女人得罪兄弟也不值。"

我表妹竟然和我前女友妹子是一路货色！想起妹子，表妹的行为也就没那么不好理解了。虽然她俩相貌天差地远，性格倒是雷同。

我心理不平衡：你们开心地喝酒，我做苦力埋猫！我酸溜溜地说："你们也不带我。"

他说："你看你看，你最在意的是我们没带你一起玩。上次真是赖滑头,你妹也不希望你在场,怕你告发她。下次带上你。"

"对了,你和滑头又是怎么回事?我刚才给他打电话,他气哄哄的。"

提到滑头,他与滑头态度截然相反,哈哈大笑:"他天天算计我,我也算计了他一回!他不是管我借钱买房,又把房子抵押给担保公司吃高息了吗?他那个担保公司不正规,是个放黑账的。可能因为刚刚起步,非常不专业,里面又有个小头目是滑头的初中同学,我同时跟相关部门打了个招呼,给他在办抵押过程中使了点小绊儿,所以他先拿到了钱,却没有给担保公司办抵押手续。我就趁着这个空当,悄没声把他起诉了,房产做了财产保全查封了。我现在已经把他开除了,他人财两空,正在家里生闷气呢。"

我叹息说:"服了。我要是有你这么懂法律,也不会毫无准备地被米总骗了。"

他惊奇地问:"你被他骗了?你是傻子吗?我一眼就看出他是个骗子!"

看来不仅是表妹把我当成傻瓜精。反向推理,我应该是真傻。

我简要地说了被骗经过,说:"你别事后诸葛亮了,你知道他是骗子为什么不告诉我?哪里能看出他是骗子了?我看你和他聊得好着呢,还说要给他投资!"

他连声悔恨,自怨自艾说:"哎呀哎呀,这怎么说呢!我以为你对他态度那么好只是客气罢了,谁知道你真信他?我说给他投资,那不就是个客套话嘛,跟'回头我请你吃饭'一样,人和人之间的客套而已,谁会当真啊!他全身假名牌,衣服、腰带、鞋子、手表,全是假的,你看不出来?"

我心想:真的我都不认识。

他说:"你没觉得我上来跟他聊'意识形态决定经济基础'很

突兀？我其实是在探他的话，想看看他到底是不是骗子。他没有防备，一见我跟打了兴奋剂似的，天花乱坠地给我灌输他的理念，这不是骗子是什么？他知道我有钱所以来蒙我，我比他更知道自己有多少钱！实际上他是在向咱们传达他什么都懂，达到给咱们洗脑、让咱们相信他的目的。

"有身份的企业家哪会在公园的长椅上跟你讨论那么大的话题。旁边随便路过一个人，听见了不笑话他吗？就跟你在地铁、公交上打电话，大谈几个亿的项目，凡是听到的人心里全会以为你在讨论游戏币呢。在咖啡店里聊大买卖的人，基本全是他这路货色。

"他那天极力表现自己，张嘴就是认识谁谁谁，天底下没有他不认识的人，没有他办不成的事，什么事情他都能上课似的给你讲出一堆大道理，搞得你不相信他就是你没见过世面。

"其实越有本事的人说话办事越低调。你看任总，嘴上不说，只管拉你去他的会所吃饭，你什么都能瞧见。你再看这姓米的名片，什么职务夸张写什么，就差说自己是地球神秘力量、宇宙高级文明了，简直要把'骗子'写脸上了！这年头，狗都有狗证！他以为自己写上什么职务别人真会相信呢。

"说实话，他的谈吐还是有点见地的，他跟你讨论经济啊、形势啊什么的，都是真话，还算有点意思，不过这些更加印证了他是个骗子。骗子说的一百句话里九十九句都是真的，九十九句真话都是在为骗你的那一句假话打掩护。"

我懊丧地说："谁都比我明白。"

他说："这是经验。下次你自然明白了。"

"下次？下辈子我都不希望再有下次了。"

他安慰我："人生哪有一马平川的，心态平和点吧。未来的机会无穷无尽，不要失败一次就畏首畏尾的。多吃些亏，多长些经验，下次说不定你能反败为胜呢。你跟着任总就能学习不少,我还挺喜欢这个人的,张弛有度,知道进退。虽然很虚伪,但是面子工作做得不错,一点不失礼。只要别让我当他女婿,我未来还可以跟他多接触接触。只是他的会所有些招摇,说不定哪天会给他带来些意想不到的麻烦。"

我佩服小富的智慧,居然未卜先知,我叹气道:"他已经被带走了。"我跟他说了来龙去脉。

他也叹口气,说:"这事说来也不奇怪,像黎行长那种人,不出事才算奇怪。有些人,从他的性格特点就能看出他未来会遭遇什么事情。任总是那种小事不糊涂,但装糊涂;大事很糊涂,但装不糊涂的人。哎,没事的,你也别发愁。我以后有好事也想着你,弟兄们互相扶持着往前走,不愁没饭吃。"

又聊了会儿闲天,我到了家门口。

他许给我好多挣钱的买卖,我的心情舒畅好多,但又担心他只是在和我"客气"而已,讷讷地问不出口。

最后,我依依不舍地挂了电话。

他许给我的未来,未必成真。但我宁可相信这虚无缥缈的许诺,也不愿放弃希望。

我从进入会所到离开,正经上班的日子,仅仅一个月而已。这些日子所经历的事情,却要影响我很久。

临走我也没有将会所的人认全,而深入接触过的寥寥数人,也只识其面,不识其心。

我今生今世都不愿再和这些人、这类人打交道。

可是在纷纷扰扰的世界当中,每个人都如同飘摇风雨中的小舟,能在狂风巨浪中掌好舵、不翻船已经极为不易了,谁也无法独善其身。

人生绝非坦途,它是一座迷宫,每走一步都能遇到岔路,谁也不知哪条路是正确的道路。

我要做的唯有多多反省自己,不在前进的道路中迷失方向,不被虚情假意所迷惑,不为利益出卖别人和自己。

但是这些人人都懂的大道理,未必人人有能力做到。

我手里还提着盛猫的空纸箱,随手扔向垃圾桶,没有扔准,掉在了地上。

旁边扫垃圾的老太婆见了不乐意:"你不能把垃圾扔在垃圾箱里?每天像你这样的人这么多,我忙得过来吗?"

我认得这个老太婆,她整日理直气壮地与扔垃圾的住户吵吵,经常把我吵醒。

我强行辩解:"史大妈,垃圾多了您才有工作,要是每个人都很自觉,那根本没必要雇这么多收垃圾的人了。"我捡起箱子扔进桶里。

她把地上扫的垃圾倒进桶里,用扫帚使劲往里按,将垃圾压扁,桶被填得满满当当,边干着活边恨恨地说:"无理搅三分!垃圾人办垃圾事,看着跟好人似的,心比垃圾还脏!我有没有工作是我的事,你怎么干是你的事。最烦你们这些半吊子的年轻人,明明干了吃喝嫖赌坑蒙拐骗的坏事,不但不承认还总给自己找理由。你嘴上占便宜是能让你心里舒服怎么着?跟大骗子一个样,骗得自己都信了,这么活着有意思吗!"

或许她说得对,人生中谁不是在自欺欺人?

我上前帮助她把垃圾桶里的垃圾塞进她的垃圾车上,又拿过她的扫帚把地上散落的垃圾扫干净,说:"真没意思。"

(完)

后记

  如果每一个作者都有自己的特点，那么本书作者的特点一定是"慢"。我能慢到什么地步呢？回忆了一下，第一次想写这么一本小说的时候，是 2008 年 11 月，和朋友在网上合写了一阵，我定的书名，没写多少便没了下文。

  我个人一直想把它完成，而在头三四年，想不出主题，便没有写。后四五年又因为各种事情耽搁了。直至最近两三年，我才重新捡起来。但是早已连接不上过去写的内容，只能从头写起。到写完时，已经是 2020 年 1 月。

  由于我人微言轻，读者肯定不屑于仔细思考这本小说的内容，又由于我记性很差，怕以后忘记书里一些不太直观的东西，因此我将一些内容在此诠释一下，以充后记。

  书名《我是你》，主人公"我"当然不是作者本人，"任总"也只是"人"。里面的人物只有任总这个"人"具体描写了长相，这是每个人心目中自己的形象。"我"也只是"我"，没有相貌、姓名、年龄。这个虚伪、怕事、自尊、懒散的人，是现实中不敢展示给别人看的真实的自己。

  我在写作的时候，一直把"我"当作内心世界的"我"，"任总"则是外在的、别人眼中的"我"。

  题外说一句，小说以第一人称做主角，整篇没有姓名，真的挺别扭，而且写起来挺费事的。

  这个书名起得有些笼统，以我个人的写作水平以及这本小说区区的二十几万字，必然囊括不了广泛的人性。可是，没有任何一个虚构或现实中的人物，能够在一人身上同时拥有世上所有人性，因此我还是贸然用了这个书名。

虽说这个主人公不可能代表所有人，但我相信，这人的表里不一、色厉内荏、患得患失的一些性格，是很存在于很多人身上的。我在小说中也多次表明过，无论贫富贵贱、无论智慧高低、无论品行好坏，不同的人会有相同的感受。每个人都有喜悦、忧惧、孤独等感觉，只是由于各人承受能力不同，表现出来各有差别。

其实这是个不用我说大家也很明白的浅显道理：一个富有的人会因为失去五十亿而难过，贫穷的主人公会因为失去五万块而难过，即便金额差异巨大，但这二者的心境和情绪是一样的。

里面人物的名字，有小富、滑头等外号，还有肖（消）、王（亡）、施（失）、梅（没）、米（靡）、黎（离）、杨（佯）等表示子虚乌有的姓氏，以及妹子、表妹、表姨那些家庭称呼，全部没有实际含义。

书中的职业也没有影射任何行业。

写规划局这个单位，是因为人生需要"规划"，法制科的出现，也是因为人们需要懂法守法。各行各业均是如此。

书中第一个出现的人物是个姓钟（终）的年轻男子，最后一个人物是姓史（始）的年老女性，一个开公共汽车，一个扫大街，隐喻人生周而复始，循环往复。

所以，整个小说并不是针对某个人、某件事而写，而是想写某种人、某种事。

小富是个年轻干练的企业家，滑头是个下流无聊的小市民也是人们茶余饭后的笑柄，二子是个不精不傻的普通人，余局长是个不好不坏的中年干部，黎行长是小人得志没有文化的糊涂蛋，老杨是个趋利小人等等，生活中每个人都会遇到这类人，即使我不进行详细的体貌特征描写，大家也会对号入座，眼前浮现出这种人的影子。其他人同理，不再另外细说。

我刻意地不去描写人物的动作和相貌，是怕把人物固化。这些人在不出现问题时全是好人，出现问题时又全是坏人。

不能说他们终究是好是坏，只能说每个人都有不确定性，要看底线在哪里。他们全是不好不坏的人，是好人中的坏人，坏人中的好人。充满了不确定性，因事而异。

整本小说里没有细致的场景描写，没有具体的城市地点，甚至没有季节。年代也非常模糊，多数时间手机只写作"电话"，抛开胰岛素泵、宝马车这些稍有年代感的东西，单说这些事情，无论发生在20世纪80年代、90年代，或是21世纪，都是有可能的。

里面事情与人物一样，我处理得非常虚化非常不确定，梅警官是否受了碰瓷人的贿赂、是不是余局长让儿子来收礼、米总哪些话是真实的、米总的老兄在故事中是否确有其人、是小富坑了滑头还是滑头坑了小富、新项目到底是什么项目、任总是否早知道表姨出轨等，从"我"的角度来看，只能猜测，无法考证。

但是，"我"一直是站在现在回忆过去，所以"我"是知道答案的。其中有的事情虽未明讲，文中可以找到些蛛丝马迹。

比如妹子这个人为什么明明存在，还算半个女主角，在小说中却一次也没出现过。实际上，我在文中给出过答案，"她并非良配，生活当中有很多失意的事，她甚至没有加入其中的资格"；"爱情是世界上最没有意义的情感，它只会带来负担"。如此说来，妹子必定不该出现。文中其他事情与此类似。

我在写作过程中，尽量让人物说的每一句话都不是多余的，能够前后呼应。由于比较隐晦，很有可能多年以后我自己再看，也想不起来有的事情的答案藏在哪句话中了。

我很希望它是一本不尽不实的小说，一切事情介于可能发生和不可能发生之间，所以有些情节故意犯错，比如现实中银行不允许用"123456"做密码、派出所处理碰瓷的程序不严谨、纪委的人也不会透露案情给当事人、表姨没必要在自己家里出轨之类。一切是为了情节的进展而已。

里边有些观点未必正确，然而不同的观点可以引人讨论和思考，未必是坏事。

之所以任总和米总经常发表长篇大论，就是因为任总是"人"——每个人都会有自己的见解看法，无论正不正确。米总是个骗子，他说的话有真有假，仁者见仁智者见智，读者可以各自根据自己的喜好进行判断和定义。

在写作的过程中，我偶尔会有些顾虑，觉得内容有些不大积极，主人公的三观也不很正，有的内容也不大文明。

不过想一想，真实的生活要比小说中的情节更加不堪、更加匪夷所思，也就坦然了。

这本小说有很多内容我并不满意，但是自己写的东西犹如自己的孩子，明明知道自己写得不好，也不会舍弃它。

写小说还有一个好处，那就是等老了以后回想一生，实实在在拿着一本书握在手里，不至于茫然失措。记性再不好，也能看到过去自己做了这件事情。因此，我十几年来断断续续地把它完成了。

这本小说充满了我个人的观点和特点，非常稚嫩，有很多的不足。无论好或不好，张有为写了一本只有张有为才会这么写的小说。

以为后日纪念。

张有为
2020 年 3 月 14 日凌晨于北京

I

am

U

图书在版编目(CIP)数据

我是你/张有为著.—北京:文化发展出版社,2024.8
ISBN 978-7-5142-4311-6

Ⅰ.①我… Ⅱ.①张… Ⅲ.①长篇小说－中国－当代Ⅳ.①I247.5

中国国家版本馆CIP数据核字(2024)第102818号

我是你

张有为 著

出 版 人：宋 娜	策划编辑：孙 烨	责任编辑：孙 烨
责任校对：岳智勇	责任印制：杨 骏	
封面设计：瞬美文化	排版设计：YUKI工作室	

出版发行：文化发展出版社(北京市翠微路2号 邮编：100036)
发行电话：010-88275993　　010-88275711
网　　址：www.wenhuafazhan.com
经　　销：全国新华书店
印　　刷：鸿博睿特（天津）印刷科技有限公司

开　本：880mm×1230mm　1/32
字　数：300千字
印　张：10
版　次：2024年8月第1版
印　次：2024年8月第1次印刷

定　价：49.80元
ISBN：978-7-5142-4311-6

◆ 如有印装质量问题，请与我社印制部联系　电话：010-88275720